時々、慈父になる。

島田雅彦

集英社

目次

時々、慈父になる。

第一部

父親の変わり身

家族を持つ不安

平均寿命が延びたのは、老人が長生きするようになったからというより、戦争や大虐殺が減り、死に至る病を克服し、子どもの死亡率が下がったからである。一九四七年の日本の統計では千人あたりで七十七人もの乳児が一歳になる前に死んでいた。終戦の二年後はまだ食糧難の只中《ただなか》にあり、肺炎や結核、赤痢の予防も充分ではなかった。今でこそその数は年間千人に二人以下に減っているが、私の幼少期にはまだ百人に一人の幼児がコトバを話す前に死んでいた。

私が九歳頃の出来事だが、二軒隣に住んでいた吉田ファミリーの次男が行方不明になり、警察が出動し、近所が騒然となった。私はその子と遊んでやったこともあり、安否が気にかかっていたが、痛ましくもその日のうちに遺体で戻ってきた。家の前のドブ川に落ち、そのまま一キロほど下流に流され、ゴミや藻が絡まった金網に引っかかっていたという。水嵩《みずかさ》は子どもの膝下くらいだったが、歩き始めたばかりの幼児を溺死させるには充分な深さだった。

享年一歳。親と話すことも、幼稚園に通うことも、海を見ることも、旅に出ることもないまま、その子は隠れてしまった。ほとんどこの世を素通りしたに等しい。私はその子が「実《みのる》ちゃん」と呼ばれていたことを覚えている。その後も本を読んでいて、駐留米軍を番犬に喩《たと》えたあの占領時代の宰相「吉田茂」の活字が出てくると、反射的に一歳で死んだ「吉田実」のことを思い出す。詩人「吉岡実」の名前を見る時もだ。

あれは子どもの死を切実に受け止めた最初の経験だった。私は海水浴場で波に呑まれて溺れかけた時の記憶を蘇らせながら、実ちゃんもさぞ苦しい思いをしただろうと想像したが、息子を亡くした親の悲しみまでは理解が及ばなかった。近隣の人たちだけを集めて、自宅で営まれた葬儀を遠巻きに見ていた私は、弟と並んで、出棺を見送った。その時、実ちゃんの母親が私に微笑みかけたことを覚えている。その時の口角の黒子《ほくろ》の位置までフォトグラフィックメモリーとして残っている。九歳の私にはその笑顔の意味が全く理解できなかった。「実の死を悲しんでくれて、ありがとう」という労《ねぎら》いの微笑みだったとの解釈に至ったのは、ずっと後になってからだ。

吉田ファミリーには幸一くんという長男がいて、私たちと遊びたがっていたが、反応が鈍く、運動能力や理解力が劣っていることはわかっていた。教室から抜け出し、勝手に家に帰ったり、一人で空き地にうずくまっていたりする。私の弟はガキ大将だったが、幸一くんには手を出さなかった。

その後、私たち家族は転居したが、七年後くらいに、中学卒業後の幸一くんの消息を父親経由で耳にした。彼は地元の工務店に大工見習いとして、弟子入りし、真面目に働いているということだった、その工務店には「アータン」の通称で知られ、陽気な性格で小学生たちに人気の知的障害者の先輩が一人いて、同じ道を歩んだのだった。多くはない給料だが、自分は欲しいものを我慢し、全額、母親に渡しているとも聞いた。弟が亡くなり、一人息子になった兄は自分にできる精一杯の親孝行をしているものと受け止めた。吉田ファミリーの父親は、次男の死から数年後、交通事故で四十代の若さで亡くなっている。


私が中学生の時は、弟の同級生飯田くんが肺炎で死んだ。その子の母親とうちの母親は付き合いがあり、姉は私の同級生だったので、飯田家の長男の夭折《ようせつ》を痛ましく受け止めた。葬儀から半年ほど経過した頃、飯田家の母が我が家を訪ねてきて、うちの母親に切々と思いの丈を打ち明けていくということがあった。私はその鼻声の訴えを隣の部屋で聞いていた。

上の子も下の子も出来が悪いのに、あの子だけはうちの子じゃないみたいに頭がよくて、誰に対しても優しくて、みんなに好かれていた。あの子だけは将来の心配がないと思っていたのに、出来がいい子から先にあの世にスカウトされたと思うと、悔しくて悔しくて。こんなに早くお迎えが来ると知っていたら、もっといろんなことをしてあげられたのに。あの子の好物の茶碗蒸しを毎日、作ってあげればよかった。望遠鏡でも無線機でも何でも買ってあげればよかった……。

家族を持つ不安の一つは、いつ何時、事故や病でその一員が欠けるか知れないことにある。ファミリーに降りかかり得る不幸の種類は無数にある。幼児期を生き延びても、その後難病に襲われるかもしれないし、思春期を迎えれば、自殺の心配もしなければならない。親の方が職を失ったり、貧困に陥ったり、鬱になったり、癌になったりすれば、子どもにも直接、不幸が降りかかる。通り魔や無差別殺人の被害者にならない、天災の犠牲にならないという保証もない。家族を守る責任と、失うリスクの両方を背負う以上、相応の見返りが必要だ。ペインとゲインを秤《はかり》にかけ、誰もが逡巡《しゅんじゅん》を重ねる。

家族の誰一人欠けることなく、健康で、文化的な生活を続けられるかどうかは運任せである。運命を悲観し過ぎるあまり、家族は持たない選択をする人もいるだろうが、その場合は孤独という別の不幸を味わい尽くすことになる。家族がないのをいいことに危険な任務や冒険に挑み、早死にしたケースも少なくない。その意味では、家族がいた方が自暴自棄にならずに済むだろうし、リスクを冒さない正当な理由を与えてもくれる。そして何よりも、具体的な未来への展望が開けてくる。子どもは未来の人類であるから、自分の願いややり残した仕事を託すこともできる。「あんたらの願いや仕事なんて知ったことか」と突き放されるのも歓迎だ。親の死後もしばらく生きてくれさえすれば、時々は夢に見たり、その恥ずべき過去を思い出し、苦笑いの一つくらいしてくれるだろう。その限りにおいて、親は死後もしばらく、この世にとどまることができる。

悩み方、迷い方は人それぞれだが、最終的には誰もが無造作に、一か八かの賭けに打って出る。

どの時代に生まれてくるか？

極度のストレスが原因で月経が止まり、吐き気をもよおすことはよくあるが、それは妊娠を告げる兆候でもある。検査で妊娠が判明した時、妻も夫も素直には喜べなかった。親や友人に報告すれば、冷やかされ、祝意を寄せられるだろうが、それも小恥ずかしく、しばらくは秘密にしていた。妻の体に起きた体調不良は紛れもなく、異物に対する拒絶反応だった。夫が盛った精液の毒に中《あた》ったようなものなので、自分には加害責任があると思った。

出産という受難への不安を募らせる妻と一緒になって塞ぎ込んでいるわけにもいかず、表向きは陽気に努めていたが、仕事の合間に放心している時などに、「今は子どもが生まれてくるのにふさわしい時代だろうか」と自問したり、「どう考えても、遊び人のオレがファミリーマンになれるわけがない」と自らの資格を疑ったりした。その都度、首を横に振って、まだ生まれてもいない子どもの行く末を案じたり、いつまでも自分が主役だと思っていること自体、あまりに青臭く、またアホ臭いと思い直しもした。

折しも湾岸戦争直後で、ソビエト連邦が音もなく崩壊してゆく過程をリアルタイムで見ていた。冷戦構造の終結はアメリカ一極支配の始まりを告げるとばかりに、使い古された「歴史の終焉《しゅうえん》」議論が蒸し返されていた頃である。当時、家にはパソコンもなく、インターネットも通じておらず、ようやく携帯電話が普及し始めたくらいで、機能も通話に限られていた。原稿は手書き、調べ物は図書館、音楽はＣＤで聴き、映画はＶＨＳで観ていた。フィルムで写真を撮り、近所のたばこ店を通じて現像とプリントを頼んでいた。暇つぶしのパートナーはもっぱらファミコンだった。

こういう時代に生まれてくる子どもは幸福を享受できるのか、不幸に呪われるのか、どちらかといえば、後者だろうと悲観していたのには理由がある。すでに高度成長神話の化けの皮は剝がれつつあった。バブル経済が弾けた後、日本はかつての英国病のような長期の低迷に見舞われるのは必至だと『資本論』を読まずとも予感できたからだ。

子どもは生まれる時代を選べず、文字通りの「出たとこ勝負」である。大正デモクラシーのさなか、モダンボーイやモダンガールの息子として一九二〇年代に生まれた世代は、自由恋愛の申し子みたいに祝福されたかもしれないが、成人になる頃には日中戦争は泥沼状態、敗北必至の日米戦争まで始まり、結果的に最も多くの戦死者を出すことになった。彼らの悲惨を知れば、ベビーブーマーもロストジェネレーション世代も自分たちは恵まれていると思うだろう。

その点で経済成長率二桁以上を誇った時代に幼年期を過ごし、飢えの心配はしたこともなく、親の世代の不幸を繰り返さずに済むように、教育に金をかけてもらった一九六〇年代生まれの世代は圧倒的にハッピーで、前後の世代に恨まれても仕方あるまい。ベビーブーマーはカウンターカルチャーの影響をもろに受け、権威破壊的行動に打って出たが、続く世代とのあいだには埋めようもないギャップがあった。欲しいものは何でも手に入った私たちの世代の次に登場したのが、ベビーブーマー・ジュニアで、彼らが社会に出た時期は不況の真っ只中にあり、欲しいものは全て諦めた世代である。私の世代をサンドイッチのハムだとすれば、パンに当たる前後の世代とは大抵、反りが合わないものだが、ベビーブーマーもそのジュニアも人口が突出して多いこともあり、パンのプレッシャーは相当なものだった。

もっとも私たちとて多幸感に浸ってばかりもいられなかった。カウンターカルチャーの狂騒を小学生の目で眺めていたが、オイルショックで右肩上がりの経済成長に陰りが見えた時期に思春期を迎えた。そして、二十代後半にバブル経済の恩恵を受け、人生の道半ばを過ぎた頃には景気は長い下り坂に入っていた。この世代の人生サイクルは戦後の日本経済のそれをかなり忠実になぞっている。かつて新人類などと呼ばれもした世代の子どもたちも二十年後には「ゆとり世代」とか「さとり世代」などと雑に一括りにされることになるのだが、彼らはこれからの二十年間の世相や景気の推移と教育の結果を背負わされることになるわけで、彼らの命運は実質、先行世代がどれだけ世を乱したかに左右される。とりわけ親世代の責任は重い。

妻が妊娠するに至った経緯を反芻《はんすう》してみたが、どうやらチベット旅行から戻ってきた頃に着床したらしいことがわかった。その頃、私は一年の半分ほどを旅に費やしていた。本来、出不精で引き籠り傾向が強い男がなぜあれほど熱心に旅を重ねていたのか、自分にまつわる過去の七不思議の一つだが、各方面から旅に誘われることが多かったのは事実である。経済成長には一定のサイクルがあり、初期は家庭電化製品の充実と主婦の労働の軽減に向かう。次に消費の目標が上がり、マイカー、マイホームの購入に向かう。第三の段階になると、教育と海外旅行のニーズが増え、海外資産を増やすところまで行くと、実質、経済成長は頭打ちになり、企業のサバイバルゲームとなり、銀行の役割が失われ、実体経済と情報経済の分離が進み、貧富の差が固定化してゆく。経済成長の末期にあって、私は海外旅行ブームのお零《こぼ》れに与《あずか》ることができた。旅の経験が蓄積されてゆくと、思考が複眼的になり、自意識が多様性を帯びてくる自覚があった。少しでも、異文化に惹かれたり、かぶれたりすれば、現実逃避の願望は充分に満たされる。

高山病と下痢に苦しめられたチベット旅行だったが、一本のビールに酩酊《めいてい》し、朦朧《もうろう》とした状態で、澄み切ったコバルトブルーの空と自意識が同化するような瞬間があった。漠然とした未来への不安、自分を抑圧する社会や文化への不満といったようなものが洗い流されて、実は自分を縛るものなど何もなく、本来無定形の自意識を型枠にはめるのに苦労していたに過ぎないことを不意に実感できたのである。高山の低酸素と土地に根付いた細菌のせいで体調は最悪、さらにビールの酔いが全身に回り、半生半死の無抵抗な受け身状態にあったからこそ、かくも清々《すがすが》しい気分を味わうことができたに違いない。悟りというのは案外、一時的に生命力が低下した時に、恩恵としてもたらされるものなのだろう。

この一瞬を味わえただけでもチベットまで出かけた甲斐があった。この時、私ははっきりと自分に寄生している野蛮で不気味な他者の存在を認識した。普段は滅多に現れないが、じっと私の行動や思考を観察していて、私が逡巡したり、思いあぐねたり、自暴自棄になったりすると、こっそり私の背中を押したり、閃《ひらめ》きを与えたり、全てをぶち壊したりしている。長いかくれんぼの末に彼奴《きゃつ》を発見したこと、それが私の悟りだった。私がMなら、彼奴はS、私がエゴなら、彼奴はイド。彼奴は私のダークサイドであり、第二の心であり、協力者であり、野生の私である。

悟った直後、青年海外協力隊の看護師と寺院で遭遇し、泣きついて下痢止めをもらい、下痢はすぐに止まり、低酸素にも慣れてきたので、調子こいて、ラサのホテルのカラオケで「オンリー・ユー」を絶唱し、酸欠で目の前が真っ暗になった。なぜか一人でカラオケバーに来ていた中国人の美女と一緒に飲み、誘われるまま彼女の部屋で飲み直し、そのまま寝落ちするという失態も犯したが、それも彼奴の狼藉《ろうぜき》だったに違いない。

四川省の成都と北京を経由して帰国した時、高地に適応した身体に下界の空気は濃すぎた。呼吸数や心拍数が普段より少なくなり、身体能力が上がり、頭の回転も倍速になった気がした。ラサの酒場ではビール一本で酩酊していたのに、下界ではいくら飲んでも酔わず、生命力が漲《みなぎ》る感覚があった。天狗《てんぐ》は険しい山道を一本歯の下駄で疾走するらしいが、あれは高地トレーニングで心肺機能が向上し、ハイの状態になっているから可能なのだ。文字通り天狗になった私は何か生産的なことをしたくてたまらず、妻とのコラボレーションに真摯に取り組む気になったというわけだ。

三十歳を超えた私は人生の道半ばを折り返した気分だった。人生八十年ならば、折り返しはまだ十年先だが、ここがロシアか、昭和前半の日本なら暗い森に迷う時期である。三十を過ぎたら、文学者たる者は先人に恥じぬよう内省を行い、これまでの行動と思考を改めなければならないと『神曲』の作者は示唆している。直近では浮気相手のニーナと決別したばかりで、妻への贖罪《しょくざい》が残っていた。それが子作りによって果たされるかどうかはわからなかったが、そのような成り行きになった。私は彼奴の登場により、自らのダークサイドを引き受け、彼奴とギブ&テイクの提携をし、自身のリニューアルを図る気になっていたが、ちょうどそのタイミングで子種が着床したことには深い因果があったと思う。自分の内にあって成長も老化もしない彼奴は、自分のDNAを半分受け継いで生まれてくる子どもと兄弟になる。そう思い至った時、漠然とした不安は消え、誕生が待ち遠しくなった。

父になる前に

妊娠が判明してからも旅は続いた。ある時はクロアチア、スロベニア、また別の折にはジャマイカ、ロシア、インドネシアへ。動いているものは急には止まれない。これまでの落ち着きのない行動の惰性を口実に、長い青春との決別を惜しみながら、旅を続けていた。妻はこの先、出産と子育てで当分のあいだ家に閉じ込められることになるので、その前に存分に旅情に浸っておくのがよかろうと、気楽に観光気分で行ける旅先には同行した。喧嘩もしたが、概《おおむ》ね優しく接した。

出産の重労働は実質、妻に丸投げするので、夫は右往左往するしかない。せめて家事をやるとか、誠実に振る舞う以外の身の振り方はない。

夫が引き受けた仕事はほかに、子育てに適した新居を探すこと、生まれてくる子どもの名前を考えること、子育てに協力する時間を確保するために当座の蓄えをしておくことなどがあった。

バブル時代に地価は高騰し、都心の手狭なマンションにも異様な高値がついていたが、景気の悪化に伴い、徐々に適正価格に戻りつつあり、少し無理をすれば、郊外の家を手に入れられそうだった。家探しにはこれといった条件はなかったが、洪水の心配のない場所であるに越したことはなかった。

私が子どもの頃に住んでいた家は多摩川に注ぐ二級河川に面し、裏が多摩丘陵の崖というワイルドな立地で、ヤマバトやウグイスの声で目覚め、ドジョウやザリガニが捕り放題だった。だが、台風の季節には川が氾濫し、度々床下浸水を経験した。家の周囲が一面、沼のようになるのを見て、このまま家族四人が家ごと流されてしまうのではないかと思った瞬間もあった。しかも、便所の汲み取り槽に大量の水が流れ込み、今にも便器から溢れ出そうで、じきに家が糞尿まみれになる危機も迫っていた。もちろん、裏山の土砂が崩れてくる恐れとも隣り合わせだったのだが、そちらの心配をする余裕はなかった。どうやらこの経験が私のトラウマになっているのは確かだ。家の前を川が流れていたら、子どもが溺れ死ぬ危険もある。

後年、金色に輝く自らの姿を池に映している金閣寺を見た時も、ヴェネチアでアクア・アルタに遭遇し、広場や教会、レストランまでもが浸水しているのを見た時も、ナイーブにも存在が脅かされていると感じたくらいである。だから、私は高台の家にこだわった。都心で比較的安い物件は大抵、海抜四、五メートルの低地にある。荒川や神田川、目黒川の流域には魅力的な町が多いが、住むとなれば、ゴムボートの一つでも用意しておかなければならない。やはり、縄文海進の時も陸だった洪積層に住んでこそ、心穏やかでいられる。

縄文遺跡が発掘された土地なら洪水の心配は無用というわけで、結局、幼少の頃からのプレイグラウンドである多摩丘陵に居を構えることになった。何軒か物件を見て回り、よみうりランドから徒歩圏内の住宅地の一角にある東向きに眺望が開けた高台の家が気に入った。道路面から階段を十三段上がるとそこが玄関で、庭には柘植《つげ》と金木犀《きんもくせい》の木があった。二階に上がると、谷間の向こうに仁徳天皇陵ほどの大きさの里山が涅槃《ねはん》仏《ぶつ》のように横たわり、小田急線の線路の向こう側にも宅地化したなだらかな丘陵が広がり、森の緑がやけに眩しかった。

前橋と桐生《きりゅう》で育った妻は都心暮らしよりも郊外での静かな生活を望んでおり、洪積層にこだわる私との折り合いもついた。そこは私が小学生の頃に実際に縄文土器の破片を拾い集めた造成地からほど近い場所であり、今は見る影もなくニュータウンに変貌していたが、神社や寺、墓地は昔のままで、彼奴の生成にも深いゆかりのある土地だった。せわしなく旅を続ける私が随時帰還し、骨を休める場所として、これほどふさわしい場所はなかった。

出産予定日までまだ二ヶ月の猶予があった。出産を終えた母子を迎える準備をこの家で行うことに決めた。優柔不断な自分としてはかなりの即断だった。むろん、借金せずには手に入れられず、銀行の融資を受けるのに書類を用意したが、その時、改めて自分がいかにコツコツと売文業に励み、副業で小銭を稼ぐことに熱心だったかを知った。当時は定収入があるわけでもなく、月々の仕事の依頼もバラツキがあり、漁師のように不安定だった。新宿の酒場あたりが私の漁場で、そこに偶然居合わせた編集者や記者と酒を飲みながら、ああでもない、こうでもないとやりとりを交わすうちに、いつの間にか原稿の依頼や取材のオファーを受けているのだった。好漁の時もボウズの時もれなく二日酔いがおまけについてきた。酒場で仕事を獲る漁は無駄が多く、フットワークと体力が鈍れば、たちまちスケジュールの空白が増える。自転車操業というコトバの意味が身に沁みた。漕ぐのをやめたら、生活は止まるのである。

私は副業に精を出しながら、生まれてくる子どもの名前をいく通りも考えた。娘を溺愛する人生への憧れから、小説や映画やオペラのヒロインの名前、過去に付き合いのあった女の名前、自分の小説の女性登場人物に割り振った名前を紙に書き連ねていったが、どれも気に入らなかった。樋口一葉の本名奈津、女性解放運動の先駆者らいてう、野枝《のえ》、漱石のヒロインたち、『草枕』の那美、『三四郎』の美禰子《みねこ》、『それから』の三千代なども候補に挙がったが、明治時代の名前とミニスカートやジーンズとの組み合わせはやはり避けたかった。映画やオペラの名前は安っぽかったり、大げさだったりする。アンナ、ルチア、ジルダ、アイーダ、マノンなどイタリア・オペラのヒロイン名だと、狂ったり、自己犠牲に走ったり、ふしだらになったりしそうで心配だ。だからといって、ブリュンヒルデはないだろう。ベルクの『ルル』とプッチーニの『ラ・ボエーム』のミミは悪くない。ルルは男を食い物にするヒロインなので、娘がバカな男どもを堕落させてゆく様を父親の私は「よし、よし」と目を細めて観察することができるだろう。ミミは結核病みのお針子で、薄幸を額に入れたような女だが、往々にして人は名前を裏切る人生を歩むものだとか、いろいろ考えたあげく、不意に

「量子」という名前が浮上した。リョウコと読むが、いうまでもなく物質やエネルギーの最小単位であり、素粒子の総称である。どんな親だって息子や娘の名前に祈りを込める。私も娘に「物理法則、すなわち私たちが暮らす世界の常識が通用せず、量子力学という自らのためにある法則にのみ従う摩訶不思議な子になって欲しい」という祈りを込めた。

けれども、妻が産婦人科の定期健診で、超音波スキャンをかけられると、医者が「おお」と歓声を上げたらしい。見紛うことなく、おちんちんが映っていたのである。結局、娘の名前を考えること自体が徒労に終わった。

間もなくこの世にデビューする息子の名前は、真理男《マリオ》とか塁児《ルイジ》といった「スーパーマリオ」由来のイタリア名に当て字をしてみただけで、真剣に考えていなかった。当時の流行は拓也、健太、翔太、翔、大樹、大貴、達也、大輔、和也といった名前が上位を占めていて、石を投げれば、いずれかの子に当たるはずだった。ちなみに私が生まれた頃の人気の名前は

浩、誠、浩一、徹、剛、隆、和彦、修、浩二、聡だった。女子は恵子、由美子、久美子、明美、裕子、洋子、幸子、智子、京子、真由美といったところだが、どの名前の女とも過去に何らかの縁があったことに驚く。

妻は意外にも銀次とか忠次、兆治といった古風な、俠客《きょうかく》風の名前がいいと考えており、それなら寵児《チョウジ》と名付ければ、人や時代にもてはやされるのではないかと提案したが、別に人気者にならなくてもいいといった。私は「空」という字や概念が好きなので、空也《クウヤ》とか空海《クウカイ》といった名前なら悟りを開けるかもしれないともいった。妻は空也に同意し、この名前に決まりかけたが、それを聞いた母から「なんだか、食うや食わずみたいで、縁起が悪い」とケチがついた。戦時下の食糧難を知る世代ならではの心配だが、もう少し考えることにした。

親の過剰な願いや祈りを背負わせると、子どもは名前の呪縛に苦しめられるので、ここは原点に立ち返って、大和《ヤマト》とか、健《タケル》などと書き出すうちに、不意に弥勒というコトバが思い浮かんだ。そういえば、この子はチベット帰りの種だし、彼の地では弥勒菩薩が篤《あつ》い信仰を集めていた。英語ではマイトレーヤ、チベット語ではチャンバとなるミロクという名前は響きの上でも悪くないと思った。妻も「いいかも」といった。チベットでは気軽に我が子につける名前で、多くの「チャンバくん」がいると、中沢新一から聞いた。ブッダの死から五十六億七千万年後に世に出現し、迷える衆生《しゅじょう》を救うとされるフューチャー・ブッダだが、そんな遠い未来にはすでに太陽の寿命も尽き、地球も消滅している。つまり、弥勒は「永遠に実現しない希望」を意味する。それなのに、いや、だからこそというべきか、チベットの人々は弥勒を崇拝する。これほど前向きな絶望があるだろうか？　私は息子に弥勒の名前をつけ、しばらくは愛玩の対象とすることにした。

ただ、残念なことに弥勒の勒の字は常用漢字にも人名漢字にもなく、当時は名前には使えなかった。いっそミロクとカタカナ表記にしようと思ったが、申請時は素面《しらふ》だったので思いとどまり、弥の旧字の彌と末広がりの願いを込めた六を組み合わせ、彌六《みろく》とした。

早く出たい

引っ越しの準備を始めた頃から、妻は切迫早産の不安に苛《さいな》まれていた。出産予定日は七月四日だったが、その二ヶ月以上前から妻はお腹の張りや下腹部痛を訴えていた。担当医によれば、妊娠三十週目の段階ではまだ子宮頸部は固く、長く、しっかりと閉じられているべきなのだが、すでに柔らかく、短く、緩み始めたという。このまま陣痛が始まり、早産してしまうと、かなり未熟な状態で生まれてきてしまうので、もうしばらく子宮内にとどまらせる必要があった。また、羊膜に炎症が起きていると、ベビーが感染症を起こす危険もある。最初のうちは家で安静にしているだけだったが、超音波検査で子宮頸管の長さを測ると、どんどん短くなっており、大事を取って入院することになった。

よく母親の腹を蹴る胎児だった。妻の腹にコブ状の突起ができ、すぐにそれがへこむのを見て、夫は「家庭内暴力ならぬ、子宮内暴力か」と冗談をいったが、妻には笑う余裕もなかった。

――この子は何かに抗議しているのだろうか？

私は刑務所の独房で抗議の壁蹴りをする囚人をイメージしていた。

――私の子宮は狭くて、居心地が悪いんじゃないかしら？

――早く外に出たいのかもしれないな。

――今出てきても、未熟過ぎて生きられないのに。

弥勒菩薩は永遠にこの世に現れないのに、ミロクはせっかちに登場しようとしている？もしかすると、子宮や母胎を安寧の理想郷のメタファーで捉えるのは大きな間違いかもしれない、と漠然と思った。少なくとも、胎児からしてみれば、今ここにいる理不尽が耐え難く、とっとと別世界に脱出したいものなのかもしれない、と。

妻は実家近くの病院での出産を望んでおり、臨月になったら、桐生に里帰りするつもりだった。子宮収縮抑制剤を服用し、安静を保ち、子宮の状態が安定したところで、私の父が運転する車で桐生に送り届けることにした。

妊娠初期には吐き気、安定期に入ってからは歯痛に苦しめられ、後期には下腹部痛と早産の不安に晒《さら》され、妻は文字通り踏んだり蹴ったりの目に遭っている。吐き気は精液の毒を解毒しようとする生体反応であり、歯痛は子宮で次第に大きくなってゆく胎児を消し去ろうとする無意識の表れであると精神分析医はいう。確かに陰唇とか、子宮口というように、口や唇が膣や子宮と類縁関係にあるなら、歯は胎児に対応し、歯痛は胎児の拒絶を意味するのかもしれないが、胎児の苦しみを共有しているとも考えられる。やがて、吐き気と歯痛は治まったが、それは胎児を拒絶すること自体を断念し、早く無事に出産を終えて楽になろうという、より合理的な選択に切り替えたお陰ではないか。しかし、出産を急ぐ欲求は、切迫早産という試練となって表れた。胎児も母親の願望を察知し、自ら早く出ようとするのだが、もう少し子宮に留《とど》めておいた方がいいという母親の理性的な判断も働いていた。出産間際には、母親の自我、理性、無意識による三《み》つ巴《どもえ》の葛藤が繰り広げられていたに違いない。そして、胎児は妊娠中の母親の無意識を照らし出す光源となっていたのである。

妻の留守中に新居への引っ越しを済ませておいた。オイルショック前に建てられた木造二階建ての家屋は在来工法の案外堅牢な造りだった。オイルショック時の家は大抵、安普請で二十年持たず、町からほぼ消滅していた。外壁をピンク色に塗り替え、キッチンの位置を変え、東向きの展望を生かした。この家を建てた初代のオーナーは風水に凝っていて、間取りや水回りなどに最善を尽くしたのだとか。この家で初めて眠った翌早朝、私は外のあまりの騒々しさに目覚めた。夜は耳が痛くなるほどの静けさだったのに、夜明けとともに野鳥たちが一斉にチャットを始めたのだ。その声色からざっと七種類を識別したが、バードウォッチャーにより十五種類が確認されていることを後で知った。窓から見える丘陵は鳥たちの聖域になっており、明け方に都心繁華街に出された生ゴミを漁りに出陣する鴉《からす》軍団の根城にもなっていた。

ミロクの出産予定日はアメリカ独立記念日の七月四日だったが、できればこの日を避けて欲しかった。というのは、母親の誕生日が二月十一日の建国記念日、旧紀元節なので、母と子相和して日米同盟を寿《ことほ》ぎ、自分だけ仲間外れにされるようで気に食わなかったのだ。

出産予定日前日、私は都内で催された講演会を終え、その足で浅草から東武伊勢崎線に乗るべく急いでいた。居心地の悪い子宮を出たくて出たくてたまらないせっかち息子の登場シーンを、ぜひともこの目で見届けたかった。到着の時間を知らせるために妻の実家に電話をかけると、義父が出て、極めて冷静な口調で「もう生まれました」といった。フライング気味の誕生は予想できたとはいえ、拍子抜けし、苦笑いした。父親の希望に沿うように、独立記念日の前日に出てきてくれたことを一人で祝おうと思い、ビールを買って、電車に乗った。

病院には午後八時過ぎに到着した。大仕事を終えたばかりの妻に「ご苦労さん」と声をかけると、「死ぬかと思った」と答えた。やややつれてはいたが、清々しい表情だった。「新生児室にいるから、見てくれれば」といわれ、息子と初めて顔を合わせた。腫れぼったく、迷惑そうな顔をしていたが、目を見開き、しっかり呼吸し、小さな手足を動かしていた。私は目や鼻、口、耳を確認し、指の本数を数え、過不足がないのを確認し、先《ま》ずは安心した。

出生届に書く予定の名前で、記念すべき第一回目の呼びかけをしてみた。「へい、ミロク」と。それに続く問いかけは声には出さなかったが、私はこう訊《たず》ねていた。

——おまえは誰の生まれ変わりなんだ？

　ミロクが四歳になったある日、椅子に座っている時も、添い寝をしている時も足癖が悪く、足が届くところにある父の脇腹やテーブルの裏側を蹴るのを注意した。

——生まれる前からおまえはよくママのお腹を蹴っていた。そんなに何かを蹴りたかったら、サッカーか、空手でもやるか？

　私のコトバを受けて、妻が「お腹の中にいる頃からの癖が抜けないのね」というと、ミロクはポツリとこう呟いた。

——早く出たかったんだよ。

　何をいい出すのか、と私と妻は顔を見合わせ、「ミロクは何処《どこ》にいたんだ？」と訊ねてみた。

——狭くて、暗いところ。

——おまえ、ママのお腹の中にいた頃のこと覚えているのか？

——うん。早く外に出たいから、蹴ったんだよ。

　作り話をするほど頭がいいとは思えず、もしかすると、本当に胎児の頃の記憶が残っていたのかもしれない。その記憶の有無を確かめるには、本人に聞くしかないのだが、コトバをある程度、使いこなせるようにならないと「証言」もできない。しかし、成長するにつれ、その記憶は薄れ、幼稚園に通いだす頃には完全に忘れてしまう。そんな話を何かの本で読んだことがあった。ミロクはギリギリ間に合ったので、「証言」を引き出すことができたのだろう。胎児の頃から人はより広い世界に出る欲求を抱えている。誕生とはその欲求を最初に実現することなのだ。

妻は十日間ほど実家に滞在した後、新居にミロクとともに帰ってきた。外壁の塗り替えは終わっていたが、ガレージを造る工事がまだ残っていた。一階の十二畳の和室にベビーベッドと妻のベッドを置き、子育て生活が始まった。友人、知人、恩師らから出産祝いが続々と届いた。恩師原卓也先生からはオムツ一ヶ月分、宮内勝典氏からは回転するぶら下げ玩具、村上龍氏からはベビー服、康芳夫《こう》氏からはジャクソン・ポロックの絵がプリントされたバスローブ、山田詠美からはワインを贈られた。殺風景だった家にソファを入れ、ラグを敷き、育児に必要なグッズを揃え、ベビーカーを二台買うと、二階は小説家の書斎のままだが、一階はにわかに保育園のようになってきた。息子が階段を自力で上ってこられるようになるまでは一年くらいかかるだろうか?

今まで一心不乱におのが妄想の産物を生み出すことに没頭してきたが、夫婦のありふれた営みの産物が出現し、同じ屋根の下で暮らすことになり、大きな心境の変化が起きることを漠然と期待した。

自分の幼年期は一回限りだが、その後、運に恵まれれば、二度、幼年期に回帰する機会が得られる。一度目は子どもができた時で、二度目は孫ができた時である。自分の子どもや孫の養育を通じて、自らの幼年期の謎を解いたり、消えかかっていた記憶を取り戻したりもできるはずだった。ちょうど三年間、かかりきりだった長編小説『彼岸先生』を刊行したばかりで、次の作品に着手するまで充電期間が必要だったこともあり、向こう一年は息子の成長の観察にかまけることができる。後々、妻から育児放棄を責められないように、しっかり実績を積み上げておく必要があった。育児参加の証拠を残すために一眼レフカメラを購入した。父親と息子が一緒に写っている写真がたくさんあれば、「幸福な幼年時代」の思い出も捏造《ねつぞう》できる。この頃の私は人に趣味は何かと問われたら、「子育て」と答えていた。

家父長を探しに

冷戦時代の一九五九年、当時のソ連首相フルシチョフとアメリカ副大統領ニクソンは、「キッチン論争」なる低レベルの自慢合戦を展開し、互いに相反する未来の予言をした。フルシチョフはアメリカが共産主義化すると予言し、ニクソンはソ連が自由主義を謳歌すると予言した。ソビエト連邦の崩壊により、ニクソンの予言が当たりそうな気配だったが、ロシアン・スタディ出身のロシア・ウォッチャーだった私は、アメリカが冷戦に勝利することによって歴史が終焉するほど単純な話ではないと思った。そもそもソ連邦を崩壊に導いた実質的要因はソ連のアフガニスタン侵攻とチェルノブイリの原発事故にあり、アメリカはそれに便乗したに過ぎない。確かにアメリカはソ連軍のヘリコプターを撃墜するスティンガー・ミサイルなどの武器をイスラエルの武器商人から仕入れ、アフガンのゲリラに供与し、ソ連軍が敗走するよう仕向けた。だが、歴史をもう少し長い目で見ると、アフガン・ゲリラを支援した結果、タリバンなどの反米勢力を育てることになり、アメリカもまた戦争の泥沼に引きずり込まれたのである。

　ペレストロイカを主導し、初めて話の通じる相手が現れたと、自由主義圏では人気があったゴルバチョフは、本国では連邦崩壊の戦犯のように扱われ、最終演説を終えると、頭と背中に哀愁を漂わせて、表舞台から消えた。十五の民族共和国のそれぞれが独立の道を歩み出すと同時に、経済危機が訪れ、共和国間の軋轢《あつれき》が表面化した。ロシア共和国はエリツィンが舵取りをすることになったが、山積する諸問題を前に、酒に逃げている印象が強かった。

　ロシアの経済危機に乗じて、北方領土問題の解決を図る機運が高まっていた。日本政府による経済援助と引き換えに四島の返還を実現する、つまりカネで四島を買うというマフィア式の交渉が水面下でなされる可能性があった。一体どれだけ積めば、この交渉が成立するかは誰も知らなかったが、ハワイのオアフ島を買うよりは安く済むのではないかという声も聞こえた。一八六七年にロシアがアメリカにアラスカを売った時の価格は七百二十万ドル、今の貨幣価値に換算すると、ざっと百四十億円程度だった。不毛の土地の売却価格としても安かったが、三十年後には資源の宝庫と判明したので、ロシアにとっては歴史的誤算となった。同じ過ちは繰り返さないとしても、ロシアの経済危機は深刻だった。それに対し、日本はまだ経済大国としての余裕があり、アラスカ買収の百倍くらいのカネはポンと出せただろう。

　私はおのが野次馬根性を抑えがたく、現状、国後《クナシリ》や択捉《エトロフ》はどういう状況に陥っているのか、自分の目で確かめたくなった。朝日新聞社が取材費を負担してくれるというので、九二年八月、一人で択捉に渡ることになった。子育てという新たな趣味に熱心に取り組み始めた矢先に、辺境の島に出かける理由を妻に問い質《ただ》され、苦し紛れに「危機の時代のサバイバル術を辺境に暮らすロシア人から学ぶため」と答えたが、「大草原の小さな家じゃないんだから」といわれた。

一時期、アメリカの人気テレビドラマ『大草原の小さな家』の再放送にはまっていたことがある。その中で理想的に描かれている開拓時代の父親像に好感を抱いたのは事実だ。択捉に暮らす人々はまさに開拓時代の労苦の中にあるだろう。彼らの生活から今後の子育てに応用できることの一つくらいは学べるはずだった。この時点で択捉には旅人を宿泊させるホテルは一軒もなく、私はサハリンの旅行代理店を通じて、島に暮らす家族の元にホームステイすることになっていた。

私はこの頃、小津安二郎の映画にも熱中していて、敗戦と占領を経験した日本の父親像と家族の様態を検証していた。小津最後の作品は一九六二年の『秋刀魚《さんま》の味』なので、自分が生まれた頃の家族の肖像を見ていたことになる。豊かな喜怒哀楽が発生する茶の間に郷愁を覚え、あのような茶の間に我が身を置きたいと思っていた。バブル経済以後の日本にはもう何処にも共同住宅の互助的な暮らしは残っていなかったが、連邦崩壊直後のロシア、それも極東の離島あたりでは、終戦直後の日本とまではいかないまでも、私が生まれた頃と似たような生活環境が残っていると期待した。わざわざ択捉に出かける理由は実はそこにあった。自分の幼年時代にタイムスリップすることはできないが、それと似た環境にしばし身をおくことはできると。

外務省はヴィザなし渡航を奨励しており、根室《ねむろ》から船で国後島に渡り、そこからロシア船で択捉島に渡るルートを模索したが、船をチャーターするほどの予算もなく、ロシアのヴィザを取り、ハバロフスク経由でユジノサハリンスクに飛び、そこで入島許可証を手に入れ、空路で択捉入りするしかなかった。三日もかかる遠回りのルートだったが、サハリンでの一泊は印象深い経験だった。市場では朝鮮系のアジュンマがキムチやナムルを売っていて、私に朝鮮語で話しかけてきた。私が日本人だとわかると、片言の日本語を交えたロシア語で干し昆布とわらびのナムルを勧められた。干し昆布はロシア語で「パスーシェンナヤ・マルスカーヤ・カプースタ」、わらびは「パーパラトニク」という。その語感に釣られ、両方とも買ってしまった。

夕食にはわらびや蕗《ふき》のナムル、昆布のサラダ、タラバガニのスープなど極東料理と呼ばれる山菜とオホーツクの海の幸を生かし、朝鮮風の味付けをしたフュージョン料理を味わった。択捉への入島ヴィザは翌日に発行され、午後のフライトで択捉に飛んだ。定員十人のプロペラ機で三十分ほどのフライトだったが、やけに揺れた。空港は島で唯一の町クリリスクとは反対の太平洋側に開けたカサトカ湾に面している。直訳すれば、シャチ湾だが、日本名では単冠湾《ひとかっぷ》という。アイヌ語では「ヤマブドウの皮」を意味する。一九四一年十一月二十六日、連合艦隊はここから真珠湾に向けて出港した。しばし、感慨に耽《ふけ》りたいところだったが、迎えに来ていたホストファミリーの主人にオンボロのバンに早く乗るよう促された。ざっと周囲を見回すと、滑走路脇にはシートを被った戦闘機が四機ほど並んでいた。「あれはミグ21ですか？」と訊ねると、「飛べないミグ」と答えた。

ホストはサーシャ・アスコリドフと名乗った。移動を急《せ》かしたのは、町に向かう道が満潮で水に浸かるからだという。砂浜の湿っているところは固く平らなので、内陸のでこぼこ道を走るよりは速く走れる。砂浜が島で唯一のハイウェイというわけだった。海に注ぐ小さな川を渡った時、エンジンが水を被り、エンストした。早く抜け出さないと潮が満ちてくると運転手が呟くのを聞き、私も車を押すのを手伝った。

内陸のでこぼこ道を二十分ほど走り、ようやくクリリスクの中心部に到着したが、ぬかるんだ道の両側に何軒か木造の家が建っているだけだった。目の前の空き地を通り抜けたところには四階建ての共同住宅があり、その一室がアスコリドフ一家の住まいになっていた。『秋刀魚の味』で長男夫婦が暮らしていたような１ＤＫのアパートに家族四人で暮らしている。サーシャの奥さんナターシャが笑顔で出迎えてくれたが、前歯に金歯が光っていた。早速、歓迎の夕食会が催され、鮭とジャガイモのスープ、イクラ、ペリメニなどが振る舞われ、ウオッカで乾杯した。私は手土産の焼酎とクッキーの詰め合わせを差し出した。アスコリドフ家には二人の娘、中学三年生のスヴェータと小学四年生のオーリャがいた。人見知りのオーリャは日本から来た珍客に終始、警戒の眼差しを向けていたが、スヴェータははにかんだ笑顔を向けてくれた。

この１ＤＫのアパートにすでに四人が暮らしているのに、自分は何処に寝ればいいのか、気にかかっていた。家族四人は寝室の二段ベッドで眠り、客人の私は居間に寝るしかないが、ベッドがない。就寝の時間になると、私は洗面所に行かされ、その間に今まで自分が座っていたソファがベッドに早変わりした。この機能的なソファベッドは、海岸に流れ着いた流木を巧みに組み合わせて、サーシャが自作したものらしい。ソファの対面に置かれたスツールもよく見れば、酒樽《さかだる》の上にクッション付きの蓋をしたもので、これも漂着物だという。

全くプライバシーがない状態で、ロシア人家族と共同生活をすることになるとは聞いていなかった。私は旅行代理店に一泊あたり二十ドルの料金を前払いしていたが、アスコリドフ家にはいくら入るのか、後にサーシャに訊ねたところ、「五ドル」という返事だった。代理店のあくどい中抜きに腹が立ったが、連邦崩壊後はマフィアの暗躍と市民からの搾取が一層熾烈《しれつ》になることは明白だった。

エレベーターなしの四階建て集合住宅は日本の公団住宅とそっくりだった。階段の踊り場で二つの部屋のドアが向き合っている構造も、１ＤＫの間取りも同じだった。サーシャはシベリアから択捉に移住し、この集合住宅の建設に従事した後、一室をもらい、四十二歳で年金生活者になったのだそうだ。これは僻地《へきち》生活者への優遇措置なのだとか。「この島の気候は温暖で、一年を通して過ごしやすい」とサーシャはいうが、それはシベリアやサハリンと較べたらの話で、東京を基準にしたら、夏でも寒い過酷な土地だ。択捉島は風が強く、湿り気が多く、台風の通り道にもなっており、カラッとした晴天に恵まれることは少ない。

私は翌日からこの島のあちこちを取材して回った。主な産業は漁業で、鮭の養殖場で働く人の割合は高い。それ以外は軍人か、行政、学校の関係者だ。季節は八月の終わり頃で、河口に行くと、すでに鮭が産卵のために遡上を始めていた。漁協に一尾あたり四十円払えば、密漁にはならないというので、勧められるまま、袖をまくり、手摑みで鼻曲がりのオスとイクラをたっぷり蓄えたメスを一尾ずつ捕まえた。その日は私が捕まえた雌雄の鮭が食卓に上がった。イクラは持参した醬油に漬け、オスの鮭の身はバター焼にした。副菜のジャガイモは共同住宅前の空き地で育てており、小粒の新ジャガをバケツに集めてくる。

島での食生活はほぼ自給自足だった。経済危機下では、軍人の給与も不払いのままで、物資の流通もストップし、商店には賞味期限切れのジュースと腐った西瓜《すいか》しかなかった。かろうじて、パンは手に入るが、ウオッカはほぼ配給制になっていた。代わりにウオッカの代用品のホワイトリカーが出回っており、これが消毒用アルコールとほとんど変わらない代物だった。

スヴェータは学校から戻ると、私を散歩に誘ってくれた。川べりの道を歩き、自分が通う中学校や島で一番好きな場所だという集合住宅裏手の海岸に案内してくれた。誰もいない海岸には、沿岸の複雑な潮の流れによって各地から運ばれて来た漂着物が無数に打ち上げられていた。日本語やハングルが記されたプラスチックやビニール袋、難破した船の残骸と思《おぼ》しきもの、ガラスや発泡スチロールのブイ、ともづななどに混じって、懐かしいマジソンスクエアガーデンのボストンバッグが落ちているのを見つけ、恐る恐る中を覗いてみると、日本の中学生のものと思われる体操着が出て来た。昆布もいたるところに打ち上がっている。千切れていないものを拾い、干し昆布にしようと思ったが、太陽が出る日がほとんどなかった。

スヴェータに「君は将来、島を出るつもりか?」とありきたりな質問をすると、「中学を卒業したら。サハリンの高校に行き、ハバロフスクか、ウラジオストクの大学に行くと思う」といった。

私は生まれたばかりの息子の写真をパスポートに挟んでいたが、それをスヴェータに見せ、自分はこの七月に父親になったばかりだと告げると、「おめでとう」と握手を求められ、「どんな父親になりたいですか?」と訊かれた。

——まだ決めていない。君のパパはどんなパパかな。

——何でも自分で作れるし、家族を大事にしてくれる強いパパです。お酒を飲み過ぎるけど。

ソファベッドを自分で作る器用さは自給自足のこの島では大いに頼りになるだろう。島にはほかにも様々なタイプの父親がいるはずで、近未来の自分の姿を垣間見ることができそうだった。

当時、島には一軒だけバーがあり、サーシャはその経営者だった。年金だけでは食べていけないので、副業で始めたそうだが、夜の社交場として賑わっていた。化粧がやたらに派手な島娘や、田舎臭く粗野な軍人や漁師たちが狭い店内にひしめき合っていた。サーシャのおごりでウオッカを飲んでいると、たちまち客に取り囲まれ、質問攻めに遭った。「何処から来た?」、「何しに来た?」、「何を調べている?」とのっけからスパイ扱いしてくるのには閉口した。「東京から観光で来た」という答えには誰も笑わなかった。確かに、ホテルも観光名所もなく、交通の便も悪く、経済危機下で荒《すさ》み切った離島に一人で観光に来るような奴は何かよからぬことを企んでいるに違いない、と勘繰りたくもなるだろう。怪しいよそ者に酒場で絡むのは、彼らにとっては大事な余興なのかもしれない。私は低姿勢でやり過ごそうとしていたが、やがて、一人の年配の酔客が私に向かって、叫んだ。

――この島は絶対、日本には渡さないからな。

私はニヤニヤ笑いながら、「日本に返還したら、米軍基地ができるから、やめた方がいい」といった。すぐそばにいた別の若い酔客が「日本のカネで開発してくれれば、島はもっと住みやすくなる」というと、さっきの年配の酔客が怒り出し、若者の胸ぐらを摑むと、連鎖的に別の中年男が私に軽く体当たりしてきた。そのまま喧嘩に突入しそうな気配だったが、サーシャがカウンターから出てきて、代わりに私をカウンターの中に入れ、酔客を宥《なだ》め始めた。その時、彼はこういった。私のロシア語はかなり錆《さ》びついてはいたが、はっきりと聞き取ることができた。

――彼はオレの客だ。もし彼に手を出したら、オレが相手になる。

愛想のない男だったが、思い切りアウェイの場に身を置くよそ者に示したサーシャの態度が頼もしかった。こういう父親の先輩に会えただけでも択捉くんだりまで来た甲斐があった。

サーシャは家にいるときは何かしらの作業をしていた。イクラを塩水に漬けたり、ジャガイモを掘り出したり、空き地で飼っている鶏が産んだ卵を回収したり、流木を組み合わせて子ども用の木馬を作ったりと忙しい。その合間に私を温泉に連れて行ったり、知り合いの軍人に紹介したり、向かいの部屋に住む家族を家に呼んだり、校長に話をつけ、学校見学の許可をもらったり、島の地区議会議長へのインタビューの段取りをつけてくれたりと、コンシェルジュの役目も十全に果たしてくれた。さらにバーの経営や喧嘩の仲裁まで手掛けるのだから、島の「何でも屋」といってよかった。家に一人いると何かと便利というフィガロ的な父親像を追求するのはありだなと思った。

サーシャは家では次女のオーリャを膝に乗せ、猫可愛がりをしているが、オーリャは迷惑そうな顔をしている。来年にはスヴェータが島を出てゆき、オーリャも父親とのスキンシップを拒むようになるだろう。

四日目には居候生活にも慣れ、ナターシャは私の下着も洗濯してくれ、キッチンに立たせてくれるようになった。オーリャも警戒心を解き、私と話をしてくれるようになり、スヴェータが通う中学を訪れ、英語の先生を通訳にして、短いスピーチをし、島の中学生との対話も楽しんだ。

鮭が主食の食生活が連日続き、刺身にしたり、バターと持参した味噌で北海道名物ちゃんちゃん焼を作ったりして、飽きがこないようにしていたが、いよいよ食傷してきた。「カニが食べたい」とか「ペリメニを作ってほしい」と控えめに要求すると、ナターシャはペリメニはすぐに作ってくれたが、カニは自分で捕りに行くしかないという。サーシャが気を利かせて、同じ集合住宅の軍人たちに声をかけ、夕方、空港近くの磯へカニ漁に出かけることになった。身長が私と同じくらいの兵士から借りてきてくれた長靴とゴム合羽を身につけ、いざ出発となったが、トラックに乗り込む直前に「空港周辺は軍の敷地だから外国人は立ち入り禁止」という知らせを受け、虚しく見送った。兵士たちはそのままカニ捕りに行ってくれたが、波が荒く、収穫は小さな花咲《はなさき》ガニ一つでがっかりだった。

サーシャは退屈し始めた私を喜ばせようと、ピクニックに誘ってくれた。朝早くに軍用コートを着せられ、家の外に出てみると、戦車が待機していた。山の中腹にある天然の温泉に向かうとは聞いていたが、戦車まで出動させるとは思いも寄らなかった。途中、ヒグマに遭遇する危険があるからだと真顔でいわれても、笑うしかなかった。サーシャとナターシャ、戦車のコマンダーと操縦士、バーで会った若い兵士二人が同行した。クッションを尻に敷き、砲塔に座り、振り落とされないようにコマンダーキューポラの縁をしっかり掴み、悪路に揺られること一時間半、腰や背中にかなりの負担がかかる行程だった。行き着いたのは、「イワン雷帝」の異名を持つ山の中腹あたりで、そこは熱い温泉が流れる湯の川と冷たい真水が流れる川が交差するポイントだった。あたり一面には硫黄の臭いと水蒸気が立ち込めていた。兵士たちは薪集め、サーシャは火熾《ひおこ》しを始めた。食材は途中の川で捕まえた鮭三尾とバケツ一杯のジャガイモを持参していた。ナターシャはジャガイモの皮むき、私は鮭をさばき始めた。ジャガイモが入っていたブリキのバケツはそのままスープを煮る鍋になった。

料理の準備ができると、酒盛りが始まった。ビールやワインを飲みたいところだったが、ウオッカの代用品を顔をしかめて飲むしかなかった。腹も満ち、ほろ酔いになったところで、水着姿になり、沢を下り、ちょうど適温になっている滝壺《たきつぼ》を探し、身を横たえた。肌にピリピリと刺すような刺激があり、舐《な》めると強い酸味があった。青森の酸《す》ヶ《か》湯《ゆ》温泉や知床《しれとこ》のオシンコシンの滝の湯と同じタイプだ。

わざわざ戦車を出動させてくれたコマンダーに礼をいうと、黙って頷いた。非常に寡黙で、思慮深そうな表情をしているので、「詩でも書いているのか」とサーシャに訊ねると、「彼はアフガン帰還兵だ」といった。ムジャヒディーンとの熾烈な戦闘を経て、一年前に択捉にやってきたのだそうだ。「なぜですか？」とむしょうに訊きたかったが、古傷に触れることになりそうで黙っている方が無難と判断した。私より十歳くらい若い二十歳そこそこの兵士二人はバーで私に好奇の眼差しを向けていた奴らだが、すっかり打ち解けて、気安く話しかけてきた。「日本人の女は誰とでもやらせてくれるというのは本当か？」とか、「日本製の中古車で一番安いのはいくらだ？」とか、「日本人はどんな酒を飲んでいるのか？」とか訊ねてくるので、いちいち「ロシアの女と同じだ」、「スクラップはただで手に入るが、自分で修理しなければならない」、「ビール、サケ、ワイン、ウイスキー、それも最高品質のものを飲んでいる」と答えた。二人、雁首揃えて遠くを見る目で「ハラショー《いいね》」と呟くのを受け、「君たちは戦車で温泉に行けるじゃないか。これはすごいことだ」と返したが、「戦車よりトヨタが欲しい」と真顔で返された。

午後二時には秘湯から「撤退」したが、血の巡りがよくなり、気分が一新されたので、これは一種の聖地巡礼だった。

私の滞在は一週間の予定で、その間に授業参観や、議長へのインタビューも済ませ、翌日、国後、色丹《シコタン》を経由し、サハリンに向かう船に乗ることになっていた。ところが霧と時化《しけ》のため船が出港できなかったという連絡を受け、少なくとも明後日までは島に足止めを食うことになった。早く家に帰り、息子の顔を見たかったが、海に文句をいってもしょうがない。

サーシャは「ほかにやりたいことはないか？」と訊ねてきたが、「特にない」と答える私の顔を見て、「遠慮するな。何でもいってみろ」という。ロシア人は最初にダメ元の要求をし、徐々にハードルを下げてくるという話を思い出し、その流儀に倣い、こんな要求をしてみた。

――ピストルを撃ってみたい。あと、狩りもしてみたい。

サーシャは「ハラショー」と応じ、早速、軍人に頼みに行ってくれた。一時間後、空き地に案内されると、秘湯に同行したアフガン帰還兵が待っていた。サーシャは私たちが飲み干したウオッカの空き瓶を六本、大きな石の上に並べた。帰還兵は茶革のホルスターから軍用拳銃マカロフを抜き、安全装置を外すと、銃口を下に向けて、私に手渡した。その頃、日本ではトカレフの密輸が話題に上っていた。新潟港ではロシアの船員が円欲しさに一丁三千円くらいで暴力団員に売っているという話も聞いていたが、彼らがより性能がよく、安全性が高い自動拳銃マカロフを手にするようになるのはずっと後のことだ。

私は早速、標的のウオッカの瓶に狙いを定め、恐る恐る引き金を引いた。思いの外、引き金は軽く、わずかな指の動きに反応した。乾いた銃声が森にこだまし、ウオッカの瓶が割れた。ハワイの射撃場で22口径のスミス&ウェッソンは撃ったことがあるが、それよりはるかに強い反動があった。六発撃ったところで、弾丸は何発装塡されているか訊ねると、「八」と答えた。もう充分堪能したので、銃を返すと、帰還兵は一緒についてきた小学生の息子に渡し、残りの二発を撃たせていた。

日本から来た怪しい旅行者である私にフル装塡のピストルを貸したということは、少なくとも自分の息子ほどではないにせよ、それなりの信頼を寄せてくれたのだろう。私は丁重に礼をいい、秘湯では訊けなかった質問を思い切って投げかけてみた。

——あなたはなぜ択捉に移住したんですか？

——もう二度と戦場に行きたくないから。

——択捉に来れば、もう戦場に行かずに済むんですか？

——この不便な場所に住み続けること自体が任務なので、日本軍が攻めてこない限り、戦闘は起きず、静かに暮らすことができる。私は元々、シベリアの田舎の出身なので、大都市の暮らしには向いていない。

——軍人への給料が何ヶ月も未払いになっているそうですね。

——三ヶ月給料をもらっていない。都会だったら、餓死するかもしれないが、ここではカネがあっても買うものがないし、自給自足で何とか暮らしていける。戦場よりはずっと快適だし、何よりも子どもと過ごす時間が増えた。アフガニスタンは地獄だったが、この島の自然に癒されている。

終始、虚ろな表情だった帰還兵の顔には微笑が浮かんでいた。戦争からも経済危機からも遠く離れて、自給自足のワイルドライフを家族とともに満喫していることがよくわかった。私は握手を求め、「息子が大きくなったら、是非、この島に連れて来たい」というと、「また来てくれ」と固く握り返された。

夜は再び、バーに繰り出したが、この一週間で「物好きな観光客」の噂は広まったか、客は概ねフレンドリーだった。秘湯に同行した若い兵士がさりげなく私を守ってもくれたので、安心して酔客同士の関係を探ることができた。どうやら、サーシャは化粧の濃い従業員の女子とできていること、客はそれを見て見ぬふりをしていることがわかった。誰もが互いに顔見知りの島内で秘密の関係を維持するには、細心の注意と周囲の協力が必要だろうと余計な心配をした。私はサーシャの心中を察しつつも、働き者の妻と二人の年頃の娘の心を傷つけたくなかった。

——だいぶ酔ったから、先に帰って休む。

まだ愛人と話が終わっていない様子のサーシャに告げると、「ナターシャには売上の計算があるから遅くなると伝えてくれ」と耳打ちされた。「わかった」といい、一人でアパートに戻り、今やすっかり自分の体に馴染んだソファベッドに横になろうとすると、ナターシャが起きて来て、「一人？　サーシャは？」と訊ねた。一字一句、サーシャにいわれた通りに返答すると、「何時頃帰るといってた？」とも訊かれ、「家に帰りたくない客を帰すのに手間取っているようです。そのうち戻るでしょう」と答えた。

次の日の朝も船は来なかった。いつ頃、入港するかの情報も入って来ない。荷造りはしたものの、待ちぼうけを食らった。「当分のあいだ来ないから、鴨《かも》撃ちに行こう」とサーシャに誘われ、町から車で十分ほど離れた森に行った。乗せてもらった車はボディに「平安閣」の文字が入った日本製の中古車だった。冠婚葬祭の送迎に使われていた車がひっそり択捉で余生を送っているとは平安閣の人間は誰も知るまい。

狩りといっても、極めて大雑把で、森に石を投げ、驚いて飛び立った野鳥めがけて散弾銃を撃つというものだった。私には例のマカロフ拳銃が渡されたが、飛んでいる鳥に当たるはずもない。それでも、優れたスナイパーが一人いて、見事に鴨を撃ち落とした。犬が獲物をくわえて戻ってくるところだけは鴨撃ちらしい光景だった。鴨がサーシャの手に渡ったのを見て、今夜は鴨鍋が食べられると思った。

ところが、港から船が来るという知らせが入り、私は急遽《きゅうきょ》、出発することになった。ナターシャと二人の娘に慌ただしく別れを告げると、港へ向かい、艀《はしけ》に乗せられた。沖合いには二千トンクラスの客船が停泊しており、タラップを上って乗船する。なぜか島の若者数名が我先に船に乗り込もうと殺気立っている。秘湯に同行した二人の兵士の姿もあった。彼らは私のスーツケースを持ち、船員に「彼は旅客で、オレたちが案内する」と告げ、ちゃっかり先に船に乗り込んだ。どんな急用ができたのかと思いきや、彼らは単に停泊中に船内のバーで酒を飲みたかっただけのようだ。夜は真っ暗で、星を見上げる以外、これといった楽しみがない島では、週に一度、入港する船はネオンきらめく盛り場のように見えるのだろう。

確かに、ライトアップされた船が海面にそのまばゆい姿を映している姿は欲求不満の若者を誘惑しているようでもあった。船は二時間ほど停泊しているので、彼らは週に一度、二時間だけ開くバーでシンデレラタイムを満喫したら、また艀で真っ暗な島に戻るのである。

バーに静けさが戻ってくると、船は択捉を離れ、国後島に向かっていた。私は食堂でハンバーグ一種類だけのメニューを注文し、バーで代用ウオッカを百cc買って、一人で食事を始めたが、隣のテーブルには大学生の集団がいて、こちらにしきりに視線を送ってくる。やがて、一人のハンサムボーイが代用ウオッカの瓶を持って、近づいてきて、私のグラスに注いだ。乾杯に応じると、仲間に加えられた。聞けば、サハリンの大学の漁業学科の学生で、択捉の鮭養殖場で研修をしてきたそうだが、唯一の日本人の船客である私が何をしに択捉に来たのか、仲間内で賭けをしていたらしい。私は「最近、子どもが生まれ、どういう父親になるべきか迷っており、そのヒントを探して、旅をしている」と答えると、一人のしわがれ声の男が手を挙げ、「オレも父親になった」と宣言した。すかさず、しっかり者風の女子が「ロシアにいるのはこういう酒浸りのダメな父親ばかり」といった。それを聞いて思い出したのは、用済みになったワルシャワ条約機構軍のロシア兵がポーランドで農夫相手に、ウオッカ一ケースと戦車を交換したという話だった。兵士は酔い潰れただろうが、農夫は戦車で何をしたのだろうか？

子どもの写真を持っていないかと訊かれ、それを見せると、女子を中心に「可愛い」の合唱が起き、自分がいわれたわけではないのに、顔を赤らめた。

早く息子の顔を見たくてたまらなかった。島では電話も使えず、日本とは九日間も音信不通になっていた。早く帰るには国後島で下船し、島の議長に掛け合い、ロシアの漁船に乗せてもらい、根室に入港する手があったが、交渉が難航したり、失敗した場合は次の客船が来るまで足止めを食らう。やはり、サハリンに戻って一泊し、ハバロフスク経由で新潟に戻る、往路と同じコースを逆に辿《たど》るのが無難と判断し、国後での下船を見送った。

大きな回り道をし、新潟に戻って来たのは択捉を出発してから三日後、家を出てから二週間が経過していた。ずいぶん長く家を空けてしまったことに対する罪悪感もあり、私は叔母の家に世話になっている妻に電話し、迎えに行くと告げたが、「明日ゆっくり帰るからいい」といわれてしまった。それでも、息子の顔が見たいので、東京駅からタクシーで大田区の叔母の家に向かい、その寝顔だけ見て、誰もいない自宅に帰った。

択捉への旅は、父親修業になったのか、ならなかったのか、正直、よくわからない。ソ連邦が崩壊するずっと前から、家父長制は崩壊していたのかもしれない。ただ、どんな状況になっても、家族を守らなければならないのが父親だという、ごくありきたりなことを心に刻むことはできた。その意味で、チベット旅行と同じく大きな意味を持つ旅ではあった。

私が子どもの頃、父はほとんど家にいなかった。高度成長期はどの家もそうだったから、逆に父が家にいた時のことを強烈に覚えている。キャッチボールをすると、左利きの父が投げる球が微妙に変化して、捕球しづらかったとか、母の入院中、食事は決まってそうめんか、おじやだったとか、父は飼っていた犬に一切の関心を払わなかったが、犬の方は父が一家の主であることをわかっていて、出かける時には駅まで見送ったことなど、在りし日の光景をいくらでも思い出すことができるが、幼い私は素朴に「父が家にいれば、強盗が来ても追い払ってくれる」と信じていた。「そばにいてくれるだけでいい」のが父親だった。何でも自分の手で処理し、作り出す器用な父親がいなければ、離島での自給自足の暮らしは成り立たない。私はサーシャやアフガン帰還兵の頼もしい父親ぶりを見ながら、何をやらせても不器用だが、誠実なので、人に頼られていた自分の父親を思い出していた。あの父親からも私のような息子が育ったのだから、何も案ずることなく、息子が幼いあいだはそばにいてやるだけでいいのだと思った。

喃語の時代

生後二ヶ月を過ぎると、首が据わり、抱き上げるのも楽になった。粉ミルクをシェイクしたり、オムツを替えたりすることにも習熟し、育児に段位があるとすれば、初段くらいにはなった。初めて、ミルク以外の飲み物、薄めたグレープフルーツジュースをスプーンで飲ませた時の反応が可笑《おか》しかった。初めて味わった酸味に対して示した変顔を写真に撮るために、何度もスプーンを運んだ。それまでは泣くか喚《わめ》くかだけだったが、喉の奥を鳴らすクーイングが聞こえるようになった。それは単なる呼吸音ではなく、発声の練習をしているようにも聞こえた。「クー」という音に耳を澄ましてみると、毎回、違って聞こえる。いずれも日本語にはない、アラビア語で使われていそうな微妙な音だった。

普段はあまり泣かず、むずからず、さほど手がかからず、大いに助かっていたが、泣き声は派手だった。放ったらかしにしておくと、一オクターブ高い声で泣くのが面白かった。大きな音を怖がるようで、車のクラクションや雷鳴が響くと、途端に泣き出した。あれは生後四ヶ月くらいの頃だったか、門前仲町《もんぜんなかちょう》の寺を詣で、無病息災の願掛けに護摩《ごま》焚《た》きに参加したのだが、境内に大太鼓の音が鳴り響くと、僧侶たちの声 明《しょうみょう》に負けないくらいの声で泣き出したのをよく覚えている。よほど驚いたのだろう、オムツから溢れるほどのウンコを漏らしていた。

まだ言語を使っていない乳児の耳は、世界のあらゆる言語の音韻を聞き分けられるという。だが、成長とともにその潜在能力は失われ、喃語《なんご》を使い始めるようになると、母語以外の音韻を聞き分けられなくなる。母語の獲得とは、生まれたばかりの頃にはあった能力を失うことを意味する。

生後四ヶ月頃から、「アー」、「ウー」といった母音の喃語が始まり、やがて子音が不明瞭な形で結びつき、半年ほどすると、「ババ」、「ガガ」、「ダダ」といった反復音節の喃語になり、八ヶ月も経つと、発音がかなり明瞭になり、十ヶ月を経過すると、重複しない音節を結びつけ、「ンバー」とか、「ピポ」とか、「チッタ」などと発音するようになる。すると、にわかに言語らしくなり、何かを伝えようとしている気がしてくる。しかも、発声には身振りや表情も伴っているので、こちらも息子との対話にのめり込んだ。息子がチャットを始めると、すかさずMDに録音をし、喃語コレクションを作った。BGM代わりにじっくり聴き返してみると、歌っているようにも、不平をこぼしているようにも、またフィンランド語やベンガル語で呟いているようにも聞こえた。まだ、主語も述語もなく、名詞と動詞の区別もないが、一語の発話に意思を込めていることはわかった。

自分はどのようにして言語を獲得したか、何も覚えていない。母語は無意識に刷り込まれたのだろうが、その過程は知りようがない。だが、息子の喃語に耳を傾け、それが発話になり、意思伝達に変わる瞬間に立ち会えば、何かわかることがあるだろうと考えた。最初のうちは猫語や鴉語を学ぶような感覚だったが、表情や手振りが伴ってくると、こちらから解釈を補ってやることができるようになった。私が喃語の研究にのめり込んだのは、まだ言語化されていない息子の無意識と向き合うことで、自分の無意識へのアクセス回路が開けると思ったからだった。

息子はかなり饒舌《じょうぜつ》な喃語スピーカーだった。私がそばにいない時も破裂音やラ行の音、舌や喉を鳴らす音を組み合わせて、独り言を呟いていたし、私が一緒になって、喃語擬《もど》きを囁くと、もっと多彩な音節を繰り出した。舌や声帯、唇を駆使して、音を出すこと自体を楽しんでいるようだった。イタリア語を発音すると、何となく気分が上がったり、フランス語を発音すると、口唇が心地よく感じることがあるが、その感覚に近いのではないか。

一歳になる前から息子は自分の名前を認識し、「ミロク」と呼びかけると、こちらを向いてニヤリと笑ったり、「ビンバ」、「アッチャ」、「マプー」などと応えるようになっていて、子どもに懐かれる楽しみは想像以上だった。

息子が言語を獲得してゆくプロセスをじっくり観察し続ければ、無意識からコトバが立ち上がるメカニズムもある程度、感得できるのではないかと思った。言語能力自体はあらかじめ脳にプログラムされているが、その発達を促してやるのは養育者の役割だ。

大きな音を怖がるし、鈴の音や笛の音、呼びかけには反応するので、耳に異常はない。目も見え、味覚や嗅覚も働いている。呼吸もうまくコントロールできるし、舌もよく回ることも確認できた。さらに、知能がしっかり備わっているか、親のコトバや表情に反応しているか、興味が持続するか、といった観察もしていたが、知的な障害があるか、自閉症や多動の可能性はあるかまではわからなかった。


寝返りを打てるようになってしばらく経った頃、夜中に泣き出したので、ミロクをソファに置き、ミルクの準備をしていると、ボテッという音とともに一オクターブ高い泣き声がした。慌てて様子を見に行くと、ミロクがソファから落ち、床に仰向けに転がっていた。ああ、しくじったと焦り、頭を打っていないか、怪我をしていないか、全身をチェックしたが、尻の蒙古斑以外に青くなっているところはなかった。私はその時、大学時代の友人から聞いた話を思い出した。彼女の従兄弟には障害があるのだが、それは乳児の頃、母親が抱いていた子どもをうっかり落としてしまったせいだというのだ。乳児の頃の事故は後々まで尾を引く。運動機能が順調に発達しているのは喜ばしいが、その分、怪我をする危険も増すので、今後は慎重に扱わなければならないと肝に銘じた。

ミロクが這《は》い這《は》いを始めた頃のことはよく覚えている。ようやく自力で移動する手段を身につけたのはいいが、前進するのにかなり手こずっていて、最初のうちは後退しかできなかった。本人は前進したいのだが、手足の連動がうまくいかず、ズルズルと後退してしまうことにかなり苛立《いらだ》っていた。目の前にお菓子を置き、前進を促してみたが、お菓子からは遠ざかるばかりなので、「セ・ラ・ヴィ（それが人生というものだ）」と慰め、お菓子を背後に置き直してやった。

ようやく匍匐《ほふく》前進ができるようになると、つかまり立ちまでは早かった。ソファや壁にもたれかかり、また父や母のふくらはぎを杖にして立ち上がると、誇らしげな表情をした。早晩、二足歩行を始めそうで、その日が待ち遠しかった。すでに小さな靴を三足ほど用意していた。

遠くへ移動するにも、外敵から逃走するにも、何かを発見するにも、他者と偶然の出会いを重ねるにも、直立歩行能力は欠かせない。両手が空けば、手先を器用に使いこなすこともできるし、脳の発達が促される。ミロクを早くベビーカーから下ろして、自分の足で野山を歩かせたかった。

人類を直立歩行に導いたのは足の親指の奇形だった。木の枝をつかむには不利な真っ直ぐな親指は地面を蹴るには有利だった。その結果、人類は住み慣れた森を離れ、まだ見ぬ新天地に向かうことができ、地球上のあらゆる場所を生息地にすることができた。極めて未熟な状態で生まれてくるヒトの子は、およそ一年かけて、二足歩行をマスターし、遠くへ行く準備をする。私はオムツを替えるたびに、速く、長く走るために必要な条件である土踏まずやアキレス腱、尻の筋肉が順調に発達しているかを確かめた。

最初の誕生日を迎えてから一週間後、ミロクは初めて自力で二足歩行を行った。わずか七歩で尻餅をついたが、すぐにまた立ち上がり、今度は十歩歩き、その日のうちに十六歩まで距離を伸ばした。私はそのドヤ顔をしっかりと写真に残しておいた。

子を連れて

ミロクの月齢が十三ヶ月になった頃、私はベルリン芸術週間の招聘を受け、一ヶ月ほどベルリンに滞在することになった。また、その後の一ヶ月はカナダ、トロント大学と文学フェスティバルの招待に応じることにした。妻も同行を強く希望したので、一歳の乳児を連れ、二ヶ月の大旅行に出かけることになった。今まで多動的にあちこちを嗅ぎ回る一人旅ばかりだったが、幼い子を連れて歩けば、これまで目に見えていながら、関心を払わなかった世界が開けてくるに違いない。いずれ息子を世界に放逐する日が来るが、まだ十数年先だ。今は息子と旅をし、その濁りのない目に映る世界を脇から覗いてみたかった。択捉では開拓地の父親像を見てきた。今度はベルリンとトロントで短期の子育てをしながら、現地のファミリーの実像に触れ、私の父親稼業の肥料にしようとも考えていた。

旅のフットワークを軽くするために荷物は最小限にまとめる癖が身につき、私はパッキングの名手を自負していた。だが、子連れとなると、リュック一つというわけにはいかない。ベビーカー一つでも大荷物だが、テーブルに引っ掛けるベビー椅子、三日分のオムツ、着替え、玩具などかさばるものばかりだった。もちろん、息子本体が一番の大荷物で、飛行機の移動中もずっと膝の上に乗せておかなければならない。メリットは運賃がかからないことくらいか。

出発直前、ミロクは水疱瘡《みずぼうそう》にかかったが、ギリギリ回復した。まだ、顔や体に斑点が残っていたが、いたって元気だった。

ルフトハンザのエコノミー・クラスに乗り、フランクフルト経由でベルリンに向かったが、機内は満席で、かなりの苦行を強いられた。夫婦交代で抱きかかえ、愚図れば、あやし、退屈を紛らせてやり、寝かしつけようとするのだが、思い通りにはならない。「子どもは泣くもの」と割り切ってくれる乗客ばかりでもなく、妻は神経質になっていた。眠らせるには疲れさせるのがいいと、私はミロクにハーネスをつけ、機内の通路を犬のように歩かせたところ、乗客の注目を集めてしまった。通路側の乗客が微笑みかけたり、変顔をしたりするたびに、いちいち立ち止まり、何事か呟き、また歩き出す。やがて、最後尾のトイレまで辿り着くと、反対側の通路をまた歩く。途中のギャレーで客室乗務員にウイスキーを所望したが、彼女の関心はすぐに息子に向かい、しゃがみ込んで、あやしてくれた。このまま置いていこうかと思ったが、好みのタイプだったので、その場にとどまり、しばし談笑を楽しむことができた。

不意に二つの映画の記憶が蘇った。一つは『ペーパー・ムーン』という映画で、詐欺師の男と九歳の少女の持ちつ持たれつを描いたロードムービーだが、男は少女を巧みに利用し、詐欺行為をスムースに行う。大島渚の『少年』では、父親が息子に体を張らせて、当たり屋稼業を続けながら、旅して回る。詐欺の片棒を担がせたり、車に体当たりさせたりするつもりはないが、息子にあやかり、美女とお近づきになるくらいの役得は許されるだろう。


ベルリンは、私が生まれた年に作られた壁が崩壊した一九八九年に訪ねたことがあった。それから四年後、東西の出入りはもちろん自由になっていたが、貧富の差は残り、東側の治安は悪化していた。私たち家族にはキッチン付きのホテルの一室が用意されていた。その年の芸術週間のテーマの一つが「日本」で、文学者や伝統芸能の人、映画関係者らが訪独し、各種イベントが行われることになっていた。私のオブリゲーションは、いくつかのシンポジウムと朗読会に参加し、滞在の記録を何らかの形で発表するといったことだった。

ホテルは目抜き通りのクーダムまで徒歩十分、部屋の窓を開けると、ビルの屋上で回転するベンツのエンブレムが見えた。キッチンはあるが、調理器具はなく、翌日は鍋や包丁、調味料一式を買うことから始めた。寝室にベビーベッドを入れ、ソファのあるリビングルームの机で仕事をしていた。ほぼ一年間、育児に協力し、小説の執筆を中断していたが、毎日新聞からの依頼で初めての新聞小説に挑むことになっており、創作に復帰すべくリハビリを進めていた。
『忘れられた帝国』というその作品は、自分の幼年、少年時代の記憶を場所に絡めて辿り直す試みだった。語り手を死者に設定し、便所、茶の間、森、学校、町にまつわる思い出を掘り起こしながら、忘れられた帝国＝在りし日の郊外の暮らしを再現しようと考えた。その頃、私は歩く民俗学者、宮本常一《つねいち》の著作にのめり込んでいて、このタイトル自体、宮本の代表作『忘れられた日本人』へのオマージュになっている。経済成長が進行する中で、様変わりする農村、漁村の失われてゆく暮らしの記録を熱心に残そうとした宮本にインスパイアされた私は、すでに忘却が始まっていた高度成長期の生活実態を記録に保存しておきたかったのである。

朝食を済ませると、妻はミロクを連れて、近所の散歩に出かける。その隙に私は原稿を書き進める。午後には地下鉄やバスに乗り、やや遠出をし、レストランやカフェで食事をしてくる。ベルリンはいたるところに公園があり、またレストランも子連れの客を歓迎してくれる。アジア人の幼児に好奇心がそそられるのか、何処へ行っても、ミロクは店員やすれ違う散歩者や老人にチヤホヤされていた。

週末は私が午前中の散歩に連れ出したが、公園には子連れの父親が集まっていた。定期市が立つ公園では、近郊の農園産の野菜、チーズ、ソーセージ、魚の燻製《くんせい》などが売られていた。食材はもっぱら市場で仕入れていたが、クーダムには「カーデーヴェー」というデパートがあり、その最上階に行くと、種類豊富な輸入食材や調味料が手に入る。また、ベビーカーを押しながら、食材の品定めをしていると、ミロクが不意に眠りに落ちたりするので、チャンスとばかりにオイスターバーに立ち寄り、岩牡蠣《いわがき》とシャルドネを堪能した。ジャーナリストの溜まり場になっている「カフェ・アインシュタイン」にもよく子連れで出かけた。そここのテーブルで打ち合わせが行われ、また原稿を書く姿が見られた。彼らの仕事を邪魔するためにミロクを連れて行ったわけではなく、そこで働く涼しい顔のウエイトレスが六〇年代アメリカの「エイボンレディ」みたいで、興味をそそられ、息子を媒介にして親しくなりたかったのだが、彼女は息子をあやそうともせず、ほかの客への対応と同様、冷淡で、事務的だった。

ミロクはホテルのメイドたちの人気者だった。シーツやタオルの交換で顔を合わせていたポーランド人のメイドはよく掃除をサボって、床に座り、ミロクと遊んでいた。やがて、エレベーターホールでそのメイドを見かけると、ミロクの方から駆け寄ってゆき、いたく彼女を喜ばせていた。息子が他人に可愛がられることの役得には、父親もこっそり幼児退行し、ちゃっかり自分まであやされている気分を味わえるところにある。このように誰からも無条件に可愛がられた経験は、後年、誰からも見向きもされなくなった時にこそ思い出してもらいたい。その記憶は無意識に刷り込まれ、逆境を耐え忍ぶ力になるはずだからである。私自身には甘やかされ、チヤホヤされた記憶が残っていなかったが、孫の顔を見せに行った折に母親にいわれた。

――あんたは弟の四倍、可愛がられていた。近所の人が代わる代わる家に来て、抱きたがるし、「まーちゃん貸して」といって、外に連れ出す人もいた。

よく誘拐されずに済んだものだが、私がこれまで逆境に屈しなかったとすれば、引く手数多《あまた》だった幼年時代の恩恵だったということになる。

東側のオラーニエンブルガー通りとフリードリッヒ通りが交差するところにあるアートハウス「タヘレス」に連れていった時のことだ。今はもう閉鎖されてしまったが、当時は廃墟然とした建物はアーティストたちに占拠されていて、香港の九龍城さながらだった。庭には廃品を再利用したアート作品が無造作に転がっていて、しばし、そこでミロクを遊ばせていたのだが、月齢で三ヶ月上くらいの幼児が歩み寄って来て、一緒に砂遊びを始めた。周囲を見回したが、親の姿はなかった。浅黒い顔から、トルコか中東からの移民の子かと思った。そろそろホテルに帰ろうとミロクの手を引いて、歩き出すと、その子もついてくる。もう一度、親を探したが、私の視界にはスキンヘッドの男と鼻ピアスの女、髭《ひげ》むくじゃらのホームレス風の男の姿しか入ってこない。ミロクをベビーカーに乗せて、フリードリッヒ通りを歩き出すと、その子はピッタリ私の後ろについて歩いてくる。治安のいいところではないのに、放置する親の気が知れなかった。こちらも誘拐の嫌疑をかけられても困るので、しばらく門のところで親が現れるのを待っていた。十分ほどして、ようやく母親らしき女性が現れたかと思うと、その子のお尻を叩いて、ドイツ語ではないコトバで叱り、乱暴に手を引いて去っていった。ミロクはその母親の剣幕に気圧《けお》されたか、泣き出した。

――あの人がおまえのママじゃなくてよかったな。

そう語りかけながら、あの子はミロクと兄弟になりたかったか、別の家の子になりたかったのかもしれないと思った。

ベルリン滞在中、毎日ミロクを公園や動物園に連れ出し、バスや地下鉄に乗せ、さんざん歩き回ったので、親子共々、体力がつき、健康になった。子どもに寛容なベルリン市民にチヤホヤされ、息子は自分がドイツ人だと勘違いしたのではないか。八月の終わり頃にはコートが必要なくらい寒くなっていた。私はベルリン自由大学の院生や写真家のマリオやジャーナリストのユルゲンらとも親しくなり、妻も久しぶりの海外生活を満喫していた。私はベルリン市内にある三つのオペラ・ハウス全てで観劇をし、アッバード指揮のベルリン・フィルの演奏会も聴き、ドネルケバブやカレー・ソーセージも飽きるほど食べた。一緒に旅に出る前までは朝目覚めるたびに、目の前に幼い子どもがいることが不思議でならなかったが、その違和感もいつしか薄れた。ミロクは紛れもなく我が子であるという実感を得た瞬間が二度あった。一度はまだ寝ている私の背中に馬乗りになり、そこでジュースを飲み始めた時で、乗り物のように利用されていることは父親の証と見ていいと思った。二度目は、雑誌「PLAYBOY」のドイツ版を買って、部屋に置いていたのだが、ミロクがページをめくって遊んでいると、不意に巨乳を露わにしているプレイメイトが出現した。どういう反応をするか見ていると、ミロクはおもむろにその平面の乳頭をくわえようとしたのである。乳離れしてから、すでに二ヶ月ほど経っていたが、迫力満点のおっぱいを目の前にして、哺乳類の習性が出てしまったようだ。その後、ミロクは振り返って、私の顔を見ると、ニヤリと笑った。その瞬間、「血は争えないな」と思った。

トロント物語

ロンドンのヒースロー空港でトロント行きの便を待っている時、ミロクは新聞を読みふける紳士に近づき、かまってもらおうとしていた。ドイツ人ならば、何らかの親愛の情を返してくれただろうが、その英国紳士は、しつこくアプローチをかけるミロクを無視し続け、最後にやっと一瞥《いちべつ》し「ハロー」といい、また新聞に視線を戻した。すっかり社交的になったはいいが、この人懐こさが常に報われるとは限らない。成長してもこの特性が持続したとして、友達には恵まれるか、うざがられるか、微妙なところだ。

トロント滞在の前半のホストはトロント大学のケネス・リチャード先生で、公私にわたり、世話になった。アップタウンのキッチン付きの部屋が用意された。ダウンタウンにはポルトガル人経営の鮮魚店があり、刺身用の本マグロの切り身や鍋に最適なアンコウなどどれも新鮮だった。チャイナ・タウンでは飲茶《ヤムチャ》を楽しみ、自炊のための食材を仕入れ、ベトナム料理店にも足繁く通い、あらゆる種類のフォーを食べ尽くした。

キャベッジタウンという瀟洒《しょうしゃ》な住宅が立ち並ぶ界隈にあるリチャード先生の自宅にも度々呼ばれ、彼のパートナーやゲイの仲間たちを交えた輪に快く迎え入れられた。一緒にいた妻が「私はお邪魔かしら」といいたげで気の毒だったが、女性との結婚歴を持つ先生は妻が疎外感を抱かないように、パーティにレズビアンのゲストも呼ぶ気配りを見せてくれた。

妻は教授宅のメルヘン調の雰囲気が気に入って、『赤毛のアン』の世界に思いを馳せながら、勝手に少女時代へのノスタルジーに浸ってくれた。リチャード先生は私の母と同じ年で、ミロクを孫として扱ってくれ、一緒にブランコに乗ったり、風呂に入れてくれたりした。一時的にゲイのカップルの養子になったようなものだが、ミロクは先生によく懐いていた。

　DNAの情報と生まれつきの能力は備わっているが、まだ発現しておらず、言語にも文化にも染まっていない状態のことを、無垢《むく》というのだろう。もう無垢には戻れない者も、幼児に向き合う時だけは、邪心を忘れることができる。ミロクに向き合う人々の顔を、私はいつもミロクの斜め後ろから見ている。皮肉屋のリチャード先生も、毒舌家の友人ジャックも、眉が下がり、口元は緩み、やや寄り目気味のその弛緩した顔は、普段、鏡に映っている顔とは似ても似つかない。幼児にだけ向けられた無防備な「変顔」だけを集めて、「無垢への憧れ」という写真展を催したいと思ったものである。

　トロントは、オンタリオ湖のほとりに開けた町だが、この地の冬は生半可な寒さではない。気温はマイナス二、三十度で、しかも常に強風に吹きさらされている。ニューヨーク州の北の外れにあるナイアガラの滝は、カナダ側から見れば、最南端の気候温暖な場所に位置するのである。

　冬の間、トロント市民はほとんど外出せず、内に籠るという。八人に一人の割合で鬱病に苦しんでいるとも聞く。私にはかなり危険な土地である。

一九六四年のリサイタルを最後にコンサートからドロップアウトし、録音スタジオに引き籠った偉大な思索家にして特異なピアニストだったグレン・グールドもトロントの人だ。この地に住みながら寒がりであることは、一年の大半を籠城して過ごすことを意味する。聴く者の喜怒哀楽を大きく揺さぶるグールドの演奏は、トロントの環境に育まれたといっても過言ではない。

そのグールドの墓参りに行った。彼は、マウントプレザント共同墓地に、ノルウェーの作曲家グリーグの遠縁にあたる母親と一緒に葬られており、地面に埋め込まれた墓碑には、彼の名を世界に知らしめた「ゴールドベルク変奏曲」のアリアの最初の数小節が装飾音なしで刻まれている。

同じ墓地には『批評の解剖』で知られる文芸批評家ノースロップ・フライの墓もあるが、こちらは共同の墓石に名前が刻まれているだけのごくシンプルなものだった。

リチャード先生は大学から自宅までの通勤路を案内しながら、私をゲイ専用のショーパブに誘い、「ここへはグレンも通ったかもしれない」などといいかげんなことをいっていた。ここに立ち寄って行くのは、一仕事終えた弁護士や大学教授や銀行員らで、先生も常連客の一人だった。飲み物を注文し、ステージを囲むカウンターに座り、ハンサムなダンサーたちの筋肉と股間に熱視線を送る。彼らはペニスの根元をゴムバンドで締めて、巨根を際立たせていた。

リチャード先生のコージーな住まいと対照的だったのは、もう一人のホスト、テッド・グーセン氏の別荘だった。トロントの秋は短く、九月半ばの三日間に一気に押し寄せてくる。国旗にあしらわれたメープルやカバやブナが号令をかけられたようにいっせいに赤や橙《だいだい》、黄色に染まる。公園の紅葉は印象派の絵画のように落ち着いて見ていられるが、郊外に出ると、湖の周囲や広大な森林全体が燃えさかっているみたいで、見る者を躁状態にする。興奮を鎮めるために私は何度もため息をつき、深呼吸をした。ミロクも「オワー」、「マンバ」、「ビッチャ」などと感嘆の声をあげていた。

紅葉の盛りに招かれたテッドの別荘は、トロント中心部から百キロほど離れたところにある年季の入ったログハウスで、彼の友人マイケルが管理人を務めていた。マイケルは誰が見てもホームレスか世捨て人と思う佇《たたず》まいで、話し方もぶっきらぼうで、視線もふわふわ漂っていた。客を招き入れるに際し、久しぶりに長い髪を洗ったらしいが、着替えは持っておらず、破れたジーンズに穴の開いたセーターのままだった。テッドもマイケルもカウンターカルチャーの洗礼を受けた世代で、二十数年が経過した後も、当時のライフスタイルを引きずっていた。テッドは大学教員になったが、マイケルは大学からドロップアウトしたまま、定職につかず、ヒッピーのままだった。別荘の管理人としての少額の手当と手作りの置物やアクセサリーを売った収入で、半自給自足生活を送っていた。カナダ式のカントリーライフは、質素を極めていて、あえて電気やガスや水道を引かず、粗末な小屋で開拓時代を擬似体験するような過ごし方をするというから、ヒッピーのライフスタイルとも矛盾しない。

庭にはりんごの木があり、木からもぎたてのそれを木製のローラーに入れ、ハンドルを回すと、サイダーができる。私一人で三リットルのサイダーを作ったが、翌日は筋肉痛に見舞われた。森は収穫の季節だった。きのこ、木苺《きいちご》、メープルシロップなど、森の収穫物が朝食に並んだ。マイケルは奇声をあげたり、ギターを弾いたり、自分の手作りの玩具で気を引いたりして、ミロクを遊びに誘った。マイケルが喃語でミロクに語りかけると、ミロクも目を輝かせて、饒舌に応えるので、側で聞いていると、会話が嚙み合っているようだった。別荘にはテッドの二人の娘も来ていて、ミロクの面倒を見てくれたのだが、ミロクがマイケルと遊びたがったのは二人の精神年齢が近かったからか？

近隣の資産家の別荘にもお茶に呼ばれたが、池付きの広大な敷地に、四本のコンクリートの柱の上に円盤状の軀体《くたい》が載っている建築で、遠目には森に浮かぶＵＦＯのように見えた。ここでもミロクは人気者で、人見知りする親を尻目にそこに集った人々に愛想を振りまいていた。


九月半ばを過ぎると、冬が迫っていた。トロント中心部に戻ると、オンタリオ湖に面したハーバーフロントのホテルで催された文学フェスティバルに参加した。この催しにはポール・オースターやマーガレット・アトウッドといった有名作家も参加していて、そこそこの賑わいだったが、私は年齢の近い作家と交流を行っていた。バイキングによる新大陸発見を描いたアメリカの作家ウィリアム・T・ヴォールマン、フィンランドのポストモダン文学の旗手ロサ・リクソムとは夜遅くまで酒を飲み交わした。ロサにはミカというカメラマンが同行していたが、おかしな男でさっきまで陽気に酒を飲んでいたかと思うと、急に目がうつろになり、反応が鈍くなる。目を開けたまま寝る特技でもあるのかと思ったが、ロサは「ミカは夢遊病なの」といった。これまでも部屋を抜け出して、真夜中の街を徘徊《はいかい》し、明け方になると、何事もなかったように自分のベッドに戻っているのだという。そして、その間の記憶は完全に欠落している。治安の悪い都市や大自然の中で徘徊するのは危険なので、寝る時は足首に紐の端を縛り付け、もう一方の端をベッドの脚に結んでおくのだという。私が「夢遊病者の尾行をしてみたい」と軽口を叩くと、「私はしたことがある」とロサに返された。

妻の目に映ったウィリアムは「フランケンシュタインみたい」な容姿で、暗闇からいきなり現れたら、ビクッとする。作中で炸裂させる想像力も怪物的なのだが、本人はその容姿にコンプレックスを抱いており、少年時代のことはあまり思い出したくないという告白も聞いた。自分に冷淡な世界に背を向け、落ち着きなく世界を旅するようになったという話にも共感した。彼の関心は自分のルーツがあるスカンジナヴィアのバイキングの歴史や、バンコクでしたたかに生きている娼婦たちの日常に向かった。イラクの戦場取材では同行者が撃たれ、死亡するという苦い経験もあったが、世界旅行を重ねるうちに、誰に対してもフレンドリーに振る舞えば、活路は開けると確信したとナイーブに語る。ナイスガイは一日にしてならず。彼もまたそうなるために、苦難の修業を重ねて来たのである。

息子にもナイスガイになってもらいたいが、その前に父親が模範を示さなければならない。決して社交的とはいえない私がアメリカやフィンランドの物書き、フェスティバルの事務を担う女性スタッフらと古くからの友人のように接する様子が、妻の目には「意外」と映ったらしい。三十を過ぎたあたりから、シャイで、人付き合いが苦手な引き籠りキャラとはそろそろ縁を切りたいと思っていたが、着実に自己改造の成果は出ていた。それはミロクのお陰でもある。誰もが自分に優しいと信じて疑わないミロクの立ち居振る舞いに、父親は大いに感化されていた。

フェスティバルの終盤、ナイアガラの滝への遠足があり、家族で参加した。英語とフランス語で歓迎のメッセージがアナウンスされるのを聞き、「ナイアガラ」のフランス語発音の「ニアガハ」に笑いのツボを刺激され、ずっと笑っていたことをなぜかよく覚えている。青い雨合羽を着て、滝壺の遊覧船に乗り込んだが、ミロクの視界には瀑布《ばくふ》は一切入らず、顔にかかる飛沫に終始迷惑そうだった。

後日談

トロントを去った後、ロサとはヘルシンキで再会したし、ウィリアムは東南アジアの取材のついでに東京にふらりと現れ、新宿のバーに飲みに連れて行った。

これは余談、あるいは後日談になるが、ウィリアムが二度目に来日した時のことは忘れもしない。雑誌「ニューヨーカー」の仕事で、日本のヤクザを取材したいので、親分を紹介してくれ、とかなりの無理難題を押し付けて来た。しかも、子どもの落書きみたいな筆跡の手書きファックスで。もちろん、親戚にヤクザはいないし、ヤクザと親交があるわけでもないので、NO WAY! とこちらも手書きのファックスを返した。だが、少し経ってから、そういえば、新宿のバーでよく顔を合わせるあの怪人なら、誰か紹介してくれるかもしれないと思い立ち、電話で聞いてみたところ、「大丈夫。住吉会のナンバー2を紹介してあげるよ」と気軽に請け負ってくれた。

夜の新宿を飲み歩く者なら、誰でも康芳夫を知っている。その名前を知らなくても、ライオンやレゴの兵士にも似たその風貌や、派手なスーツに蛇革のベルトというそのいでたちを目にしたことがあるはずだ。彼はミロクの誕生祝いにジャクソン・ポロックのプリント入りのベビー用バスローブをくれたが、その際に新橋の芸者と今井俊満画伯夫人を同行し、最高級仕様のベンツで郊外の拙宅を訪ね、持参の高級ワインで祝ってくれた。今思い出しても、あれはどういう余興だったのかよくわからない。ともかく奇抜なことしかやりたくない康さんは、アメリカの作家によるヤクザの親分へのインタビューというこの企画を面白がり、住吉会会長補佐のS・R氏と面会する段取りをつけてくれた。康さんはもちろん紹介者として同席するが、ウィリアムが無礼な質問をしたり、粗相をしたりした場合のフォロー役として、私も同席が求められた。

キャピトル東急のカフェで待ち合わせすることになり、十五分前からウィリアムと彼が連れて来た通訳とともに待機していた。ところが約束の時間になっても、康さんが現れず、ヤキモキしていた。カフェを見渡すと、親分と思しき貫禄ある人物がケーキを食べていた。こちらからお願いした案件で遅刻したら、負い目が増すので、先に挨拶をしておこうかとも思ったが、それでは康さんの立場が悪くなる。七分ほど遅れて、ロビーに康さんが現れたので、すかさず手を挙げたが、彼は私を無視して、親分のテーブルに直行した。このままでは遅刻の責任を取らされると思い、私は慌てて康さんを追いかけた。

幸い、親分は大目に見てくれ、会議室に移動して、インタビューが行われた。「何でも遠慮なく聞いてくれ」と懐の深さを見せる親分に、ウィリアムは先ずは無難に生い立ちのことか、ヤクザになったきっかけなどを聞き出そうとした。ウィリアムはとても謙虚な態度で質問を投げかけていたが、心配なのは通訳の女性の方だった。質問を正確に伝えようとはするのだが、口調にやや棘《とげ》があり、親分をイラつかせないか、ハラハラしていた。

――勉強は苦手だったが、喧嘩だけは誰にも負けなかった。銀座で不良をやっていたが、縁あって大日本興行の初代総長の末子になった。この世界で一番大事なのは何だと思う？　仁義だよ。

通訳は仁義を「ジャスティス」と訳したが、弁護士や検事じゃあるまいしと思った。ウィリアムは「人を殺したことはあるか？」とか、「殺されそうになったことはあるか？」といった質問はしなかったが、「普段、何をして遊んでいますか？」と訊ね、「カラオケ」という返事を聞いたところで、なぜかホッとした。

インタビューを終え、ウィリアムが謝礼の金一封を手渡そうとすると、親分は「いらねえ」と断り、「ちゃんとした記事を書いてくれれば、それでいい」といった。私はウィリアムを促し、深く頭を下げると、親分は太いフォントで大日本興行最高顧問の肩書と名前が印刷された名刺を差し出し、「何かあったら、気軽に電話しな」といった。こちらも名刺を渡したが、この先、何があっても電話することはないだろうし、もらった名刺をチラつかせることもないだろうと思った。

この話にはさらなる後日談がある。インタビューから五年くらい経っていただろうか、自宅宛に一通の招待状が届いた。差出人は大日本興行となっている。開封すると、見覚えのある太いフォントで「S・R氏を偲《しの》ぶ会」とあり、親分が亡くなったことを知った。偲ぶ会は政治資金パーティのように会費制で、一人三万円だった。故人と交友があった訳でもないのに、なぜ私のところにまで招待状が届いたのか？　おそらく親分は私の名刺を捨てずに取っておいてくれたのだろう。私は偲ぶ会には行かなかったが、康さんに酒場で会った折に、親分の死因を訊ねてみると、こんな答えが返ってきた。

――切腹したんだよ。

針小棒大の名人康さんがまたホラを吹いていると思ったが、「いやいや本当だよ」という。

――一年前に大日本興行の組織で内部抗争があって、会長が拳銃で撃たれたんだが、発砲したのは親分の舎弟だった。その落とし前をつけるために自決したらしい。柳刃包丁で腹を切ったが、介錯《かいしゃく》する人もなく、絶命するまで七時間も苦しんだそうだよ。

——どうして切腹なんですか？　ほかにもっと楽な方法があったでしょうに。親分は三島の信奉者だったんですか？

——サムライ・スピリッツだよ。身を捨てても仁義を尽くす。ヤクザの鑑《かがみ》だ。実に立派だ。

ピストルを使えば、他の組員に容疑がかかる。飛び込み自殺では乗客に迷惑がかかる。介錯人を立てれば、その人が自殺幇助《ほうじょ》の罪に問われる。そんな諸々を考慮したのだろうが、その凄絶な世の去り方を想像して、胃が痛くなった。私は翌日、名刺ホルダーから親分の名刺を取り出し、それを位牌に見立てて、線香を捧げた。

習い事始め

長旅から戻って間もないある日、ミロクをくすぐったり、半透明の衣装ケースに「収納」したりして遊んでいると、不機嫌そうな表情で私を睨み、「イジワル」といった。ミロクが最初に口にした意味あるコトバだった。早く言語能力を引き出そうと、あれこれ刺激を与え、様々なシチュエーションを設定し、コトバのシャワーを浴びせ、対話を促した結果、最初にこのコトバが出てきたことに、私は「ちょっと弄《もてあそ》び過ぎたか」と反省した。

コトバを理解する「内言語」が雨水のように溜まっていたのだろうが、この日を境に、一気に溢れ出てきたようだった。音節を聞き取る耳、音節を真似する舌や喉、シチュエーションを理解する知能がバランスよく連動し始めると、俄然意思疎通が滑らかになった。日毎に語彙が豊かになってゆき、「パパ、やめて」、「牛乳ください」、「やだ。もっと遊ぶ」、「あれ、何？」、「ママがいない」などと拒絶や要求や疑問や嘆きをはっきり示すようになると、ミロクもようやく人の子らしくなってきた。「コップがない」、「靴がない」という時の「ない」にやけに感情が籠っており、「何もない」、「誰もいない」という嘆きは詩的ですらあった。

界隈にはミロクと同い年の子が一定数いて、妻がいくつかの公園を巡回するうちにママ友のグループができ、互いの家を訪問し合うようになっていた。我が家に集結すると、よその家の子の発育具合を見る機会になる。ミロクが二歳を迎えた頃、庭にビニールプールを置き、子どもたちに水遊びをさせた。その行動を漫然と観察しているだけで、賢さのレベルはそれとなくわかるもので、将来、確実に優等生になりそうな女の子は私にこういった。

――ミロクちゃんのパパ、私、水に顔をつけられるんだよ。

滑舌よく、礼儀正しく申告されたりすると、他人の子も愛おしくなるものだ。その子が実際に顔を水につけるのを確認すると、「よくできました」と褒めてやり、ついでにミロクに「おまえもやってみろ」と促すと、「やだ。やらない」と露骨に拒まれた。「やればできるぞ」と指で背中を突《つつ》いても、プールの縁にしがみつき、頑《かたく》なな態度を取る。一緒に水浴びしていた双子の女の子がやにわに「ミロク、頑張れ、頑張れ、ミロク」と仲間内ですでに儀式化しているらしいエールを送る。だが、ミロクはその期待に応える気はさらさらない。私がミロクを抱え上げ、強制的に水の中に沈めようとすると、私の腕に嚙みついてきた。まさに「窮鼠《きゅうそ》猫を嚙む」というコトバ通りの抵抗だった。

息子は水が苦手だとその時、はっきりわかった。近所の子が家の前の川で溺死した記憶を引きずっていた私は、息子に保険をかける意味で泳げるように訓練しておきたいと思った。妻はそれに賛成し、母子で幼児スイミングスクールに通うことにした。コーチはマスターズ水泳の現役選手でもあるお婆さん先生だが、生徒たちを甘やかさない。ミロクは顔を水につけられるようになるまで随分時間がかかった。鼻に水が入ったといっては泣き、水に放とうとする母親に必死にしがみつき、バタ足の練習が始まるとトイレに逃げ、水から上がる時だけは誰よりも早かった。その後、二年ほどスイミングスクールに通わせ続け、一時的に十メートルほど泳げるようにはなったが、コーチとの相性が悪かったか、徹底的に水泳には不向きだったたか、あるいはスイミングスクール自体がトラウマになったのか、成長してからも自分から泳ごうとした験《ため》しはない。後年、アメリカでサマーキャンプに参加した際、修了証書をもらうためには「湖で一分間の立ち泳ぎ」の試練をクリアしなければならなかった。沈まないよう必死に手足をバタつかせていたが、三十秒もすると疲れ、もう駄目だと思った瞬間、水中で爪先が杭《くい》のようなものにかかり、かろうじて持ち堪《こた》えた。杭のお陰で、残り三十秒間は立ち泳ぎのふりをするだけでこの修羅場をくぐり抜けることができた。

七月三日生まれのミロクは蟹座、父親は三月十三日生まれの魚座。水との相性は悪くないはずだが、どちらも泳ぎは苦手だ。私も学校の水泳の授業は歯が痛いとか、皮膚病と偽ったりして回避し、身長より深いところには決して行かず、二十七歳になるまでろくに泳げなかった。これも父親経由の遺伝か。

幼稚園に通い出すようになると、身体能力も言語能力も平均レベルで向上していることを確認できた。幼い我が子を見る親の目は欲張りで、何か天賦の才に恵まれていないものかと淡い期待を抱く。大抵はがっかりな結果になることを見越していても、褒められる点を見出してやりたいと思う。

スイマーの素質がないことはわかったが、音楽の才能の有無はピアノでも習わせてみないとわからない。妻が弾くので、電子ピアノは結婚当初に買っていた。ミロクを膝に乗せ、ピアノに向き合わせ、自由に鍵盤を叩かせることから始め、近所のピアノ教室に通わせることにした。ドの位置を覚えるのに苦労していて、前途多難を予感した。

経済成長期、家庭に三種の神器が備わり、車と家を手に入れ、生活がある程度安定してくると、次は教育の充実が図られる。ヤマハやカワイの音楽教室、バイオリンのスズキ・メソッド、バレエ教室、そろばん教室、書道塾などが充実し、私の世代では誰もが熱心に習い事に取り組んだものだ。私もそろばん、書道を習ったが、全く物にはならなかった。ピアノ教室に通うことは私自身が拒んだ。この飽きっぽさ、諦めの早さがミロクに遺伝しているなら、習い事はことごとく徒労に終わるだろう。だからといって、一切、習い事をさせないということにはならない。なぜなら、習い事は親の祈りみたいなもので、お百度を踏む感覚に近い。子どものためには、あらゆる可能性に向け、全てのドアを開けておいてやろうとするのが、子育て教の教義なのだ。

スーパーの買い物で十円でも安い方を買う人でも信仰と教育のためにはカネを惜しまない。

もっとも、生活が荒廃し、所得水準が著しく下がってくると、希望を捨てないための信仰や未来への投資である教育に回るカネが真っ先に節約される。格差を是正する手段だった信仰と教育がないがしろにされると、格差は一気に拡大する。

一人遊び

小学生の頃、好きだったアニメに『アパッチ野球軍』というのがあった。その中のエピソードの一つに、ダム工事の荒くれ労働者の息子「網走《あばしり》」が幼い頃、父親に「オレも幼稚園行きてえ」とせがむ件《くだり》がある。親父は苦し紛れに「幼稚園なんて育ちの悪い奴が行くところだ」とか「幼稚な奴が行くから、幼稚園なんだ」と屁理屈をこねる。息子に負い目を感じた親父は機嫌を取ろうと、「何でも買ってやるぞ。欲しいものあるか?」と聞くと、「網走」は「母ちゃん」と答えて、親父を困惑させる。私は幼稚園への徒歩での登園を度々拒否していたらしいが、ミロクは巡回バスに乗せられて否応なしに連れ去られていた。時折、気まぐれにバス停までミロクを迎えにいったが、そこに集った母親たちとは離れたところで待っていた。家に帰る道すがら、話をするのだが、口数は少なく、あまり楽しそうでもなかった。

妻はミロクから幼稚園の様子を聞き出そうと、「今日は何したの?」、「何をしている時が一番楽しい?」、「仲良しのお友達は誰?」などと質問を投げかけると、ボソボソと答えるのだが、不意に泣き出したりする。「どうしたの?」と優しく訊ねると、みんなができることが自分にはできないという。妻が先生と面談した折に、どんな様子か訊ねると、「泣きながら遊んでいる」といわれたらしい。途中から友達のペースについていけなくなったり、友達にからかわれたりすると、泣き出すか、癇癪《かんしゃく》を起こすのだそうだ。

誰からもチヤホヤされていた短い黄金時代は終わり、長い修業時代に入ったなと思った。集団の中に放り込まれた結果、孤立する者が出てくるのは避けられない。自分の息子がそうならないことを最初は願うが、そうなったらなったで、別の道が開けてくると信じるしかない。発達の度合いには個人差がある。いずれ、みんなに追いつくだろうし、集団にも馴染んでくるだろうと私は特段、心配していなかった。私自身が同級生に遅れをとった経験があるから。ただ、いじめられ役になる辛さを知る身としては、そうならないよう見守ってやりたいとは思った。

ミロクは成り行き上、一人遊びを好むようになっていた。買い与えたフィギュアでひとしきりごっこ遊びをしていたかと思うと、ビデオを見たり、絵本を開いたりする。読み聞かせは読書の基本なので、私もよくしてやっていた。声優よろしく声色を使い分け、ラジオドラマのように朗読してやるのだが、それを嫌がる。ミロクのお気に入りはディズニーの『ダンボ』で、ダンボが酔っ払って幻覚を見るシーンを食い入るように見つめ、初めて空を飛ぶシーンと、母親に再会するシーンでは感極まってすすり泣く。どうやら喜怒哀楽の振り幅がほかの子よりも大きいようだった。

物語作者でもある父は、息子が物語に心動かされるのを微笑ましく受け止めてはいたが、悲しみに敏感すぎるのは容量の小さいハートには負担が大きかろうと心配した。もっとも、楽しい場面に変わると、潤んだ目のまま小躍りして喜びを共有しようとするので、気分の切り替えは早いようだった。コトバ足らずの子どもは感情でしか自分を表現できない。親はその感情を読み解きつつ、子どもに悲しみや怒りをコトバに変換する術を仕込んでやらなければならないのだが、ミロクは一人遊びやごっこ遊びを通じて、自発的にそのための訓練を重ねているようだった。

三月生まれの私にはよくわかる。小学校低学年までは同級生に追いつこうと必死だった。時にからかわれ、泣かされ、三年間は落ちこぼれの悲哀を嚙み締めた。コトバでやり込められ、何もいい返すことができず、後で一人、恨みを込めた倍返しのコトバを考えるということをやっていた。

一人遊びをするミロクを観察するのは自宅にいる時の私の密かな愉しみになった。見られていることを意識したら、行動が変わってしまうので、気配を消して、こっそり覗き見していた。ある時、ミロクはスリッパと会話をしていた。

——一番嫌なことは何？

——足が臭い人に履かれた時。

自分で訊ねて、自分で答えている。ミロクは家にあるもの全てに話しかけ、返答があるのかないのか知らないが、対象に憑依《ひょうい》したみたいに答えを呟く。床に座り、ベッドのマットレスとひそひそ話をするように、「一番嬉しいのはどんな時？」と訊ね、「疲れてる人に寝てもらった時」と答える。フィギュアと一緒にカメラを並べて、インタビューをするように「寂しいのはどんな時？」と訊くと、「真っ暗なところにいる時」と答える。

天井を仰ぎ、電灯に訊ねる。

――暑い時はどうするの？

――友達のエアコンに冷やしてもらう。

目覚し時計を抱きかかえ、こう訊ねる。

――行きたいところは何処？

――百年後。

幼稚園では遅れをとり、何を習わせても不器用で、すぐ泣き、すぐブチ切れる息子だが、ちゃんと自分の頭で考えているじゃないか、同級生のコトバに傷つき、涙でしか対抗できないくせにちゃんと自分と対話できるじゃないか、と確認でき、嬉しかった。不器用な息子を長い目で見てやらなければと思った。この一人遊びの才能はいずれ何らかの形で開花する。早い時期から、こうして孤独の耐性を鍛えておけば、必ず死なないための保険になるに違いない。いいぞ、いいぞ、おまえはしっかり父親の空想癖を受け継いでいるぞ、と密かにエールを送りながら、私はミロクの小さな猫背を見つめていた。その夜、私はこんな詩を即興的にノートに書きつけていた。

子どもはひたすら待っている、

自分が自由になる「番」を。
一人遊びをする子どもの背中には、
遠い過去から持ち越された
悲しみが張り付いている。

五年後、この短い詩はＳＯＮＹの創業者盛田昭夫氏の追悼のために三枝成彰《さえぐさしげあき》氏が作曲した、カンタータの一節に使われた。ミロクの背中に張り付いた悲しみはかつて私が背負っていたものである。それを振り払うことができるのは自身の内なる他者だけだということも、ミロクは早晩悟るに違いない。

第二部

親バカでない親はいない

別コース

初等教育は近隣の公立の学校で充分、余計なコストをかけるだけ無駄と私は割り切っていたが、妻は「お受験」を考えていた。我が子の教育に熱心であることは親の欲求であり、義務であり、かつ愛情表現なのだが、度が過ぎると、母親同士の見栄の張り合いや自己実現の代償行為になりかねない。母親の熱意と努力の結果が問われるので、いつの間にか子どもそっちのけで、おのがプライドを懸けた闘いにのめり込んでいる。本人にその自覚がないまま、宗教の領域に入ってしまう。

私は「お受験」には反対だったが、揺るぎない教育方針を持っていたわけでもない。「教育にあまりコストをかけたくないの？」と問い質されると、「いや、そんなことはない」と否定し、「落ちこぼれてもいいの？」と訊かれると、「それは後々面倒だ」と答えるしかなく、消極的に同意することになってしまった。

　郊外の家から通える場所にある付属幼稚園の候補は限られており、自ずと三つに絞られ、私も面接に駆り出されることになった。幼児をどんな基準で選別しようというのか、大いに疑問だったし、高い知能があっても、逆に知的障害があっても、ろくに対応できない学園にわざわざ入れることに何の意味があるだろう？　私自身は教育においては放任されていた。幼稚園には一年しか行っていないし、小中は最寄りの公立、手頃な県立高校から国立大学というもっともローコストのコースを辿り、親孝行をした。妻も似たような学歴を経ているが、息子には自分とは別のコースを歩ませたがった。

　予《あらかじ》め妻からブリーフィングを受けて面接に臨み、通り一遍の質問に皮肉で切り返したくなるのをグッと堪《こら》え、模範的な返答に努めた。どの学園もおのが教育方針に自信があるようだが、理想と現実のギャップを語る人は一人もいなかった。玉川学園と桐蔭学園に合格し、どちらで学ばせるか迷った。両学園の出身者を個人的に知っていて、二人に同じ質問をした。母校で学んでよかったと思うか？　前者は「楽しかった」と答え、後者は「辛かった」と答えた。妻と私の意見は「多少は辛い目に遭った方が反抗心が育つ」という点で一致した。正直、私は「東大合格」と「甲子園出場」という成果主義を露骨に追求する桐蔭学園の経営方針が気に食わなかった。だが、学ぶのは私ではなく、息子であるから、生存競争や格差社会の縮図のような学園で揉まれたらいいと軽い気持ちで突き放したのだった。イギリスのパブリック・スクールでは体罰やいじめを訓練の一環と看做《みな》していると聞いたことがある。将来のコモンウェルスの管理者を育てるには、理不尽な暴力や熾烈な競争への耐性を身につけなければならないという考えからだそうだが、それは権力の行使者を育てる教育であって、息子にそれを施す理由は微塵《みじん》もなかった。にもかかわらず、ミロクを桐蔭学園に入れたのは、「もしかしたら、勉強ができる子かもしれないし、勉強ができなくても、落ちこぼれないでほしい」という淡い期待があったからだった。

入園式当日、私は泥酔して朝帰りした。うっかり失念していたといい訳したが、心の底では行きたくなかったのだ。ホルムアルデヒド臭い息を吐きながら、私は集合写真の端に立ち、やや遠巻きに子どもたちの両親を観察していた。見たことのあるプロ野球選手やプロレスラーもいたが、多くは不動産業、建設業、医師、弁護士、高級官僚、金融業を営む面々で、文筆業の私とは縁遠い世界の人々ばかりだった。子どもに自分の職業を継がせたい親はこの学園を選ぶのだと考えると、納得がいった。

ぼくは勉強ができない

父と息子の絆を育む儀式は様々ながら、キャッチボールと自転車の練習は外せない。背もたれ付きの子ども用座席を後ろにつけ、変型ハンドルに付け替えてカスタマイズした自転車に乗せて、河川敷や隣町に連れ出していたが、五歳になると、父親の義務として、自転車乗りの特訓を行った。夏には地域の盆踊り大会の会場になる公園は自転車やキャッチボールの手ほどきにはうってつけだった。近隣のアパートにはミロクと同い年の子ども「あっちゃん」がいて、その父親が異様な熱心さで息子に自転車やインラインスケートの訓練を施していた。平日の昼間に家にいるところは私と同じだが、私は家で原稿を書き、その人は息子とずっと外で過ごしていた。失業中なのか、療養中なのか、いずれにせよ、面と向かって訊ねるのは憚《はばか》られた。若い奥さんがいて、彼女はレジ打ちのパートに出ているようだが、それだけで家計は維持できないはずで、妻はその人がどんな仕事をしているのか気になってしょうがない。ある日、「平日の日中に郊外の住宅街でぶらぶらしていると、お互い肩身が狭いですね」と前置きして、「もの作りの仕事ですか？」という振り方をしてみた。

――ええ、プラモデルを作っています。

私はタミヤのドイツ軍シリーズのプラモデルに一時期ハマっていたことがあったので、「ジオラマとか作るんですか？」と訊ねると、「ディスプレー用の模型が多いですね」と答えた。

――でも、事故で怪我をしてから、休んでます。

――どんな事故ですか？

――釘打ち機で打った釘が頭に刺さっちゃって。保険と失業手当で何とか食いつないでいます。

同情もかけにくく、「お大事に」としかいえなかったが、ほとんど近所付き合いがなく、話し相手もいないその人は、私にだけは家庭の事情を打ち明けてくれたのだった。

ミロクが自転車も、インラインスケートも乗りこなせるようになる頃には、その子はどちらも名人の域に達していて、スケートはジグザグ走行も逆走も、ジャンプも高速ターンも自在だし、自転車も曲乗りをマスターしていた。将棋や囲碁、柔道や野球、ピアノやバイオリンなどは、親が最初の師匠になって才能の開発をすることが多いが、この人は息子に何をやらせたかったのか？　コーチとしては一流だったのだから、インラインスケートや自転車の曲乗りの大会に息子を出場させるのもいいが、もっとメジャーな種目でオリンピックやプロ選手を目指せばよかったのにと思ったものだ。しかし、それは私が『巨人の星』の星一徹という昭和の厳父のイメージにとらわれ過ぎていたせいかもしれない。あっちゃんの父親は元々、英才教育を施すつもりなどなく、単に暇なので、息子と一緒に遊んでいたかっただけなのかもしれない。私はその隣人に、うっすらと父親像のオルタナティブを見ていた。

天才児の父親への憧れは誰にでもある。息子や娘が自分の期待や想像を遥かに超えて、記録を塗り替えたり、人類に貢献したり、人々の尊敬と愛を集めたりするのを見守る父親になってみたい。偉大な父を持った子はオイディプス的な葛藤に苦しむにせよ、凡庸な自分に甘んじるにせよ、参考にすべきロールモデルには事欠かない。逆に偉大な子を持った父は嫉妬したり、依存したり、足枷《あしかせ》になったり、ファンになったり、あるいは子の偉業の妨げになるまいと縁を切ったり、隠遁《いんとん》したりするかもしれないが、その定位置を見定めるのは難しい。普通の子、凡庸な子であってくれた方が、父は悩みを抱え込む必要もなく、自由気ままでいられる、ともいえる。

私はミロクに何らかの潜在能力があるならば、それを抑圧するようなことは決してすまいと思ったし、その能力を最大限に引き出してやりたいと願いもした。水泳とピアノは向いていないことは早々に確かめられたが、溺死の予防と音感の育成が達成されさえすれば、それで充分だった。

問題は学習能力だった。教育には選別が付き物である。万人に平等な権力も、社会も、教育もあり得ない。権利や機会の平等を目指すことはできるが、教育は能力の高い者を優遇するようにできている。遺伝的な要素で優劣を判断する優生思想信奉者はまだ一定数いるし、学歴差別は依然根強く残る。そうした不愉快な現実に耐えるには、やはり自信やスキルの裏付けが欠かせない。

家庭では、母親が算数と国語の勉強を見てやり、体育や図画工作、作文は父親の担当となった。時計やスリッパと対話する子には詩人の素質がある。私はウィリアム・ブレイクやエミリー・ディキンソン、萩原朔太郎などの詩を平仮名に開き、それを声に出して読ませていた。森は詩人を育む揺籃《ゆりかご》になるとの思いから、近隣の森にも誘い出した。多摩丘陵に抱かれて幼少期を過ごし、森に喜怒哀楽を処理してもらっていた父親と同じ経験をさせてやることができた。ある時、キャッチボールをしていると、キツツキが木に穴を開けている音がし、二人でその様子をしばし見つめていたことがあったし、ヤマバトの鳴き声を二人で模倣したこともあった。こだまがよく響く場所に連れてゆき、一緒に「ヤッホー」と叫んだりもした。子ども詩人にはならなかったが、森に行けば、喜怒哀楽をうまく処理できることはそれとなく伝えられたと思う。

鋸《のこ》やナイフの使い方も森で教えた。竹林に分け入り、竹を切り、家に持ち帰って、竹細工をした。モーツァルトの『魔笛』で鳥刺しパパゲーノが吹く鳥笛を作ろうと、長短の竹を切り出し、調律をするのだが、微妙な音の調整はヤスリをかけて行う。ピアノ教室でいつの間にか音感は身についていたようで、私が切り出した竹筒を試し吹きすると、「ちょっと低い」、「もう少し」などといっぱしの口をきくのが面白かった。親子協力して鳥笛を作り、余力で竹の風鈴や水筒、弓なども作った。父親の見立てではミロクの手先は器用とはいえなかった。友人の美術家是枝《これえだ》君がミロクの誕生日に絵の具とキャンバスを贈ってくれたものの、絵心の方は開花しなかった。

小学校に上がり、学校の学習が本格化すると、心配のタネが芽吹いた。ミロクが勉強が苦手な子ではないかという漠然とした不安は、四歳になった頃から抱えていたのだが、その事実をもう少し深刻に受け止めなければならないようだった。学園では低学年の頃から宿題がたくさん出されるし、テストも頻繁に行われる。〇点の答案用紙はのび太の勲章みたいなものだが、ミロクは一〇点満点の三点、四点の算数の答案をよく持ち帰った。早生まれの父親も小二までは似たような答案用紙を机に隠していたものだが、優等生だった妻にはそういう記憶はなく、息子のテストの惨状に深いため息を漏らしていた。しかも、三点、四点は隠さないのに、〇点の答案用紙を引き出しの奥に隠していた。さらに一枚だけではなく、四枚もあったことにショックを受けていた。「何とかいってよ」と妻に促され、私はミロクにこう告げた。

――四点取れたことを誇らしく思っているのなら、それはかなりの低レベルだぞ。どうせなら、満点の答案を隠して、〇点の答案を見せろ。

バカなりの意地を見せろという意味だったが、本人はムスッとしていた。

妻は粘り強く、宿題を見てやり、復習に付き合った。二人は夕食後に子ども部屋に籠り、平均一時間、長ければ、映画一本分の時間、数式と取り組んでいた。単純な足し算、引き算で躓《つまず》くことはなかったが、文章題の意味を取り損なうことが多く、脱力を誘う解答をひねり出してくる。

たとえば、こんな問題。

おとこのこが４人、おんなのこが７人あつまりました。あとから３人のおとこのこと２人のおんなのこがきました。
１、ぜんぶでなん人あつまりましたか？
２、おとこのことおんなのこはどちらがなん人おおいですか？
ミロクの答え　１、14人　　２、同じ
なぜ14人になるのか？　後から来た人も足したら、16人になるだろう。なぜ男女同じ数になるんだ？　女の子の方が２人多いじゃないか、と詰問すると、ミロクは「後から来た人は別のところに行った」、「同じ数じゃないと、仲間外れにされる」などと勝手に話を捏造している。

いちごが12こあります。ひろしくんは4こ、ひろみさんは3こ、たかしくんは2こたべました。あなたはなんこたべられますか？

ミロクの答え　12こ

すでに9こは食べられてしまい、残りは3こしかないという状況を無視して、一人で12こ食べるとはどういう了見か、問い質すと、ミロクはこう答えた。

――いちごなら12こ食べられるし、ほかの子が来る前にぼくが全部食べちゃえばいいんだよ。

「なんこたべられますか？」という問い方が誤解を招くことを認めても、こういう考え方は「掟破《おきて》り」といって、大抵の場合は通用しない。もっと傑作だったのは次の問題に対する答えだった。

さんすうのべんきょうでたのしかったことをかきましょう。

ミロクの答え　0の中をぬること

退屈な会議の最中、配られた資料の0や6や8の中をマークシート式に塗りつぶすことは私もよくやるが、ミロクはそれを算数の授業中にやっていること自体、落ちこぼれの自己申告をしているに等しい。

指を使ってできる一桁の計算は問題なかったが、二桁になると、指が足りなくなり、答えを出すのに時間がかかる。数を数える数処理はできるが、数概念の把握に手間取っていると私は受け止めた。単純な数の処理はできるのだが、一個、二人、三時間というように数と概念が結びついた途端、理解に躓くようだった。

勉強で苦労した経験がない妻は、なぜこんな簡単な問題が解けないのか理解できない。ミロクの補習に付き合う妻の声は次第に不機嫌になってゆく。「なんでできないの」という叱責は自分に向けられている気分になる。「ママがヒステリーを起こす前に正答を出してくれ」と私は書斎で密かに祈っている。「そうガミガミいうなよ」と妻をたしなめると、「じゃあ、あなたが勉強見てやってよ」という。妻の教え方が悪いことを証明してやろうと、にわかに算数の問題を解かせてみたが、私の口から思わずこぼれたのは「おまえ、本当にバカだな」というコトバだった。

自分の息子や娘がバカであることを喜ぶ親はいない。教え方次第で理解に導くことはできる、ほかの子よりも努力が必要だが、必ず報われる、と親は信じる。どんなに信仰心と無縁な親でも、この信仰は決して捨てない。だが、忍耐にも限界があり、何度も同じ間違いをし、期待を裏切り続ける子どもについ声を荒らげてしまう。仕事のストレスを抱えている時などはキレやすくなっている。クリスチャンなら「算数ができないのは神が与えたもうた試練」と受け容れるのかもしれないが、その悟りに辿り着くまでに何度ため息をつき、バカといい放ったか、数えていたら、ノートが「正」の字で埋まってゆく。小学二年にして、このありさまであるから、この先、掛け算、割り算、分数、小数、幾何学、確率と高度化してゆく算数の悪夢を見続けることになるのはほぼ確実と思われた。ここで放置すれば、落ちこぼれるのは火を見るより明らかだった。

人生に必要な数学は限られている。

そんな即席の格言を呟いてみる。これは高校時代に微分積分と数列で躓いた私の実感でもあった。実際、典型的な人文系の人間である私は受験では求められない数学ⅡBと物理を捨てていた。代わりに数学Ⅰと化学には必死に食らいついていた。私の理系の基礎学習は実質、高校時代で終わっているが、それでも理系の学術書を何とか理解できる。数学への苦手意識は今もあるが、アメリカの友人たちのあいだでは「計算はマサヒコに任せろ」といわれていた。何のことはない、一緒に食事に出かけ、割り勘にする時に、チップの十五パーセントを加算した合計額を人数で割る暗算が一番速かっただけなのだが、日本の算数教育をクリアできたら、お釣りを誤魔化されたりすることもなく、何処でも生きていける。社会常識や礼儀、倫理観の方は、私が折に触れて学ぶ機会を作るので、天変地異があろうと、戦争が起きようと、人生に支障をきたさない程度の算数だけは今ここで身につけてもらわなければならない。最低限の物理法則や科学理論も理解できず、平然と論理矛盾を犯す愚かな大人にだけはなってほしくない。この点では夫婦で意見が一致した。妻は厳しい家庭教師役を投げ出さない覚悟を決めた。

宿題と補習に二時間を費やすのが習慣化した。子どもは一日八時間くらいは寝るものだが、ミロクの平均睡眠時間は私よりも短く、六、七時間だった。ちなみに私は今に至るまで連続して八時間眠り、さらに午睡まで貪っている。不眠に悩んだ経験はなく、まるでミロクの分まで寝ているありさまだった。

授業参観には一度も行かなかったが、運動会は二度ほど見に行った。昼休みにゴザを敷いた応援席で一緒に食事をする懐かしい光景がそこにあった。ビールやワインを飲む父兄もいて、私もそれに便乗した。勉強ができない分を、徒競走で挽回することを期待した私は日曜日に公園で、速く走れるフォームを指導した。陸上競技の指南本からの受け売りに過ぎなかったが、タイムを計ってみると、それなりの成果は出た。出走前にミロクのところに行き、最後のアドバイスとして「ゴールは一メートル先にあると思って、駆け抜けろ」と伝えたところ、なぜかミロクと一緒に走ることになっている同級生たちがしきりに頷いていた。

即席の特訓の成果か、ミロクは同組の一位でゴールした。やっと褒める機会が訪れ、私はささやかな喜びを噛み締めた。

子どもを救え、ついでに自分も

ミロクが幼稚園に通う頃から、自分の能力の限界を見極めようと仕事量を増やしていたが、私にその実験のきっかけを与えてくれたのは瀬戸内寂聴さんだった。京都嵐山の寂庵《じゃくあん》を表敬訪問した折だったと思うが、雑談の流れで「三十代をどう過ごすか？」について、寂聴さんは自身の体験や水上勉氏の仕事を例に挙げ、アドバイスを授けてくれた。

まだ健康で、体力が充実している三十代のうちに、どれくらい無理が利くか、知っておいた方がいい。私も水上さんも新聞連載と週刊誌連載に文芸誌連載を掛け持ちしたりして、毎月四百枚くらい書いていた。島田さんも子育てや社交で忙しいでしょうけど、一度、量産の経験をしておくと、四十、五十を過ぎても踏ん張りが利くようになるわよ。

量産すると筆が荒れ、物書きの賞味期限が短くなるとばかり考えていたが、大先輩の経験則によれば、量産の経験が能力の拡大をもたらし、持久力の獲得にもつながるらしい。それが本当かどうかは実践して確かめるよりほかない。錦市場を一緒に歩いている時、遠くから寂聴さんに向かって合掌する人がいて、「この人は活仏《いきぼとけ》なんだな」と思ったことがあるが、やはり活仏のいうことは信じてみるべきだと思った。

すでにミロクが二歳になる頃には初めての新聞連載小説『忘れられた帝国』の執筆を終えていたが、その余勢をかって、休みなしに『浮く女 沈む男』を「週刊朝日」に、『内乱の予感』を「アサヒグラフ」に、「文學界」に『子どもを救え！』、「すばる」に『自由死刑』を書き継ぎ、量産体制に入った。まだ手書きの時代で、月産二百五十枚ともなると、右手への負担が大きくなり、腱鞘炎を避けられなかった。愛用の筆記具はシャーペンだったが、モンブランの高級品、ステッドラーの製図用、パイロットの自動給芯装置付きと種類も豊富だった。原稿用紙は岩波書店からもらったものを使っていた。一九九六年といえば、まだインターネットの黎明期だったが、アップルの普及機種パフォーマを買い、電話回線で接続した。通信速度は極めて遅く、一枚の低画質の画像をダウンロードするのに十五分もかかっていた。画面に裸のビーナスの全身像が現れるのを、ウイスキーを飲み、たばこを二本吸いながら、気長に待ったものである。

パソコンでの執筆にシフトすることも考えたが、紙へのフェティシズムは捨てがたく、親指の付け根にサロンパスを貼り、一九九九年までは手書きを続けた。岩波書店からもらった三千枚の原稿用紙を使い切り、追加をお願いしたところ、電子化が進み、製造を中止したので、在庫の千枚分しかないといわれたのを機に遅まきながら、手書きを卒業したのだった。ＳＯＮＹが手提げバッグに入るコンパクトタイプのＶＡＩＯを発売したが、運よくそれを賞品としてゲットしたので、常に携行し、何処でも原稿が書けるようになった。

『自由死刑』は三島由紀夫の『命売ります』へのオマージュとして、また聖書の創造の七日間のパロディとして、来週の金曜日に死ぬことにした喜多善男《きたよしお》なる人物の行動の一部始終を描いた。近代文学の旗手たちに共通する漠然たる不安と死の欲動を相対化し、自殺願望そのものに飽きるため、死に至るプロセスをマニュアル化することを目論んだ。「このガムを嚙めば、たばこがやめられる」式の触れ込みではないが、「この本を読めば、自殺を思い留まれる」ことを目指した。実際にその効果が出れば、自分を救うだけでなく、年間三万人に及ぶ自殺者の数を多少は減らせると考えた。この作品を書いてからすでに四分の一世紀が過ぎたが、私は生きているし、年間自殺者の数は二万人台に減ったので、私の思惑が全く外れたわけではなかった。『自由死刑』は出版から九年後、『あしたの、喜多善男』というタイトルのテレビドラマに翻案される。小日向文世、松田龍平、吉高由里子らが癖のあるキャラクターを演じた。当初は園子温《そのしおん》が映画化を望んでいて、ゴダールの『気狂いピエロ』のような作品になることを期待したのだが、それは実現しなかった。

『自由死刑』終盤に、北海道に出かけた喜多善男が殺し屋に追跡されるエピソードがある。

殺し屋は売約済みの喜多の臓器を摘出する役目も負っており、彼がなるべく肉体を損傷しない死に方をするよう監視してもいる。奇妙な利害関係にあるこの二人はやがて、行動をともにすることになる。旅の途上の苫小牧《とまこまい》で、二人は通りすがりの民家に押しかけ、食事をし、自生する大麻を吸って、ふやけた状態になる。一連のディテールは実際に北海道で取材し、集めてきた。この作品を書く前に私は、養老孟司からもらった法医学雑誌掲載の論文を参照し、「ミイラになるまで」という短編を書いている。釧路《くしろ》湿原で中年男性のミイラが発見され、生前、その人がつけていたと思われる手記から、断食自殺を図ったことが判明した。イエス・キリストやモーゼが行ったとされる四十日間の断食よりも長い七十日以上をかけて、その人は苦痛と寒さと幻覚に責められながら、死んでいったのである。この短編を読んだミュージシャンの大友良英から意外なオファーがあった。この短編の朗読に彼が組織するアンサンブルによるインプロビゼーションを絡めたいというのだ。好奇心からその企画に参加し、CDを作り、後に北海道でライブ・コンサートにも出演した。それまでほとんど接点のなかった電子音楽系、現代音楽系のミュージシャンとのコラボは刺激的だった。この時に釧路湿原を歩き、民家の庭に大麻が自生しているのを確認し、『自由死刑』に織り込むことができたのだ。

『子どもを救え!』は一九九四年に起きた「つくば母子殺人事件」に郊外の崩壊した家庭の姿を重ね合わせ、自暴自棄になる心理を解剖する試みだった。エリート外科医はなぜ妻と二人の子どもを殺害し、その遺体を海に捨てたのか、この夫婦のあいだには一体何が起きたのか、その心の闇に迫る必要を感じていた。殺された長女は当時二歳でミロクと同い年だったことも、この事件を他人事と突き放せなかった理由の一つだ。

愛し合って結婚した夫婦も時間の経過とともに互いに憎しみを育むようになることは、薄々わかっていた。時に子どもがその憎しみを増幅することも。子育てのストレス、家族をほったらかす夫への不満、怠惰な妻への不満、子どもの病気、夫の職場でのストレスや愛人問題などが複雑に絡み合い、暴力が誘発され、最終的に夫は妻に、妻は夫に、親は子に、子は親に対し、潜在的な殺意を抱いてしまうものなのではないかという仮説を立てた。だとすれば、どの家庭にもこの事件のような破局が訪れる危険がある。殺害した医師や殺された妻とほぼ同世代の私は身につまされる思いで、裁判の傍聴までして、犯人の心理に踏み込もうとした。「週刊文春」の記者でこの事件報道の担当だった女性は、殺された妻の母親に会っていて、彼女から預かったという日記のコピーを私に提供してくれた。これは後に公開されることになったが、スノーマンの表紙のノートには子どもの健やかな成長を願うごく普通の母親の心情とともに、家計のやりくりに苦労する実情、家庭での夫の振る舞いが綴られていた。日記はある日を境に中断しているが、夫に「殺されるかもしれない」というコトバもあり、破局の訪れを予感していたことが窺い知れた。

夫には複数の愛人がおり、家に入れるカネを渋っていたようで、そのことで口論となり、妻は自分の首にロープを巻き、包丁まで持ち出し、「いっそのこと私を殺せばいい」と挑発し、病院長に愛人のことをバラすと迫った。夫は「衝動的に」ロープで妻の首を絞め、鼻と口も塞いで窒息死させると、子どもだけが残されるのを憂い、二歳の長女と一歳の長男も殺害した。その後、夫は周到な証拠隠滅を図り、三人の遺体を車のトランクに入れ、自宅を出ると、性的亢進を抑えきれなかったのか、ストリップとソープランドに立ち寄った後、布で包んだ遺体に鉄アレイをつけて横浜大黒《だいこく》埠頭から投棄した。

私は横浜地裁の法廷で二回にわたり、死刑を求刑する検事の弁論と、被告人の供述、そして裁判長の説諭を聴いた。一九九六年二月二十二日に無期懲役の判決が下されたが、証人として出廷した大学時代の友人、勤務先の病院の上司や患者は「温厚な好青年」、「熱心で親切な先生」と証言するなど、被告に魅力を感じた人々から減刑嘆願書が出されたことも影響したかもしれない。「殺人は衝動的だった」という認定は裁判長の恣意だったともいえる。妻の日記は証拠として採用されなかったが、採用されても、計画的殺人の証明は困難だったかもしれないので、「衝動殺人」で妥協したといったところか。

『子どもを救え！』では自暴自棄の心理を分析し切れなかったが、少なくともタイトルに個人的な祈りは込められたし、自身の私生活の乱れを改め、定期的に蓄積疲労を癒し、迫り来る中年鬱をうまくやり過ごす術を会得することはできた。

教育の使命を果たせ

父親業三年目くらいから小説以外の仕事の比率が上がった。元々、様々なメディアに雑文を書き、対談やインタビュー、講演などでこまめに小遣い稼ぎをしていたのだが、新たにオペラの台本を書く仕事や大学で教える仕事を請け負うようになった。

親になれば、必然的に、ある道のキャリアを積み上げたら、義務的に、人は教育の使命を果たすように仕向けられる。バカを放置するのは教育の義務を放棄するに等しい。教えることを通じて、自分がどんな教養と技術を身につけてきたかを確認できるメリットもあるし、それが価値あるものなら世代を超えて共有されるべきである。というような建前は後付けで、何となく先輩の求めに応じ、大学生相手に講義をしてみたら、自分がどの程度の人間かがよくわかったというのが正直なところだ。

私の初体験は沖縄国際大学での夏季集中講義だった。十日間の日程で文学講義を行い、レポートを書かせ、成績をつけるのだが、滞在中は本島各地を案内してもらうという特典付きだった。国際通りにあるホテルに滞在し、公設市場で早めのランチを取ると、単位取得が危うい学生が軽自動車で迎えに来る。それに乗って、宜野湾《ぎのわん》市にあるキャンパスに向かい、午後から二コマ分の講義をし、終了後は学生と飲みに行くか、専任の先生方と食事をしたり、米軍基地関係者や新聞記者、郷土史家と会ったりしていた。同じ時期に川村湊もいて、連日合流してハシゴを重ねたので、前夜のアルコールを講義で抜くという状態だった。

学生たちは個性的で、賭博場でアルバイトしながら家計を支える昭和の不良みたいな子、神奈川出身の人気バンドのヴォーカル、実家が金武《きん》で米兵相手のバーを経営している子、セックス依存症を告白してきた女子、琉球大から聴講に来ていた優等生らと話すのは楽しかった。この滞在以降、私はカンフル剤を打つ感覚で定期的に沖縄を訪れ、ウチナー事情の理解に努めつつ、泡盛を愛飲するようになった。自宅にはこの時に買った九リットル入りの甕が鎮座し、今に至るまで注ぎ足しを重ねている。

大学教員は免許もいらないし、特定のマニュアルやメソッドがあるわけでもないので、自分が学生時代に聴いた講義を思い出し、指導教授の立ち居振る舞いをなぞり、試行錯誤を重ねるしかない。怠惰な学生だった私は授業をサボってばかりだったので、見よう見まねしようにも覚えているサンプルが少ない。本に書いてあることを紹介するだけでは「金返せ」といわれそうだし、おのが経験則や意見を述べ立てても、事実と食い違っていたら、やはり金を返さないといけない。どんなスタンスをとるべきか、悩んだ挙句、長年愛読してきたダンテの『神曲』やドストエフスキーの『罪と罰』、ソフォクレスの『オイディプス王』などを斜めから読むことから始めた。漱石作品を斜めから読む『漱石を書く』という本を書いたのは、文学講義の教科書に使えると思ったからだった。

ある時、後藤明生に「ちょっと飲まないか」と誘われ、四谷三丁目にあった小料理店「英《ひで》」に行くと、いつも落語調の語り口でロシア文学談義を繰り出す後藤さんが妙に改まった様子で「頼みがある」という。後藤さんはその頃、近畿大学に新設された文芸学部の初代学部長として人材の充実を図ろうとしており、ついては私に夏と冬の年に二回でいいから非常勤で来てくれないかというのだ。集中講義は経験があったので、気安く引き受けたが、二年経過したところで、「大阪で一杯やろう」と誘われ、冬の講義を終えたその足でミナミのクラブに出向くと、そこには総長の世耕政隆氏がいた。近畿大学創立者の息子で、総長の職務のほかに参議院議員と医師と詩人を掛け持ちするオールラウンダーであることは知っていた。私が挨拶すると、「来年度からひとつよろしく」といわれた。来年度も引き続き非常勤講師を依頼されたのだと思って、「こちらこそよろしくお願いします」と返し、何やら歓迎会のような雰囲気になった。一介の非常勤講師を随分手厚くもてなしてくれるものだなと思ったが、話を聞いていると、私の待遇は非常勤ではなく、特任助教授になるというではないか。

——もしかして、来年度から大阪に毎週通わなければならないんですか？

——それは無理だろうから、隔週で来てもらえばいい。

——夏休みと冬休みだけじゃないんですか？

——いや、特任で迎えることになっている。そのための準備として特別待遇で非常勤をやってもらっていたんだ。

そんな話は初めて聞いたが、後藤さんは事前にそう説明したつもりになっていた。すでに特別待遇を受けた以上、この人事を拒むことはできないようだった。当時の私はまだ本格的に大学教員になるつもりはなく、フルタイムの作家業にこだわっていた。文学に全身全霊を捧げるというような大袈裟な覚悟ではなく、いつでも何処にでも逃亡でき、移住できる身軽さを手放したくなかったのである。定住する家を持ち、子育ての義務を履行しつつも、私の旅はまだ続いていた。

私は「なんでこうなるの」という思いを引きずりつつ、三十五歳にして初めて定職に就いたのだった。私が芥川龍之介なら死ななければならないが、公教育に携わることになった以上、十年間くらいは弟子を育てたいとも思った。父親としての弱点も、教師の経験を積むことでカバーできるかもしれない。

隔週で大阪に通うことになった以上、そのモチベーションを高めるほかの楽しみを見つけなければならない。私はこれまで大阪出身の友人や、京都の大学に通う幼馴染みを通じて、関西の表面を撫でただけだった。詩人金時鐘《キムシジョン》氏の知遇を得て、釜ヶ崎や生野《いくの》区のコリアン・タウンを取材したことはあるが、腰が引けていた。関西人の意識にアプローチするにはコトバの訓練から始める必要があった。近畿大学の学生は大半が関西の子らしいから、関西弁のシャワーを浴びることになる。いっそ彼らを「せんせ」に仕立て、関西弁をマスターしてはどうかと考えた。郊外育ちの江戸っ子の孫がネイティブ並みに関西弁を使いこなせるようになったら、それは谷崎以来の快挙ということになる。この野望を実現させるには、谷崎のように日本橋《にっぽんばし》あたりの人妻の奴隷にならなければならないのかもしれないが、こちらの学習意欲が高まるなら、相手は誰でもよかった。

最初のうちは新横浜から新幹線で通っていたが、自宅から新横浜まで一時間、新大阪から大学がある東大阪市まで一時間かかる。読書の時間は充分取れるが、二週間に一往復するのは結構骨が折れ、退屈だった。食事も車内で済ませるのだが、かつてよく利用した食堂車は廃止され、ビュッフェのカレーも食べ飽き、駅弁も食べ尽くし、食欲を失った。後藤明生は大阪に移住する前は東京—大阪間を新幹線で通い、その度に偶然の出会いや発見を繰り返し、また大阪の風土をよそ者の目で観察することに専心していた。トルストイはモスクワ―ペテルブルグ間を結ぶ鉄道を『アンナ・カレーニナ』の背景に描き込んでいた。毎朝の通勤電車も無数のミステリー、青春小説、恋愛小説にネタを提供してきた。しかし、私の頭に浮かぶのは、『源氏物語』に爆弾を仕掛けた修学旅行生のこと、映画『新幹線大爆破』の犯人の手口などテロのディテールばかりだった。

偶然に乗り合わせる人の顔ぶれは多彩だった。私は割引切符でグリーン車に乗っていたのだが、有名な格闘家の面々とすれ違ったり、大阪選出のいけ好かない国会議員を見かけたり、巨乳アイドルや演歌歌手の眠り顔や仏頂面を発見したりした。別に何事も起きなかったが、彼らの妄想を閲覧することができたら、退屈もせずに済んだだろう。後に飛行機を使うようになったのは新幹線と運賃が変わらなくなったせいもあるが、所要時間が三十分から五十分程度、短縮されるからだった。

関西の学生は東京の学生に較べると、お調子者が多いのは確かだが、シャイな子、受け身の子も相当数いる。明らかに東京と違うのは、間合が近いことと、コトバや挙動のテンポが速いことだった。人工的に作られた標準語は文法と形式に縛られるせいか、守りの姿勢が強く、婉曲《えんきょく》表現が多くなる傾向があるが、関西弁は生活に根ざした口語ゆえ、直接的で、リズミカルで、基本的に攻めのスタンスを取る。擬音語、擬態語も豊富に盛り込まれ、共感に訴えかけてくる。今までこういうコミュニケーションの輪に加わった経験はあまりなく、私の話しコトバを聞いたある関西人から「そんな喋り方しはって疲れまへんか?」とか、「書き起こしたら、まんま活字になりますね」とからかわれたが、今後はなるべく学生たちの話の輪に入り、そのリズムに慣れることから始めようと思った。

一九九五年一月十七日、阪神淡路大震災が起きた時、私はまだ非常勤講師だったが、すぐに教え子たちの安否確認をした。幸い、全員無事だったが、自宅が全壊し、一時避難所に身を寄せた学生が一人いた。神戸の大学に勤務する友人のことも気がかりで、彼の見舞いを兼ねて、三月になってから神戸を訪れた。大空襲後の焼け跡に酷似した長田地区の光景を目の当たりにし、ガソリンスタンドだけが無傷であることに驚いた。戦火の焼け跡を記憶に刻んでいる老人もまだ少なからずいた。幼少期に見た惨状を五十年後にもう一度見ることになるとは思いもしなかっただろうが、密かにやるせないノスタルジーに浸る心情はなんとなく理解できた。友人は震災後、極度の鬱状態に陥り、人と会って話すのが苦痛だったと打ち明けた。自分が見聞きしたことをあまり語りたくない様子だったが、震災直後はバイクに跨《またが》り、友人や教え子の安否確認に走り回ったそうだ。

詩人への転身

オペラの台本を書く仕事は三枝成彰からの依頼だった。オペラについてのテレビ番組で対談したのが初対面だったが、某日、六本木の寿司屋に呼び出され、「忠臣蔵をオペラ化しようと思っている」と切り出された。景気が上向く気配のないこの時代に、最低でも五十人以上が出演するグランドオペラを作るのはかなり無謀な話と思われた。三枝氏の構想では美術を石岡瑛子、演出をヴェルナー・ヘルツォークに依頼しようと思っている、とのことだった。

作曲家を名乗る者なら誰しもオペラを作曲する野望を抱く。音楽、演劇、舞踊、美術の壮大なコラボレーションとしてのオペラを立ち上げること、それはビルを一つ建設する、サッカーチームを一つ組織する、会社を一つ興すに等しい。ベートーヴェンが『フィデリオ』一作しか残せなかったのは、スポンサーとの折り合いが悪かったからだが、ワーグナーはバイエルン王ルートヴィッヒ二世という後ろ盾がいた。「あなたのパトロンは誰ですか？」と私が不躾《ぶしつけ》に訊ねると、ＮＴＴ、アサヒビールほかいくつもの企業名を列挙し、「五億集めて、最高のものを作る」とボソッと呟いた。豪語というにはあまりに物静かだったので、これは本気かもしれないと思った。しばらく、様子見をしていたが、「早くシノプシスをくれ」と催促が来るので、私も本腰を入れ、忠臣蔵の資料を集め、歌舞伎、映画、テレビドラマ、小説、バレエなどに翻案されたおびただしい数の作品を消化し、ちょっとした「通」になった。

いじめと逆上、理不尽な処分、お家断絶、家臣たちの浪人生活、そして復讐へと至る顚末は、大石内蔵助を中心とするメインストーリーと彼に従う浪士たちのスピンオフ的なエピソードを編集し、三幕八場の構成にした。冒頭に、討ち入りが終わり、各大名屋敷に「お預かり」の身となった浪士たちの切腹のシーンを置き、そこから主君を失った赤穂《あこう》藩の家臣たちの混乱の場面に遡る。二幕では祇園《ぎおん》の茶屋で遊ぶ内蔵助の腑抜けぶりを描き、次いで大工の棟梁の娘お艶に接近する家臣岡野金右衛門と、綾衣《あやぎぬ》という芸者と恋仲になる橋本平左衛門のエピソードが展開され、三幕では二人の恋の末路が描かれ、討ち入りの場面でクライマックスを迎える。キャストは内蔵助と岡野、橋本二人の家臣とその恋の相手二人のほかに内蔵助の息子主税《ちから》、神崎与五郎、堀部安兵衛、内蔵助の相手の芸者、そして吉良上野介を配置した。三枝氏がこのオペラの構想をルチアーノ・パヴァロッティに話したところ、「何人死ぬんだ？」と訊かれ、「四十七人以上」と答えると、「それは大成功間違いなし」と太鼓判を押されたそうである。

オペラの台本には戯曲の要素もあるが、セリフのほぼ全てが歌われることが前提なので、歌曲の作詞に限りなく近い。ソプラノからバスまで四つの声域で主役、脇役が歌い上げるアリアはもとより、二重唱、三重唱、合唱など様々な歌唱形態を取る。忠臣蔵のキャラクターを前面に押し出し、それぞれの心理を反映した叙情詩をモノローグや対話に落とし込む。

日本語の歌謡は、謡曲や浄瑠璃や長唄、歌舞伎などを通じて、洗練されていったが、西洋音楽と日本語の相性を深めるには、伝統芸能とは別の試行錯誤が求められた。瀧廉太郎や山田耕筰らが同時代の詩人とタッグを組んで作った歌曲にはその苦労の跡が刻まれている。「箱根八里」や「赤とんぼ」、「からたちの花」といった歌曲は元々の日本語のアクセントを生かし、かつ七五調を残して、西洋音階に乗せている。それらは音楽教育を通じて広く歌われることによって、耳に馴染んできた。私は三木露風や北原白秋と同じことをやらなければならないのだが、イタリア語やドイツ語の歌曲やオペラ・アリアを実際に歌うことを通じて、感触をつかんでいたので、滑らかに発音でき、かつ意味が通りやすいコトバを選び、よく響くアやエの母音を多用することを意識した。もちろん、それだけではなく、観客の情動も刺激する語句を選び、忠臣蔵通をも唸らせる独自解釈も盛り込みたいと意気込んだ。

三枝氏は深夜に六本木のオフィスの狭い作曲部屋に籠り、ピアノを前に一フレーズずつ鉛筆で五線譜に音符を書き込んでゆく。夜中に度々呼び出され、出来上がったばかりのアリアを試し弾きし、意見を求めてきたり、一音節削ってくれ、二音節足してくれと細かい注文を出す。作曲家の注文に応じるのはもちろん台本作者の義務なのだが、スコアができ、演出プランが練られ、音楽稽古が始まる段になると、最後に合唱を付け足してほしい、ハイBのロングトーンのところにウの母音がきているので、これをアかエに変えてほしいといった注文が五月雨《さみだれ》式に出される。主要スタッフ、キャストの中では、私が一番若かったので、注文を出しやすかったのだろう。

私は素直に従っていたが、本番が近づくと、主要キャスト間の確執や、演出家と美術家の対立が熾烈になってゆくのをやや距離を置いて見ていた。

石岡瑛子の唯我独尊ぶりは誰もが絶句するほどだった。ハリウッドでの実績がそのプライドを天井まで押し上げていたのだろうが、一切の妥協を拒むその姿勢に舞台監督もプロデューサーの三枝氏も折れるしかなかった。討ち入りの際に浪士たちが纏《まと》う火消し装束もあり物を使うことを拒否し、わざわざ反物から作らせたし、二幕一場の一力《いちりき》茶屋の場面で、舞台に茶屋の座敷を再現するため、畳縁に見えるスリットを縦横に入れ、床下から強烈なライトを照らし、光の仕切りを見せることにこだわった。しかし、光量の強いライトを舞台装置の下に設置すると、木材に引火する恐れがあるので、考え直してほしいと舞台監督がいうと、「舞台装置をアルミで作りなさい」と強硬姿勢を見せた。結果的に、この場面の装置だけで五千万円、全体では一億円を超えるコストがかかったのだった。シンプルだが、重厚な舞台セットが出来上がったものの、私は自分のギャラがその五十分の一にも及ばないことに気落ちした。

『オペラ忠臣蔵』は一九九七年五月に上野の東京文化会館で、大友直人指揮、東京交響楽団の演奏で初演された。大石内蔵助にバリトンの第一人者直野資《たすく》、二人の恋する浪士役にはテノールの小林一男、錦織健、ヒロインの芸者役には今は亡き佐藤しのぶとオールスターキャストだった。四歳のミロクにも舞台を観せたが、彼には三時間のグランドオペラは耐え難かったようだ。

スター歌手とビッグネームのスタッフに支払われる高額なギャラと滞在費、合唱、殺陣《たて》を含む助演、オーケストラの人件費、ホール使用料、衣装代、カツラ代、稽古場使用料、パーティ費用など総額で四億八千万円もの蕩尽《とうじん》だった。入場料収入は五千万円に留まり、大赤字となることは当初からわかっていて、三枝氏はスポンサーに土下座し、このプロジェクトを実現したのだった。まだ世界の資産家ランキングにＩＴ富豪の名前がなく、日本の銀行がいくつも名前を連ねていた時代の「初夏の夜の夢」だった。

オペラ公演が終わった後、その事後報告のつもりで泉岳寺にある大石内蔵助と四十七士の墓参りをした。この復讐に参加した赤穂浪士は伝説となり、三百年後の人々にもその名前を口にされる。公演当日、彼らの末裔《まつえい》に当たる人々も観客席にはいて、そのうちの一人から恨み言をいわれた。なぜ自分の先祖にセリフを与えてくれなかったのか、と。さらにオペラの最後の場面で吉良上野介が歌うアリアにも苦言を呈された。私はこういう歌詞を書いた。

元はといえば、癇癪持ちの逆恨み。とばっちりを食った私はいい迷惑だ。
自業自得でお家をつぶしたあの男こそおまえたちが恨む相手だ。
それを懲りずに数を増やしての逆恨みとは、主君ばかりか家来どもまで狂ったか？

浪士たちに首を取られる前の吉良上野介の遺言という設定なのだが、赤穂浪士の末裔は先祖を侮辱されたように感じたらしい。しかし、吉良を一方的な悪者にすると、三河、名古屋の人が不機嫌になるともいわれていたので、私としてはバランスを取ったつもりだった。わざわざ墓参りに行ったのは三百年前の反逆者たちの霊に一言詫びを入れるためでもあった。

ともあれオペラの台本作者デビューは私に詩作の細道を切り開いた。めくるめく幻想小説とゴシック・ロマンを書き残したのちに「大鴉《おおがらす》」や「ユラリウム」といった詩を書くようになったエドガー・アラン・ポー、趣味で漢詩を作っていた漱石の顰《ひそ》みに倣うつもりで、私は小説執筆の合間に詩作に取り組むようになっていた。『忠臣蔵』の台本で信用を得られたか、三枝氏はその後も、校歌やNHK主催の全国学校音楽コンクールの課題曲、カンタータなどを作曲する際に、作詞を私に依頼してくれたこともあり、詩作は私の創作活動を補強する筋交いとなった。

コンクール課題曲「また、あした」にはこんなフレーズがある。

世界とぼくは戦っている
きっと世界が勝つだろう
ぼくに味方はいるのだろうか？
ああ、世界は今日もまた少し退屈になってゆく

自分の思春期は「日本昔ばなし」になったが、十年後にその季節を迎えるミロクが絶望と上手く戯れることができるようにとの願いを込めた。どれだけ老いようが、誰の中にも少年、少女の残滓《ざんし》がある。世界も現実も、少年、少女の理想や夢を打ち砕くように作用するが、生半可に世界や現実と妥協しても、得られるものはない。しかし、資本や権力に過剰適応するあまり、自身の中の少年、少女を抑圧し過ぎると、なぜかその人の目は死んだ魚の目のようになる。

私の詩を読んだ複数の読者がこんな指摘をした。

――小説よりもシンプルで、ピュアなコトバを使うんですね。

意識的にそうしているわけではない。むしろ、無意識から言葉を立ち上げようとしている

から、そうなるのかもしれない。詩は自身の内なる少年を冷凍保存する手段になり得る。

オペラとの関わりはその後も続くことになるが、プッチーニの『蝶々夫人』のダイジェスト版の上演を三枝氏が企画し、その演出を任されるということがあった。私は過去に自らの戯曲を演出した経験があり、舞台の仕事は全くの素人というわけではなかった。その際、蝶々さんの子どもの役をキャスティングすることになり、五歳のミロクが指名された。歌も踊りもないが、最終場面で自害した母親を挟んで、父ピンカートンに向き合い、父殺しを暗示するように、指ピストルを向けるという芝居をさせたいと考えた。最初のリハーサルでは、オペラ歌手のよく響く声とオーケストラの大音量に驚き、耳を塞いで泣き出したりしたが、蝶々さん役とスズキ役の歌手が代わる代わるベビーシッターを務めてくれたこともあり、徐々に舞台慣れしていった。本番ではスズキと一緒に遊び、音楽のタイミングに合わせて上《かみ》手《て》に退場し、再び音楽きっかけで登場し、ゆっくりとピンカートンに指ピストルを向ける演技も決まった。

ミロクはスタッフたちに褒められ、両手が蟹のハサミになっているフィギュアをゲットし、上機嫌だったが、どうやらこの時のことを話題にするのを嫌がったのは、かなりのストレスになっていたせいかと思われる。

必殺技「泣き落とし」

子どもが教室でどういう扱いを受けているのかは、本人の報告からはわからない。同じ教室で毎日顔を合わせている教師でさえ子ども同士の関係は把握できていない。授業についていけず、自分が感じていること、考えていることをうまく伝えられないミロクは、クラスの人気者にはならないだろう。スクール・カーストではかなり下の方にいるのではないかと想像していた。そうだとすれば、いじめる側になる心配は減るが、いじめられる側に回る可能性は必然的に高くなる。弱い者、劣っている者、変な顔、変わり者を排除し、マウンティングを取ろうとする奴は学校に限らず、どの集団にもいる。非暴力無抵抗運動は相応の犠牲を払わねばならず、小学校ではいじめる相手に一目置かせる何かが必要だ。父親としてはその何かを与えてやりたかった。

にわかに柔道を習わせようと思い立った。私も小学五年生の時、自発的に道場に通ったが、その経験はこの身体の何処かに記憶として残っている。高校時代、三クラス合同の柔道トーナメントが行われ、私が柔道部員以外でベスト4に食い込めたのは、身体が何をすべきかを覚えていたからだ。受け身だけでも覚えておけば、大きな怪我はせずに済むし、寝技や締め技で相手を静かに制圧できれば、いじめられることもなくなる。万が一、いじめる側に回っても、加減を心得ていれば、安全だ。ミロクに保険をかけるつもりで柔道を習わせることに妻も納得した。

一人で通える場所にいい道場はないか探してみると、二駅先に中村道場という古めかしい道場があった。バルセロナ・オリンピックの金メダリスト古賀稔彦《としひこ》の道場もそう遠くないところにあったが、門弟たちが日々切磋琢磨していそうで、ミロクは絶対に気後れすると思い、おじいさん先生が子どもたちに手取り足取り教えるほのぼのとした道場を選んだ。

入門初日、手続きを済ませると、真新しい道着に着替え、受け身の練習から始まった。同い年の生徒も数人いて、背負い投げの練習をしていたが、やる気のなさそうな子に先生が「望月くん、そんな屁っ放り腰じゃ駄目だよ」と注意すると、「ヘッピリゴシってどんな技ですか？」と望月くんが聞き返す。「ちょっとお尻を突き出して、オナラをするような姿勢のことだよ」と先生が丁寧に説明すると、道場は爆笑に包まれた。ここならミロクも疎外感を味わうことはないなと思った。

入門から四ヶ月ほどすると、背負い投げや体落とし、大外刈りなどの立ち技、袈裟固め、横四方固めなどの寝技、寝技からの防御姿勢の亀、亀状態の相手を返す三角返しや、腹包みなどを身につけた。実際にミロクに袈裟固めをかけさせてみると、しっかりツボを押さえているし、体落としの入り方も悪くない。最初のうちこそ車で送っていたが、家で道着に着替え、一人で電車に乗って通うのも苦ではなさそうだ。時々、私が見学がてら道場に迎えに行き、居酒屋で一緒に食事をしながら、様子を聞くこともあった。

ある時、いつもより疲れた様子で早く帰宅したので、具合が悪いのかと心配したが、どうやら電車で眠りこけてしまい、新宿まで運ばれ、そのまま道場には行かずに帰ってきたようだった。連日の宿題、復習で夜更かししているツケが溜まっていたのだろう。

五月、川崎市内にある道場が全て参加する小学生柔道大会があった。中村道場も教え子全員がエントリーし、ミロクも小学三年生の部で出場することになった。初戦の相手は古賀道場の子で、中村先生によれば、優勝候補の一人らしく、賭けをしたら、ミロクに十倍くらいのオッズがつくだろう。秒殺されなければよしとしようと、穏やかな気持ちで客席から観戦した。予想通り、一方的な試合展開で、開始早々に技ありを取られ、一本負けは時間の問題と思われた。相手は休みなく多彩な技を繰り出し、攻め続けるが、ミロクも腹ばいになって堪え、これ以上のポイントを相手に与えないようにしていた。対戦相手の親がしきりに自分の息子を鼓舞し、ヒートアップしている。

——とっとと決めろよ。楽勝できる相手だぞ。何手こずってんだ。

子どもの喧嘩にしゃしゃり出てくるタイプの親だなと思いながら、私も客席から「ミロク、堪えろ。諦めるな」と叫んだ。

ミロクは三分経過した頃から、半ベソをかいていた。亀の体勢になると、「待て」がかかり、立った状態から試合が再開されるのだが、道着の袖で涙を拭いながら、必死の防戦を続ける。「泣きながらも、しぶとく食い下がってるな」と思わず漏らすと、柔道を一切知らない妻は「もう九割方、負けてるんでしょ」という。

——審判はミロクに同情して、技ありを取らない。有効をいくら取られても、一本負けにはならない。決まりそうで決まらないから、相手はかなり焦ってるぞ。まだ勝機はある。

私は状況を冷静に分析しつつ、番狂わせを待望していた。

試合時間がそろそろ終わる頃、ミロクは相手が強引に背負い投げを仕掛けてきたところをうまく透かして、横倒しにし、そのまま袈裟固めに入った。相手は積極的に攻め過ぎ、疲れていたのだろう、寝技を撥《は》ね返す余力が残っておらず、そのまま三十秒が経過し、何とミロクが大逆転勝利をおさめてしまった。この意外過ぎる展開に審判は笑いを堪えきれないようだった。そして、息子の敗北を受け容れられない熱血オヤジは「何であんな雑魚《ざこ》に負けるんだよ」と地団駄を踏んで悔しがっていた。他人の子を雑魚扱いとは無礼極まるが、勝ちは勝ちなので、相手の親を遠くから指差して、「いい勉強になっただろう」と呟いたが、その声は息子を小突く父親には届かなかっただろう。

この金星一つで私は充分満足だったが、調子づいたミロクは次の試合にも勝ち、準決勝で一本負けしたが、小学三年生の部で三位になり、賞状をもらった。この日に飲んだ酒は父親になって以来、最も甘かった。私はミロクが決めた技を洒落で「泣き落とし」と命名した。

世かいがへいわになりますように

勉強ができない息子にはほかの何かで自信をつかんで欲しかった。柔道大会での勝利はその貴重な経験になったはずだった。相変わらず、子ども部屋からは妻のトゲトゲしい声、嘆きが漏れてくる。彼女も祈るような思いで算数の問題を解かせている。私も、ある朝、目覚めると、ミロクが頭のいい子に変身している奇跡を待望している。実際、柔道で起こした奇跡を算数でも起こしてくれる気がしたし、ミロクが満点の答案用紙を持ち帰る夢を見た時は、これが正夢になることを願った。しかし、残酷な神はその願いを意図的に誤配し、見知らぬ誰かを満点にするに決まっている。それでもある時、本物の満点の答案用紙が机に置いてあるのを見つけ、願いが通じたと思い、「額に入れて飾ろう」と妻にいうと、「それは同じ試験の三回目の答案」と答えた。

私自身は小学三年の秋頃から、早生まれのハンディを克服し、小四では成績上位に躍り出た。同じことがミロクに起きてもおかしくないのだが、彼は七月生まれだ。詰め込み教育の学園にミロクを入れたのはやはり大きな過ちだった、と後悔を噛み締めつつ、私はできる限りミロクを旅に連れ出そうとしていた。旅は人を賢くするし、学校では使わない頭を使う機会になる。何よりも不愉快な学園生活の現実から親子一緒に逃避できるメリットがあった。

円高は続いており、旅費はかつてよりさらに安くなり、雑誌やテレビが旅行ブームに乗じ、海外取材に積極的だった。私はシンポジウム、翻訳本のプロモーション、紀行執筆、テレビ番組の取材、日本公演が予定されている海外オペラハウスの取材と頻繁にヨーロッパやアジア諸国に出かけていたが、妻とミロクを同行させたり、用事を済ませた後に合流し、バカンスを過ごしたりしていた。

ミロク一歳の折のベルリン、トロントへの長旅以来、春と夏の旅行は恒例化していて、ある年はミラノやヴェネチアへ、また別の年は沖縄、バリ、またアメリカ西海岸へ、さらに別の年にはシドニー、メルボルン、タスマニアにも連れて行った。それらの旅行の記憶はほとんど残らなかったようで、子どもがいかに刹那に生きているかを思い知らされる。「カルペ・ディエム（今を生きよ）」は子どものためにあるコトバと捉えるべきだ。しかし、あまりに頻繁に息子と旅を共にしたので、こちらの記憶も混在し、時系列も狂っている。最も多忙な年にはヨーロッパとアメリカとオーストラリアとインドに出かけたことがあったが、こうなると、日本に戻っても旅が継続している錯覚に陥り、行き慣れているはずの新宿や下北沢に佇む自分に違和感を抱いたりしている。

レオポルト・モーツァルトは息子アマデウスが幼い頃から馬車に乗せ、ザルツブルクからウィーンへ、パリへと欧州各地を転々とする旅芸人同様の暮らしをしていた。息子の天賦の才は何処に行っても歓迎され、家計を大いに潤しただろう。日々旅にして、旅を栖《すみか》としたのは音楽家も数学者もチェス・プレイヤーも同じである。音楽もチェスも数学の親戚みたいなものだが、その才能に秀でた者は自分をより高く買ってくれるところに向かう。算数が苦手な息子を旅に誘うことにどれほどの意味があるか、考えないわけでもなかったが、私は単純に、旅には行けるあいだに行っておくのがよいと考えていた。十年後、二十年後も自由に別の大陸に移動できるという保証はないし、五十代、六十代になれば、当然、フットワークが鈍り、出不精になる。

私はアジアをよく知らないというコンプレックスがあり、まだ三十代のうちにアジア各地を見聞しておきたいと漠然と考えていた。晩年の中上健次は『地の果て　至上の時』で「路地」を解体させ、紀州サーガを強引に閉じてしまった後、アジア、中東へ放浪し、異端者たちの世界共同体を模索していたが、私は資本主義に魂を売る以外の生き方の実例を息子に見せたかった。

ミロク小学二年生の春、私たちはミャンマーに出かけた。

アウンサン・スーチーは自宅軟禁と解放の繰り返しで、憲法制定と民政への移行をちらつかせながらも軍事政権が続いていた。中国が賃借した島にレーダー基地と軍港を建設した頃から経済成長が著しくなっていた。黄金の三角地帯を抱えるミャンマーの財政は麻薬頼みだったが、軍事政権が麻薬撲滅を宣言してから一年が経過していた。

当時の首都ヤンゴンに到着すると、空港には物腰が柔和なガイドの女性が出迎えてくれた。キンタンウインという名前の彼女は日本語学校で学んだ流暢な日本語を話した。翌日、市内の主要名所スーレー・パゴダや巨大寝釈迦像があるチャウッタジー・パゴダを案内された後は自由行動になり、市場やシュエダゴン・パゴダを訪れ、市民の振る舞いを観察していた。熱帯の強い日差しの下、金色に輝くパゴダは目に痛いほどだった。境内は大理石が敷き詰められ、清潔に掃き清められている。参拝者は全員、裸足になり、思い思いの過ごし方をしていた。熱心に祈る者、日陰で昼寝をする者、弁当を食べる者、会社の同僚と語り合う者、しきりに愚痴をこぼす者、不器用に女子を口説こうとする者、誰もが穏やかでギスギスとしたところがない。男も女もロンギーと呼ばれる民族衣装を身につけている。筒型に縫っただけの布は男がつければ、袴のように、女がつければ、ロングスカートのように見える。風通しよく、シルエットも美しい。腰のところでしっかりと布の両端を結ぶのだが、結び目の作り方にコツが要る。緩んだ結び目を歩きながら締め直す光景を何度も目撃した。

寺院でくつろぐ市民、仏像に一心に祈りを捧げる市民の横顔はじっと眺めていても飽きない。上座部仏教の信仰が篤いミャンマーでは、誰もが生涯に一度は出家する。ガイドのキンタンウインさんも夢は剃髪し、仏門に入ることだという。妹はすでに出家し、寺院にいるそうで、証拠写真を見せてくれた。

私は寺院の仏像を指差し、「あれはおまえなんだよ」といい、ミロクという名前は未来のブッダ、弥勒菩薩由来であることを改めて説明し、祈りの方法をキンタンウインさんから教えてもらうように促した。

——おまえは祈るために生まれてきたような子なんだから、せいぜい祈りなさい。

ミロクにも思うところがあったのか、寺院を訪れるたびに正座して合掌し、目を閉じ、何事か呟いていた。小さな僧侶たちが大勢いる寄宿学校を訪れた時も、頭を剃った同い年くらいの子どもたちと一緒に合掌していた。

——何をそんなに熱心に祈っているんだ？

そう訊ねても、ミロクは「いいたくない」という。

——何か買ってほしいものがあるなら、パパに祈れ。

——そうじゃない。違うことを祈ってたんだよ。

――笑わないから、こっそり教えてくれよ。

ミロクは私の耳元に口を寄せ、こう囁いた。

――バカが治りますようにって祈ってたんだよ。

そのコトバは私の心を深くえぐった。これまで私は息子の出来の悪さに苛立つたびについ「バカ」というコトバを発していた。いや、息子に向かってばかりではない。腹立たしい出来事、理不尽な仕打ちをされた時はもちろん、極右の政治家や新自由主義者の亡者どもの忌々《いまいま》しい妄言や差別的発言に接するたびに、また無知を恥じない学生や見当はずれの我説をまくし立てる酔っ払いに出くわすたびに、幾度となく吐き捨ててきた。そうしたからといって、こちらの心が晴れるわけでも、相手の態度が改まるわけでもなく、いった方もいわれた方も等しく心が荒むだけなのに。

もし、「バカ」と一回いうたびに、爪で引っ掻いたような傷ができているとしたら、小学二年生になったばかりの息子の心はすでにザラザラになっているかもしれない、と遅まきながら気づいた。しかも、ミロクは誰も恨まず、「バカが治る」ことを仏に祈っている。私はこの時、もう二度と息子にバカというまい、と誓った。この誓いはすぐに破られるだろうが、少なくともバカの原因の半分は父親の不徳の致すところであることを思い出すべきだ。全ての親は子どもに対してバカである。親バカでない親はいないことは、八年も親をやっていれば、わかる。

私はミロクの肩を抱き、「おまえはバカじゃない。素直で優しい子だ」と囁いたのち、「父親に似なくてよかった」と独り言を付け足していた。

　ミャンマーにいるあいだ、ミロクは四六時中、祈っていた。バガンの寺院群やインレー湖でも、またまったりと走る鉄道に乗り、日帰り旅行をした古都バゴーでも、撮影したスナップ写真には、祈るミロクばかり写っている。ミャンマーの人々は挨拶をする時も合掌をするし、街ではしょっちゅう托鉢僧に出くわすし、いたるところ寺だらけ、仏像だらけなので、祈りのポーズはこの街によく馴染む。ミロクもそれに影響され、祈る癖が身についたのだろう。

　ミロクとバガンの高原にある仏塔に上り、夕陽を眺めながら、二人で祈りを捧げていると、不意にミロクが私に訊ねた。

――パパは何を祈ってるの？

　祈る時はなるべく頭の中を空っぽにしておくのが、私の習慣だった。神仏は特定の誰かを贔屓《ひいき》したりせず、万人に平等なはずだから、個人的な願いを叶える代わりに、人々に寛容と忍耐を授けてくれるだろう。そう思い至った時から、私は願掛けをせず、謙虚を思い出す儀式としてのみ祈るようになった。このことをミロクにも教えてやりたかったが、まだ理解が及ばないだろうと思い、こう諭した。

――世界が平和でありますように、と祈ったよ。他人の痛みや悲しみを感じることができれば、他人の喜びや楽しみも味わうことができる。ミロクはこの先、誰かに助けてもらいながら生きていくんだから、できるだけたくさんの人に優しくしてあげなさい。それができれば、世界は平和になる。

　頭では理解しているが、なかなか実践できないことを偉そうにいっただけだったが、ミロクは神妙な顔で頷き、また両手を合わせた。これは正真正銘、無垢な祈りなのかもしれない。そもそも計算ができない子なので、祈りに打算が入り込む余地はない。仏塔の上で高原のそよ風を顔に受けながら、私は一瞬、僧侶になったミロクの姿を幻視した。ロシアには愚かな者に聖なる魂が宿るという信仰がある。その民話的表象が「イワンのバカ」であり、ユロージヴィ（神がかり）である。無垢は愚者の意識の中でしか保存されないのならば、ミロクにはその資格がある。ワーグナーの『パルジファル』や『ジークフリート』は恐れを知らぬ愚者こそが英雄になるという話だが、英雄になる野蛮さはミロクには備わっていない。世襲議員はバカでも務まるが、私には息子に譲れる地盤も看板もない。そう考えると、僧侶は将来の選択として悪くないような気がしてきたが、継がせる寺はないので、牧師にするかなどと考えた。

　このミャンマーへの旅の翌年、保護者面談があり、学園に出向いたのだが、学校で七夕の行事があり、子どもたちは竹の枝に願い事を書いた短冊をつけていた。担任と雑談した後に、その飾りつけを見た。個々の願い事は他愛もなく、「ピアノが上達しますように」とか、「おばあちゃんの病気がよくなりますように」とか、「両親が仲良くできますように」とか、「背が高くなりますように」などと書いている。ミロクが書いた短冊を探してみると、こう書いてあった。

世かいがへいわになりますように。

「僧侶みたいな願い事を書きやがって」と私は鼻で笑いながらも、旅の成果をしっかりと確かめることができた。

家の脱構築

ミロクの誕生に合わせて引っ越した高台の家は壁をピンク色に塗り替え、ガレージには倉橋由美子さんから譲られたオースチン1300を格納していた。このヴィンテージ・カーは倉橋さんがポルトガル在住の頃に乗っていた車だそうで、政変があって外国人が居づらくなり、日本に帰国する際、唯一持ち出すことができた私有財産だったという。それだけ思い出深い車なのだが、メンテナンスが面倒なので手放したいということで、我が家で引き取ることになった。運転者である妻はこの車にかなり手こずった。左ハンドルはいいとして、マニュアル仕様で、パワーステアリングもなければ、エアコンもない。エンジンも一発でかかったためしがなく、毎月、修理に出すありさまだった。雨の日に車で駅まで送ってもらおうとしたところ、途中でエンストし、私が車を降りて必死に押したことがあった。修理から戻ってきたばかりなのに動かなかった時は、メカニズムのことなど何一つ知らない私がボンネットを開け、腕組みをして、エンジンとにらめっこし、ボルトが一つ緩んでいるのに気づき、それを締めたら、動き出したということもあった。真夏は団扇片手に乗り、通行人の物珍しげな視線によく晒された。

この車で遠出するのはリスクが高いので、事情を話し、半年間のレンタルだったことにして倉橋さんに返上した。代わりに妻の希望を容れ、アメリカ車のポンティアックを導入した。この車で妻の実家の桐生や草津温泉、伊豆、奥多摩など近場に保養に出かけた。子育ての最も手のかかる段階は終わり、時間の余裕が出てくると、妻はすっかり郊外の主婦が板につき、ママ友たちとの社交に勤《いそ》しむかたわら、家をリフォームしたいという誘惑に駆られていた。

リフォームするくらいなら、地震や台風に強く、銃撃や空襲にも耐えられる家に建て替えたいと私は主張した。家を新築できるほどのベストセラーは出ていないが、まだ当分は書き続けられそうだし、深酒と不規則な生活を続けているわりには持病もなく、心も病んでいない。賭博癖もなく、物欲もなく、金のかかる道楽とは縁遠い。大学からの定期収入があるので、返済能力が認められ、借金もできる。私がこの先、癌にも鬱にもならず、刺されたり、撃たれたりしなければ、二年後には理想の家に暮らせる。

前半生を振り返り、つくづく自分はろくでもない家に暮らしてきたことを嘆いた。生まれてから四年くらいは、焼け跡のバラックの名残りをとどめる八畳一間の借家、小学二年生になるまでは四畳半と六畳の郊外のアパート、中学一年までは幾度も床下浸水に見舞われた一軒家、その後、寂れた集合店舗の一角に七年暮らし、ようやく溝《みぞ》の口《くち》のマンションに入居し、個室を持てたのが大学二年の時だが、そこには五年しかおらず、結婚後、何の因果か、建て替えられたかつての集合店舗の一角に舞い戻り四年、そのあいだにニューヨークマンハッタン西十五丁目のアパートに一年暮らしていた。ミロクが生まれてようやく閑静な住宅街の一戸建ての主になったが、自分と同い年くらいの木造家屋にはだいぶガタがきていた。

日本の男子の平均寿命まで生きるとして、後半生の四十年間をどういう家で過ごしたいか、私は真剣に考えるようになった。最初のうちは住宅展示場に出かけ、ヘーベルハウス、積水ハウス、スウェーデンハウスなどを一通り見て回った。木の温もりにも、バリアフリーにも、システムキッチンにも一切、興味は湧かなかった。住宅販売を手掛ける会社が一様に快適な暮らしを目指していることに食傷した。実際、多くの市民はこれといった住まいの理想など持ち合わせておらず、部屋の日当たりがよく、バーベキューができる庭があれば、プレハブの一戸建てでも充分満足していたのである。仕事も同様で、第一志望の会社に入社できたら、理想が叶えられたことにしてきた。会社に奉仕し、ローンに縛られ、プレハブのマイホームを持ち、退職金と年金で晩年を過ごすという人生の雛型《ひながた》が日本に定着して、かれこれ七十年くらいになるだろうか?

この雛型は苦い妥協の産物なのだが、私の両親もそれをなぞり、ローンを組んでマンションを買い、四苦八苦していた。年金生活に入る直前にマンションを売り、預金を崩し、千葉に一戸建てを建てて、上がりとなった。彼らの息子である私は一度たりとも中流意識など持ったことはない。どう考えても、父は不当に安い賃金で働かされ、家族は貧しい生活に甘んじていたというのが現実だ。私たちは高度成長期モデルに振り回され、無意味な忍耐を強いられた被害者である。そろそろ悪夢から覚めなければならない。今では非正規雇用という搾取構造が固定化し、退職金も年金も削られているので、この雛型はとっくに通用しなくなっているはずだが、それでもノマドになるよりはましと思うのか、性懲りもなく古典的モデルに固執する人が絶えない。

かくいう私もあぶく銭を集めて、高度成長期の呪いがかかった古家を買い、悪しき雛型をなぞろうとしてしまったが、わざわざリフォームしてまで古家に住み続けたくなかった。「ポストモダンの旗手」といわれたこともある者はプレハブのショートケーキ・ハウスからの脱却を図り、二年後に到来する二十一世紀にふさわしいポストモダンな家に住まなければならない。

私は五人の有名な建築家と面識があった。そのうちの三人とは酒を飲む仲でもあった。最重鎮はポストモダン建築の第一人者磯崎新《あらた》、二人目は生存競争としての建築を実践する安藤忠雄、そして飲み友達の三人は次世代の若い建築家で、ホテルや商業施設、公共建築も手掛けるようになっていた隈《くま》研吾、團《だん》紀彦、竹山聖《きよし》である。磯崎新の建築は日本各地にあり、実際に訪れた場所もあるし、著作を通じてある程度は知っていた。安藤忠雄の建築はご本人の案内で、教会や集合住宅、ご自身の設計事務所などを見学させてもらった。コンクリート打ち放しの禁欲的フォルムにぶっきらぼうの美学を感じ取った私は連想的に安藤氏にこんな質問を投げかけていた。

――安藤さんは刑務所とか作る予定はないですか？

巨匠が厳しい眼差しを向けるので、私は反射的に身構えたが、彼はこう答えた。

――オレが刑務所なんか作ったら、ベタ過ぎて、シャレにならんわ。

さすが百戦錬磨の元ボクサー、私の猫パンチにはユーモア溢れるカウンターを返してくれた。

多忙を極める二大巨匠は個人住宅の設計には応じてくれないだろうと、打診もしなかった。住人に日々、緊張と忍耐を強いる家を作られたらどうしよう、という心配が先立ったというのが正直なところだ。その点、飲み友達の三人なら、あれこれ注文をつけやすい。彼らが手掛けた建築もある程度把握していた。

隈研吾は素材をラディカルに使い、モダニズム建築、ファシズム建築への風刺を織り込み、廃墟化する未来を幻視させるような作品を続々と発表していた。何度か対談もし、そのアイロニーのセンスに共鳴するところがあった。團紀彦の場合は、父親の別荘として建てられた八丈島のアトリエを見学させてもらったことがあるが、この頃、京都の日吉《ひよし》ダムの周辺施設の設計で日本建築学会賞を受賞していた。自然環境の中に溶け込みながら、同時に別次元への回路を開く、そんな印象を抱いていた。竹山聖は議論好きで、團紀彦を交え、よく歴史談義を交わした。TERRAZZA青山、強羅花壇《ごうらかだん》、大阪のD－HOTELなどジョルジョ・デ・キリコの絵に描かれているようなシンプルだが、目を引くフォルムを特徴とし、都市空間に仕込まれた隠し味のような趣がある。

この三人なら、誰に設計を依頼しても、郊外の住宅地のランドマークになるような家ができることは間違いなかった。それとなく家の建て替えを話題にすると、三人とも依頼に応じてくれそうだった。妻は建築家の奇想の犠牲になって、快適な住環境を手放すことになりはしないか、ひどく心配していた。プラスチックのカプセルを組み合わせたり、全面ガラス張りにしたり、トイレを外に作ったり、階段の踊り場をリビングにしたりしないかしら、とやけに具体的な不安を抱えていたので、忘れないうちに、やらないでほしいことを箇条書きにしておけばいいといった。彼女は日当たりがよく、収納が充実していて、心置きなくバイオリンの練習ができる防音室がある家に住みたいといった。私はその三つの条件には全く関心がなく、「従来の住宅概念を根底から覆す家」という抽象的かつ野心的なコンセプトを練っていた。建築家に住宅を依頼する際、キーコンセプトを用意すると、哲学や文学、歴史に造詣の深いインテリの彼らは独自の解釈を施し、イメージスケッチを何パターンか用意してくれるだろう。

妻は三人の建築家の作品の写真を見たり、彼らの著作を読んだりして、自分のささやかな希望を叶えてくれそうな人を選ぼうとしていた。その時、私は選定の決め手になり得る基準を思いついた。建築家本人がどういう家に住んでいるかがわかれば、設計の好みや癖が一目瞭然になるはずだった。早速、三人のプライベート・ライフに探りを入れた。

隈研吾は意外なことに賃貸マンションに暮らしているといった。團紀彦も自宅には全く頓着していない様子で、家族四人でマンション住まいをしていた。二人ともコンペのプレゼンや現場視察で飛び回っているし、東京にいても事務所に詰めているので、自宅を留守にしていることが多いというが、それは賃貸マンションを自宅にする理由にはならない。確かに隈さんは、住宅ローンに縛られ、自由を奪われ、社畜化に甘んじる結果しかもたらさないマイホーム信仰を批判する立場で、自身もノマド的生活スタイルを実践しているので、個人住宅に対してはかなり冷淡であろうと予想できた。しかも、初期の仕事でギリシャの神殿の柱を思わせるファサードのショールームを作り、完成時点から廃墟を目指すなどと嘯《うそぶ》いていたので、廃墟化が促進されるような家を建てられてしまうリスクがあった。かなりの確率で、どんな変人が住んでいるのか、界隈の好奇の眼差しが注がれる家にはなるだろうが、引き換えに居心地の悪さを引き受けなければならず、自ずとノマド生活に誘《いざな》われることになるのだ。團さん設計の八丈島のアトリエは太平洋を一望できる岬にあって、庭が広場になっている開放的なリゾートヴィラで、こういう家に住みたいと思ったが、多摩丘陵の一角にそれを期待するのは無理がある。團さんは内装のデザインに凝りそうで、コストがかさみそうで恐ろしかった。

その後、隈さんとは対談をする機会があり、こんな質問を投げかけてみた。

——隈さんはこれまでたくさんの公共建築や商業施設を手掛けてきたし、チャーミングな茶室も作っていますが、自宅を設計しようと思ったことはないんですか？

たぶん、同じ質問は何度となくされ、その都度違う答えを返してきただろうが、是非とも本音を聞き出したかった。その思いが伝わったかどうか、彼はこういい放った。

——ぼくが作った家なんてとても住めるもんじゃない。

やはりそうだったかと納得し、この瞬間、隈研吾への依頼を断念した。團紀彦とは時折、釣りに出かけていたが、その際も同様の質問を投げ、こんな答えをもらっていた。

――建築家の自宅なんて掘っ建て小屋でいいんですよ。

どうやら、プライベート・ライフと建築のあいだには断絶があり、自分のことには徹底して無頓着であることは、團さんが乗っているポンコツ車を見ても、釣り竿でいっぱいで、しかも磯臭いトランクを見ても、よくわかった。掘っ建て小屋を建てられて、サバイバル生活を強いられるのもありかとは思ったが、日課として妻の不平を聞くことになるのは避けたかった。

唯一、自分が設計した家に住んでいるのは竹山聖だけだった。五人家族で暮らす大阪の自宅を見に来ないかと誘いを受け、大学に出講した際、ミロクを連れてお邪魔することにした。竹山さんも勤務先の京都大学、東京のオフィス、現場と常に動き回っているが、自宅には奥さんを中心にしたファミリー・ライフがあり、学齢期の三人の子どもたちがバルコニーや廊下、階段の踊り場を自分のニッチにし、個室に引き籠ることなく、家族間のコミュニケーションが密に取れている。ダイニング・キッチンも客がセルフサービスで勝手に飲み食いするオープン居酒屋のようになっている。家族五人で学校の寮生活を送っている感じに近く、ミロクは早速、高校生の次男の子分になっていた。

刑務所でも廃墟でもなく、ショートケーキ・ハウスでもリゾートヴィラでもなく、もちろん掘っ建て小屋でもない、しかし、創作意欲が刺激され、籠城したくなるような、それでいて運動不足にならず、家族団欒をもたらす家。そんなイメージが徐々に固まりつつあった。

竹山聖なら、この厄介な注文にきめ細かく応じてくれるに違いない、と彼の自宅を観察して思った。

正式に竹山聖に設計を依頼すると、早速、施主たる私と妻の要望の聞き取りと、現場の視察に訪ねてきた。元々の地盤は多摩丘陵で、高度成長期に自然の地形を生かして宅地開発された場所である。古家も道路面から石垣で固められた高台に立っている。こういう特殊地形の方が設計しがいがあると建築家はいい、「面白い家が建つ」といった。ミャンマー旅行の残像がまだ消えない私は、金色に輝くパゴダを幻視していた。

設計のコンセプトと部屋の数、必要条件を出してくれといわれ、妻の要望である防音室、充分な収納、良好な日当たりに加え、ペントハウス型の書斎、テントを張れる屋上、居酒屋にもなるリビングルーム、茶室、最上階の書斎から一気にリビングルームまで下りられる滑り棒を設計に組み込むよう依頼した。そして、「二十一世紀アジアのバラック」というコンセプトを提出した。

三ヶ月後、最初の図面と模型が出来上がり、大まかな見積もりが算出された。鉄筋コンクリート打ち放しで地上三階地下一階の四層構造、テントを張れる屋上とドーム型の屋根がついたペントハウス、防音加工の地下室も茶室もあり、リビングには備え付けの長いカウンターがあり、奥座敷の掘炬燵式テーブルと一直線に繋がっており、まさにそのまま居酒屋を営業できる仕様になっていた。そして、北向きの壁際は三層を貫く吹き抜けで、そのセンターには六メートルのステンレス製のポールがそびえ立つことになっていた。

希望が全て満たされているその模型をずっと眺めていたかったが、肝心な建設コストの見積もりを聞いて、私は黙りこくってしまった。こちらが用意できる予算を約二千万円もオーバーしていたからだ。

――これはあくまでフルスペックの設計なので、何を諦め、何を残すか、よく考えてください。

ここから創造的な引き算が始まったのだが、四層構造にすると決めたので、コンクリートの躯体を木造に変えることはできない。一番コストがかかるのは地下室だが、これを諦めると、防音室は作れず、延べ床面積も狭くなる。妻の悲願を叶えなければ、私の居心地が悪くなるのは必定なので、防音仕様だけ諦めてもらった。予算を削れるとすれば、内装だ。滑り棒は私の悲願なので、死守するとして、リビングの床やバスルームに敷く石をやめ、モルタルにし、ほかの部屋の床や扉、クローゼットを一番安いシナベニヤに替え、システムキッチンを諦める。こうして、細かい引き算を重ね、施工業者にも無理をいい、ギリギリ予算内に収めた。

最終の設計案が上がると、施工業者との打ち合わせが行われ、着工の日取りと工期が決まった。古家を引き払い、近所に仮住まいをしなければならない。犬の散歩を通じて、界隈の諸事情に通じている近所のおばさんが、現場から徒歩五分の手頃な空き家を見つけてくれた。

型枠工事の後、コンクリートの打設が終わり、基礎の躯体が出現した頃、竹山聖から耳寄りな情報が入った。新幹線に乗り、京都――米原《まいばら》間で車窓を眺めていると、関ヶ原石材という看板が見えるのだが、日本全国のビルの壁材、床材になる石はここで加工され、現場に運ばれる。この会社の幹部社員が竹山氏の知り合いで、返品された石材や切り出しで生じた端材は敷地内の巨大クレーターに埋められるという話を聞き、それを特別に無料で譲り受ける談判をしてくれたのだ。予算の関係上、モルタルの灰色の床に甘んじていたのだが、石をタダでもらえるなら、三顧の礼も辞さない。早速、竹山氏と連れ立って、米原に向かい、挨拶をして、石を集め始めた。フォークリフトのパレットに載る分の輸送費は一律料金で、それをこちらが負担すれば、好きなだけ持って行っていいという。クレーターにはそのまま床に敷けるタイル状の石が無数に廃棄されているが、ある一角に立てた状態で並べられている大きめの石も何らかの事情で出荷されなかった石材で、気に入ったものがあれば、持って行っていいという。色も模様も様々な大理石や御影石だが、イタリア語の名前がついているものが多く、化石入りのボテチーノ、多孔質で縞模様が美しいトラバーチン、淡いグレーに白い縞模様のフィオールディペスコ、パラディーゾなどがある。私は石の原産地にこだわり、イタリア、イラン、インド、カナダ、ブラジル、オーストラリア、南アフリカと産地の異なる石を意図的に選んだのは、南極以外の全ての大陸の石を自宅に嵌《は》め込みたいと思ったからだ。

そんな話を、たまたま運動会の折にミロクと同じクラスの子の父親に漏らしたところ、その人は建設会社の二代目で、現在、ある住宅を施工中だが、フランス産のボテチーノがかなり余っているので、差し上げましょうかといわれ、ありがたく頂戴することにした。なぜこれほど石に恵まれているのか不思議だったが、自宅のリビングには化石入りの石、地下室には五大陸の石を敷けることになり、宝くじに当たったような気分だった。

二十世紀との決別

一九九九年、小学生の頃にナイーブに信じていたノストラダムスの大予言はスカに終わり、二十一世紀を迎えるのにふさわしい新居の建設が進む中、私は竹山聖に誘われ、鹿児島で開催される日本文化デザイン会議なるプロジェクトに関わることになった。一九九九年はフランシスコ・ザビエルが日本に来て四百五十年の記念の年に当たるということで、クリスチャンでもないのにザビエルを寿ぐ戯曲を依頼された。

戦後、坂口安吾や花田清輝らが熱心に大航海時代やルネッサンスの研究を行っていた。市民がいかにして専制権力への隷属から解放され、自分の頭で考えるに至ったか、また戦国時代の只中にあった日本人は外来思想のキリスト教とどう向き合ったか、を検証することで、市民の手で日本の戦後社会を構築するのに必要な条件を考えていた。私も戦後知識人の末裔であるから、常識としてルネッサンスや大航海時代についての基本知識を持っていなければならない。そんなわけで折に触れて、安吾や司馬遼太郎の歴史読み物、岩波書店から出ていた大航海時代叢書、平凡社東洋文庫のザビエルの書簡集、『妙貞《みょうてい》問答』などを読んでいた。戯曲は二ヶ月くらいで仕上げたが、それを芝居で上演するのに演出もやらされ、しかもザビエル役の役者までやらされる羽目になってしまった。契約のことをあまり詰めなかったせいで、後からプロジェクトの参加者は一律七万円の謝礼でお願いしますといわれ、愕然となった。戯曲を書き、演出もし、主演もするというのに、たった七万円とは、知識人を買い叩くとどうなるか、思い知らせてやりたかったが、その術は思いつかなかった。観客を入れて上演する芝居ゆえ、手抜きも許されないし、不興を買えば、私が評判を落とす。敬虔なクリスチャンなら、無償で聖人ザビエルを讃える気にもなれただろうが、思い切り貧乏くじを引いた気にしかなれなかった。

　この貧乏くじを大きな収穫に変えるためには小説を書くしかない。私は戯曲を基に、時代考証や史実の独自解釈を盛り込み、日欧交流史の世界に一石を投じる作品を書いて、元を取ることにした。それが『フランシスコ・X』である。マルコムXみたいだが、Xはもちろん Xavier《ザビエル》の頭文字である。ザビエルは日本に二年しかいなかったが、布教の礎を築こうと鹿児島から大分、京都へと転々とした。天皇には会えなかったが、各地の大名や禅寺の住職から女性や子ども、海賊や下層民に至るまで分け隔てなく接し、その記録も名前も日本の史料には何一つ書かれていない。カソリック世界の聖人も日本では、遠方から来て、奇妙な教えを説く異形の変人に過ぎなかったのだ。パイオニアは冷遇されると相場は決まっている。

　四百五十年前の旅人に思いを馳せながら、二週間に一度の大学通いは続き、教え子たちと場末の酒場をさ迷い、その合間に世界各地に旅に出るノマド・ライフは継続中だった。ブラジル、台湾、マカオ、ベトナム、モンゴル、イスラエルにふらふらと出かけ、パスポートにはほとんど余白がない状態だった。現地を食べ歩き、現地の酒に酔い、現地の美女に見惚《みと》れ、ロールプレイングゲームのヒーローよろしく、生存には特に必要とされない経験値を積み上げていた。台湾では茶芸にはまり、道具一式を揃えた。マカオではカジノで散財し、ベトナムでは女友達のためにアオザイを仕立てた。モンゴルでは馬で草原を疾走し、尻に痣《あざ》を作り、ゲルで酒盛りをしていた。チュニジアでは砂漠をラクダに乗って移動し、遊牧民と交流した。イスラエルでは死海に自らの身体をヨットのように浮かべ、新聞を帆にして進む実験に熱中した。

そうやって一人旅のあいだだけ独身気分を満喫していたが、イスラエル入国時、テルアビブ空港で取り調べを受けた際、「結婚し、子どももいるなら、なぜ家族の写真を持ち歩いていないのか?」と詰問され、答えに窮するということがあった。「そういう習慣はない」と苦し紛れに説明すると、「母親の写真は持ち歩いているか?」と訊かれ、「母の顔は忘れないから、持ち歩く必要はない」と答えたところ、「家族と縁を切ったのか?」とこれまた理解に苦しむ質問を投げかけて来た。イスラエルでは日本赤軍による空港乱射事件の記憶が根強く残っているようで、「日本人を見たら、テロリストと疑え」というマニュアルでもあるのかと思えるほど、執拗《しつよう》な取り調べを受けた。家族の写真を持ち歩いていないというだけで、「家族と縁を切った」、「スパイかもしれない」、「テロを計画しているのだろう」という短絡が起きるのだとしたら、いい迷惑だ。

だが、私はこの時、こうも思った。家族の写真を持ち歩いているのは、軍人や単身赴任者、海外駐在者ら、長く家族と離れて暮らす人々、あるいは死の危険と隣り合わせの人々ではないか。逆に家族の写真を持ち歩かないのは、いつでも家族に会える人、もしくはプライバシーの一切を隠さなければならない人ということになる。なるほど、テロリストやスパイの疑いをかけられそうな土地では家族の写真がお守りにもなるのだなと思った。

分刻みのスケジュールで飛び回り、食事も重要な会議をかね、パーティでは二百枚の名刺を配る……そんな大企業のCEOのような忙しさは経験したことがないが、「家族と過ごす時間を大事にしたい」という人は多忙を極める人だと思って間違いない。瀬戸内寂聴さんに勧められ、仕事量の限界に挑み、多忙の快楽を多少は味わってみたが、同時に家族と過ごす時間、放心する時間がいかに貴重であるかも悟った。

一人旅のあいだ、ミロクにこれを食べさせてやりたい、この景色を見せてやりたいという思いに駆られる。やや遅れて、妻の顔が思い浮かぶのは、彼女を仲間外れにするのは気の毒という罪悪感からだ。私が家族を旅に誘うのは、七割方、罪滅ぼしだった。二〇〇〇年の夏にはミロクをクアラルンプールとマラッカに連れてゆき、リゾートホテルでのんびり過ごしたが、そこの食事で出たバーベキュー・チキンが生焼けだったようで、ミロクには帰国後、すぐにカンピロバクター腸炎の症状が出た。明け方、一人で階段の袂《たもと》にうずくまり、お腹を押さえて、シクシク泣いているミロクに妻が「どうしたの？」と尋ねると、「ぼくは癌かもしれない」と訴えたらしい。生存が脅かされていると思うほど腹が痛かったのだろう。以来、ミロクは決して生焼けの肉を食べない。

新居は二〇〇〇年の十二月に竣工し、クリスマスの日に引っ越した。コンクリートの躯体が出来上がり、ドームの鉄骨が組み上がってからの内装工事が長かった。六メートルのステンレス製のポールも吹き抜け部分に設置され、初滑りをしてみたが、日常にかなりの緊張感がもたらされるのは確実だった。

イタリア式家庭狂詩曲

西暦二〇〇一年、ミロクが九歳になったばかりの夏、イタリアのトリノで知り合ったジャーナリスト、ピオ・デミリアに誘われ、彼の家族とともにイタリアでバカンスを過ごすことにした。一九九六年、文学イベントに参加するために出かけたトリノでは、吉本ばなな人気の陰に埋没し、何となく惨めな思いをしたが、エジプト博物館のミイラも見たし、セリエAのユベントスvsアタランタの試合も観戦できたし、ピエモンテ料理やバローロのヴィンテージ・ワインも堪能できた。その折、私にインタビューし、私の皮肉や立ち居振る舞いを面白がってくれたのがピオで、当時、イタリアの左翼紙「マニフェスト」の特派員として、日本報道、中国報道に携わっていた。共通の知り合いも多く、東京でも時々会い、取材に協力したりしていた。

彼には二人の元妻と目下の妻がおり、母親が異なる五人の子どもは別々の場所に暮らしているが、そのうちの四人がバカンスに集結するという。デミリア一家と島田ファミリー、総勢九人がミニバンに乗り込み、イタリア半島のアドリア海側南端のプーリアを目指す。私たちは夕刻にローマのフィウミチーノ空港に到着した。ピオの出迎えを受け、ローマ市内のホテルにチェックインすると、そのまま三時間観光に連れ出された。食事をし、パンテオンのあるナボナ広場を散歩し、名物のトリュフチョコレートアイスクリームを食べた。

初日はナポリを経由し、滞在先のプーリアの海辺の小さな町まで一気に南下するロングドライブだった。のべつまくなしに喋り続けるピオとは対照的に寡黙な妻リア、四人の子どもは上から十三歳のアレックス、ミロクと同い年九歳のマルコ、六歳のユキ、一番下は二歳のミケリーノというラインナップである。一人っ子のミロクに兄弟の多い大家族を擬似体験させるというのが、この旅の裏ミッションだった。もっともミロクは日本語、四人はイタリア語しか話せないので、子ども同士の意思疎通は難しい。ピオは日本語ができ、私の妻はイタリア語ができるが、英語はこのキャラバンの共通語にはならなかった。

マルコはリアの連れ子で、ピオの血筋を引いていないせいか、子どもたちの中ではもっとも大人しく、ミロクと気が合うようだった。ピオは全員に平等に接しようとするのはいいが、それはマルコにとっては過剰な干渉となり、齟齬《そご》をきたしているようだった。一番上のアレックスはピオのパシリとしてこき使われ、ミケリーノは常に空腹を訴え、駄々をこね、落ち着きがなかった。ピオは利発な娘のユキを溺愛しているようだった。

父の過剰な要求とそれに対する子どもたちの抵抗があり、定員いっぱいのミニバンは常に騒々しかった。腹違いの兄弟たちの結束は強く、ユキはミケリーノの面倒をよく見るし、マルコはアレックスのサポート役を務めながら、ミロクのケアもよくしていた。

ナポリでモッツァレラ・チーズの専門店に立ち寄ったが、ピオはここで出来立てのモッツァレラを五キロも買い、店頭で五百グラムを一気食いした。子どもたちにも一人百グラムほど配給し、早食いを競わせていた。車酔いで吐いたばかりのミケリーノも負けじと食らいついていた。

長靴のヒールに当たる目的地に到着した頃にはすっかり夜も更けていた。プーリア州のサンタ・チェザレア・テルメという保養地に建つ貴族の館ヴィラ・スティッキに四日間ほど滞在する予定だったが、普段はローマにいるという当主も保養のために戻ってきていた。一度、スティッキ家の人々とディナーを囲んだ。自家製のワインを飲ませてもらった返礼に、漁港で仕入れた海の幸で寄せ鍋をし、残ったスープでリゾットを作り、喜ばれた。いくら高尚な皮肉を呟いても、喜ばれないが、片手間に作った料理は、九割以上の確率で称賛される。その都度、料理人への転職を検討することにも飽きたので、今後はもっと料理の手を抜こうと思うものの、まずい料理を作るのも案外難しい。

バカンスは決して休息にはならない。午前中から近くの海へ、プールへと繰り出し、一緒に遊んでやるのだが、子どもへの奉仕は体力勝負となる。親が疲れて、子どもを放置したくなった時のためにこそ、ゲームボーイはある。プーリアではピオの知り合いの精神科医の別荘を訪問したが、その一人息子を観察していて、絵に描いたような教育の失敗例だと思った。その子は海にいても、レストランにいても、ゲームボーイを片時も手放さない。偏食で、素スパゲッティにパルメジャーノをかけたものしか食べないが、スナック菓子を飽食しているので、太っている。ろくに挨拶もできず、コミュニケーション障害を抱えているようでもある。日本によくいそうな子で逆に親近感を抱いたりしたが、精神科医の夫婦も見ていて飽きなかった。二人は常に喧嘩腰で、パントマイムのようなオーバーアクションで声を張り上げている。その剣幕に圧倒され、小さくなっていると、ピオが「これは普通の南部の夫婦の会話だよ」といった。夫を糾弾し、死刑でもいい渡しそうな勢いの妻は不意に優しい笑顔をこちらに向け、解説を加えた。

——そう、これは通常の会話で殴り合いにはならないから、安心して。私たちは黙っている時の方が危ない。

旅の道中、ピオとリアは再三、険悪な雰囲気に陥っていた。喧嘩の原因は些細なことだが、双方、譲らず、沈黙の行が二時間以上続いたりする。眉間に皺を寄せ、虚ろな目で遠くを見つめ、時々ため息をつく。国家存亡の危機に直面した首相のようでもあるが、鏡やガラスに映る悩める自画像をしっかりチェックしてもいる。これが夫婦喧嘩中のイタリアの夫の典型的様相である。日本では犬も食わない夫婦喧嘩だが、イタリアではれっきとした見世物である。観客にさせられた者はただ傍観するだけでなく、仲裁をする義務がある。

——彼は時々、夫の本分を忘れ、わがままな子どもになってしまうけれども、反省し、自分の義務を思い出したようなので、今、優しくしてやると、効果は絶大だ。

そんな一言をリアに囁いてやると、その日の夜には仲直りしていて、五分に一回キスを交わしたりしていた。この切り替えの早さは、ロッシーニの曲想の変化にも似て、メリハリの利いたオペラになっている。古代の円形劇場で演じられていたのも、夫婦喧嘩や親子喧嘩の延長であって、それが国家存亡の危機に発展することもあったのだ。オペラも夫婦喧嘩と仲直りの顚末を音楽的に洗練させたものと定義し直してもいいかもしれない。陪審員を観客と見なせば、裁判も見世物である。彼らと過ごした約二週間、三回ほど夫婦喧嘩の仲裁役を演じ、それだけで食傷していたので、私たちは喧嘩せずに済んだが、やはり心の底で「夫婦喧嘩は犬も食わない」という思い込みにとらわれていて、第三者を巻き込んだ見世物にすることを躊躇《ためら》ってしまうのだ。夫婦喧嘩の可視化と、パフォーミングアート化が促進されれば、妻の主張の説得力の高さとその結果としての妻の勝率の高さが実証されることは間違いない。

サンタ・チェザレア・テルメを後にすると、キャラバンはアドリア海岸に沿って北上し、石積みの尖り屋根トゥルッリで有名なアルベロベッロやアブルッツォ州、マルケ州を通り、途中、急用ができ、家族を放り出したピオに代わり、妻がミニバンの運転をし、ピオの山荘があるミズリーナというチロルの村を目指した。

道中の退屈しのぎに、子どもたちにはサイコロ三つを茶碗の中で転がす、いわゆるチンチロリンを教え、実際に小銭を賭けて、プレイさせると面白がり、行く先々のレストランで、ホテルの部屋で、テラスでゲームに興じた。ゲームボーイを放り出してまで熱中するので、もっと早く教えてやればよかった。UNOやポーカーもやったが、サイコロをカップに放つ時の乾いた音が気に入ったか、全員チンチロリンをやりたがった。

ピオが戻り、翌日からミズリーナ近辺のドロミテの峰々を巡るトレッキングに出かけることになった。私もよく知らずにピオの案内に従ったが、スリップしたら、千メートル下の谷までまっしぐらというような難所もあり、六歳や九歳の子どもを同行させるのはかなり無謀だったが、彼らはぼやきながらも、岩場をよじ登り、標高三千メートルを超える峰々を制覇した。「もう少し頑張って、山小屋でチンチロリンをやろう」と鼓舞すると、子どもたちのモチベーションが上がるのが不思議だった。「チロルでチンチロリン」なんて駄洒落にもならないし、イタリア人の子どもたちに「ゾロ目」、「シゴロ」、「ションベン」といった日本語の隠語を教え、勝負に負けたら容赦なく小遣いをふんだくるのは、教育上どうなのかとも思ったが、小さいうちに痛い目に遭わせておけば、博打に深入りせずに済むという点では、ピオと私の意見は一致した。ミロクはゲームを通じて、簡単なイタリア語を理解できるようになっていた。

三週間のバカンスの締めくくりに私たちはヴェネチアを訪れた。二十代の頃からの友人ロベルタと再会し、リド島の家に泊めてもらい、二人の娘アーニャとコリーネにも会った。夫のディーノはあまり体調が思わしくないようだったが、私たちを歓迎し、クルーザーを出し、ラグーン内の無人島に案内してくれた。ディーノはそれから間もなく、まだ幼い娘たちを残して亡くなった。三十代の若さで寡婦になってしまったロベルタも気の毒だが、今後、ことあるごとに父親の不在に戸惑うことになる娘たちが心配だった。おそらくロベルタは誰の助けも必要とせず、強いマンマと慈父を兼ねるだろうが、時々、娘たちの様子を見にヴェネチアを訪れることを約束した。

日本に戻る前の日、諸々世話になったお礼にヴェネチアのピオとリアの家を訪ね、子どもたちにささやかな贈り物を渡した。その折、プライベートなことはほとんど話さなかったリアがピオの来歴を淡々と告白するのを、私たち夫婦は「へえ」を連発しながら聞いていた。

親の遺産を相続したピオは、それを全額株に注ぎ込み、一番上の娘の誕生日を祝うのに、ハリーズバーを貸し切りにしてパーティを開くなど散財を重ねていた。投資はことごとく失敗し、全財産を失った。「悪銭身につかず」の教訓話みたいだが、それでも彼にはミズリーナの山荘だけは残った。別々に暮らす子どもたちとクリスマスを祝う場所は死守したかったようだ。もしかすると、ピオは父を葬るための儀式として意図的に散財したのかもしれず、父とは別の我が道を行く宣言だったとも考えられる。

イタリアでパードレ・ピオといえば、奇跡信仰の対象になっている有名な神父のことで、ドライブインではパードレ・ピオ・グッズなども売られているのだが、私の友人のパードレ・ピオは五人の腹違いの子どもの父親であり、左翼ジャーナリストであり、子どもたちにとっては、忘れた頃にやって来る旅人であり、際どいジョークを口走り、変なことばかり教えてくれる稀代のエンターテイナーであり、何か父親らしいことをやろうとするが、必ず裏目に出るドン・キホーテのことである。

ピオは自らの風変わりな父親ぶりをありのまま見せてくれたが、私は自分の父親のことを思い出していた。彼も息子に自分のお人好しぶり、欲のなさ、不器用極まる世渡りの仕方を隠そうともしなかった。結局、私の父が息子に教えたことはただ一つ。「誠実でいよ」ということだけだった。父親なんてそれで充分。権威を振りかざしたところで、家父長の墓穴を深く掘る結果にしかならない。

旅の終わりに何が一番楽しかったかミロクに訊ねたが、彼は「チンチロリン」と答え、私をひどく失望させた。父親なんて一時の遊び相手に過ぎないといわれたようなものだから。私はその時、韓国の友人が酔っ払って呟いたハードボイルドな一言を思い出していた。

――親父はろくな思い出も財産も残してくれなかったが、花札のイカサマ・テクニックだけは教わった。お陰で小銭を稼げたが、痛い目にも遭った。オレにとっては親父自身がイカサマだった。

私がまだ幼かった一九七〇年代には、妻や子に手を上げ、賭博癖を改められず、安酒に逃げ、偉そうなことをほざくが、全部ハッタリという「イカサマ親父」が巷《ちまた》にゴロゴロいた。その生息域は縮小したものの、淘汰されたわけではなく、極右、差別主義系の集団では根強くはびこっている。その一方で、謙虚で、公平で、権威も主義主張も振りかざさない、嬉々として一時の遊び相手になる「慈父」が、在来の「イカサマ親父」を駆逐する勢いで増えている。

ピオは二〇二三年二月七日、東京で亡くなった。享年六十八歳。

第三部

運命なんて愛したくない

まだこの世にいなかった頃

二〇〇一年九月十一日、私は麻布界隈で友人たちと食事をしていた。なぜか宮沢りえが隣のテーブルにいて、和気藹々《あいあい》とした雰囲気の中、世間話など交わしていた。今日はツイているなと、ワインを飲むピッチは自ずと速まった。一緒にいた編集者が緊急の電話を受けると、「テレビをつけて」といった。画面には見覚えのあるツインタワーの遠景が映し出されたかと思うと、その土手っ腹に旅客機が突き刺さった。パニック映画の特撮シーンにしか見えなかったが、編集者が一言「テロだってよ」といった。ニュースキャスターのうわ言めいた呟きを聞きながら、私は反射的に「やった。万歳」と叫んでいた。

——何いってるの。犠牲者がたくさん出たはずだよ。

宮沢りえにたしなめられ、おのが軽率を反省しながらも、国際金融資本の象徴でもあるツインタワーが崩れ落ちる光景には興奮を禁じ得なかったし、湾岸戦争以後のアメリカの中東政策に対する復讐がなされたとの思いに駆られ、不用意にもテロリストにシンパシーを抱いてしまったのだった。

日本はアメリカに強制されなくても、自発的に服従する。世論もアメリカの正義を微塵も疑わず、テロリストへの報復に全面的に協力する。だが、異端の小説家なら、少数意見の方に与《くみ》するべきだし、絶対的正義などというものはそもそも存在しないというスタンスを維持すべきところだった。小学三年生のミロクにも父親の立場をそれとなく伝えておこうと、翌日の夕食のテーブルで、こんな話を振ってみた。

――ミロク、ビルに旅客機をぶつけた人たちのことをどう思う？

――その人たちは戦争したいの？　戦争は嫌だ。関係のない人もたくさん死ぬから。

――ミロクのいう通りだけど、おじいちゃんが小学生の頃にはアメリカの軍艦めがけて自爆攻撃をした日本人がいたんだ。

――何でそんなことしたの？

――その頃、日本はアメリカと絶望的な戦争をしていたからだよ。

――えっ、本当。それで日本は勝ったの？

――ボロ負けしたんだよ。だから、今もアメリカに占領されてるんじゃないか。

九歳のミロクはまだ世界史も近現代史も学んでいなかったとはいえ、日本がアメリカと戦争をしていたこと、本土を空襲され、原爆も二発投下され、ボロ負けしたことを知らないという事実に驚いた。あまりに自明の歴史的事実なので、ミロクも当然知っているものと思い込んでいたが、ある年齢を境にその認識がスコンと抜け落ちている可能性があるのだ。

敗戦からまだ十六年しか経過していない一九六一年生まれの私の身の回りには、戦争の名残りがいくらでもあった。近所の神社の祭りには傷痍《しょうい》軍人の姿があったし、祖父が折に触れて孫たちに戦争の話をしたし、両親も戦時下の窮乏生活や疎開経験を回想していた。物書きになってからも、大岡昇平、埴谷雄高、野間宏、大西巨人といった戦後派の文豪たちとの面識を得た。身近に証言者が揃っていれば、未生以前の出来事もある程度は身体化される。だが、ミロクは戦争経験者から直接話を聞いたこともなく、そのイメージや知識は教科書のごく短く、平板な記述を超えるものではなく、時間の経過とともに消える短期記憶でしかないだろう。自分がいなかった世界や時代と疎遠になるのはやむを得ない。日米戦争も日中戦争も三国志の赤壁《せきへき》の戦いと同列の歴史の一ページに成り果てるのである。

あれはミロクが五歳くらいの頃だったか、自宅に私の幼馴染みが遊びに来て、小学時代や中学時代の思い出話を交わしたことがあった。妻も加わり、山登りや洞窟探検にまつわる楽しい話で盛り上がっていたので、ミロクも一緒になって笑い、さも自分もそこにいたかのように話に加わろうとした。大人の話はほとんどが自分を素通りしてゆくが、やけに楽しそうなので仲間に入れてもらおうと、知ったかぶりをしたり、質問攻めにしたりすることはよくある。ミロクもそういう子どもだった。

——これはミロクが生まれる前の話だよ。

私は単に事実を指摘しただけのつもりだったが、今しがたまで明るく盛り上がっていたミロクが急に不機嫌になり、納得がいかないという表情のまま固まっていた。

——じゃあ、生まれる前のぼくは何処にいたの？

——ママのお腹の中だよ。

——ママのお腹からどうやって出てきたの？

妻は半分笑いながら、「死ぬかと思うくらい辛い思いをして、ミロクを産んだんだよ」と恩着せがましくいうと、ミロクは黙りこくり、目を潤ませていた。その反応が面白くて、「何がそんなに悲しいんだ？」と訊ねると、こういった。

——ぼくのせいでママは辛い目に遭ったんだね。

——大丈夫。ミロクのためならママはどんなに辛くても耐えるさ。だから、おまえもママに恩返しをするんだぞ。おまえはママがいなければ、生きていけないんだからな。

——じゃあ、パパは何のためにいるの？

私へのカウンターパンチともいえる問いかけに一瞬、絶句した。妻が「パパは生活に必要なおカネを届けてくれるし、いろんな質問に答えてくれるでしょ」と助け舟を出してくれたものの、「パパと鋏《はさみ》は使いよう」といわれている気がしないでもなかった。それより、自分が生まれたがために、母を辛い目に遭わせたという因果に、ミロクが思い至ったことに感動し、「おまえは本当に優しい子だな」と頬擦りした。

実はこの話にはまだ続きがある。私はナイーブな息子をもう少しからかってみたくなり、こんな質問を投げかけてみた。

——ミロクはママのお腹は狭くて、早く外に出たかったんだって話してくれたことがあったね。じゃあ、ママのお腹の中にいる前は何処で何をしていたか覚えてるか？

ミロクが前世の記憶を持ち合わせているかどうか、それを確かめたいがための質問だった。

——知らないよ。

——知らなくていいんだよ。ミロクはこの世にいなかったんだから。

——なぜぼくはいなかったの？　ママとパパはいたの？

——ママとパパは別々のところにいたけど、ミロクは何処にもいなかった。もっと昔に遡ると、ママもパパもいなかった。

ミロクは何かこみ上げてくるものを堪えるようにうずくまり、シクシクと泣き始めた。「なぜ泣くんだ?」と覗き込むと、肩を震わせながら「なんでいないの」と訴えかけてきた。百年も過去に戻れば、今この世にいる人はほぼ全員存在しないのだが、その理由を問われても、答えようがない。この時、ミロクは何を恐れ、悲しんでいたのか、私にはわかる。それは死に対する漠然とした恐怖にも似ている。人はいずれこの世から退場するが、その日を迎えることへの不安と恐怖を抱えて生きている。一方、人は誕生するまでも死者と同様、この世に存在していない。死者には存在の痕跡くらいはあるが、未生の者にはそれすらなく、無である。五歳のミロクはコトバでうまく表現できないまま、自分がかつて無だったということとに偶然、気づいてしまい、強烈な違和感を抱いたのだろう。それは心理学の分野では「形而上学的不安」と呼ばれるものである。

この一件により、似たような経験が私にもあったことを思い出した。やはり五歳くらいの頃だったか、生まれたばかりの自分の写真を見せられ、「何だ、この猿」と思った後、アルバムの前のページをめくると、父と母が出会う前の、それぞれが独身時代の写真が貼られていて、自分が写っていないことに気づいた。私は「なんでぼくがいないの？」と訊ね、親も「マサヒコは影も形もなかった」などと答えたのだろう。それを聞いて、私は急に「ずるい」と怒り出したのだそうだ。五歳当時の私の怒りもミロクの恐怖も笑い話になり、あっさり忘れられ、余計なことをいちいち疑問に思わない「分別ある」大人になり、意味と約束事の世界に順応する。

ところで、「ミロク」には元々、未出現の仏の意味があることは前に書いた。惑星物理学者によれば、五十六億七千万年後には太陽の寿命が尽き、巨星化し、地球の軌道をも呑み込んでいるらしい。したがって、ミロクは実質的には永遠に現れない。だが、あえて肯定形で語ってみせたところに仏教的ヒューモアが表れている。そんなわけで、ミロクが形而上学的不安を抱くのはごく自然なことともいえるのだ。

シャーマンと私

四十二歳の本厄を迎える頃、私生活、仕事、思想の全てが支離滅裂になっていた。自ら進んでそうしているという自覚はあった。「不惑」という儒教的定義への抵抗という側面もあった。青二才を標榜し、異端として振る舞い、顰蹙《ひんしゅく》を買い、反省も後悔もしない。そんな人生を選ばされていることにも薄々気づいていた。今更、分別や自制、改心を目指したところで、付け焼き刃はすぐに欠ける。いっそのこと、とことん惑い、惑わせ、「不惑」を「ワクワク」に変換してやれと思った。そうすれば、厄年など向こうから逃げてゆくだろうから。

厄年のやり過ごし方については、折々、先輩たちからアドバイスを受けていた。それらをまとめると、健康管理を怠るな、ハニートラップに気をつけろ、恨まれている自覚があれば、関係修復に努めろ、お参りに行き、厄祓いをしてもらえといったことだったが、一人、やけに説得力のあることをいう人がいた。

厄というのは、関係や役割から生じるものであり、今まで自分がしてきたことの帰結として巡ってくるものだから、いくら避ける努力をしたところで、必ず降りかかってくるものと諦めるしかない。よかれと思ってしたことが裏目に出ることも多々あるので、逆に厄を引き受けるつもりで、大胆な行動に打って出る手もある。失敗しても、厄だったと諦めがつくし、うまくいけば、厄祓いになる。

つまりは「攻撃は最大の防御」という考え方だった。その人自身はどんな大胆な行動で厄を祓ったのかと訊けば、長い鬱状態に落ち込んでいたというから、自分にできなかったことを私に勧めているわけだった。その人は三島由紀夫のこともいった。

三島は厄を乗り越えるために過剰な行動をした。肉体を鍛え、楯の会を結成し、文化防衛論を唱え、天皇親政の昭和維新を目論んでいた。自分に最も大きな厄をもたらしそうな東大全共闘の学生たちとの対話に応じたり、自衛隊に体験入隊し、幹部と親しく接したりしていたが、それらの行動の全てが戦後日本に対する惜しみない贈与だった。クーデターの企ても、自決も、自暴自棄な行動と見られがちだが、あれこそ戦後日本に重くのしかかった災厄を一気に振り払おうとした贈与だったのだ。君も自分の厄祓いなんてちっぽけなことは気にせず、三島のラディカリズムを見習って、日本社会を覆う厄を一掃する仕事をすべきだよ。

確かに私はそのように決起を促された。檄《げき》のコトバも鮮やかに覚えているのだが、その無責任な先輩が誰だったか思い出せない。柄谷行人だったかもしれないし、康芳夫だった気もする。いや、意外にも古井由吉だった可能性もある。

三島が『豊饒の海』四部作の締めくくりとなる『天人五衰』を脱稿し、陸上自衛隊市ヶ谷駐屯地で自刃したのは四十五歳の折である。もとより私にはクーデターを起こす気概もコネも影響力もない。唯一できそうなのは自分の『豊饒の海』を書くことだった。『春の雪』を強烈に意識し、皇室を巻き込み、日本社会を根底から揺さぶる恋の顚末を二十世紀百年の歴史を背景に描ききるのだと意気込んだ。第一部『彗星の住人』は、日清戦争時、長崎の芸者・蝶々さんの悲恋から始まり、亡き母の面影を求め満州と日本を彷徨《さまよ》うスパイとなった二代目の遍歴、マッカーサーの愛人の女優を寝取った三代目を経て、四代目のカヲルが、のちに皇太子妃になる不二子との危険極まる恋に踏み出すまでを描いた。第二部『美しい魂』では狂おしくもどかしい恋に翻弄され、期待と絶望の間を行き来するカヲルと手強《てごわ》すぎるライバルの登場が描かれる。天性の美声を唯一の武器にカヲルは捨て身の恋に打って出るが、不二子もまたカヲルを求めながら、恋に翻弄され、人生を狂わされる。さらに恋が葬られた後の顚末を描いた『エトロフの恋』を加えた三部作を「無限カノン」と名付けた。『彗星の住人』を二〇〇〇年に上梓《じょうし》すると、翌年には続編『美しい魂』を送り出すつもりだったのだが、私の見立てが甘かった。雅子妃が懐妊、出産予定日と出版の時期とが偶然にも重なった。昭和天皇崩御以降のメディアの自粛姿勢は続いており、皇室にまつわるデリケートな問題には触れまいとする風潮が強かった。

私は占い師や霊能者の予言や託宣の類を信じたことも、頼ったこともなかったが、その道の第一人者と目される人物から不吉な警告を受けていた。第二部の原稿は完成しており、校正の段階に入っていたが、その人は「出版を延期できないか」といってきたのである。どういう意味か問い質すと、彼はこんなことをいった。

――既に完成している作品をお蔵入りさせるなんて到底無理だと思うんですが、出版を強行すると、とても危険な目に遭います。

――どんな目に遭うと？

――干されるだけでなく、刺されます。

原稿を読んだわけでもないし、私に敵意を抱く人間を知っているわけでもないのに、その人は確信的に宣告した。

――干されたら、売り込めばいいし、刺されそうになったら、避ければいいと思いますが。

――その覚悟も大事だと思いますが、ご家族に被害が及ぶのは避けたいですよね。

私や家族の安全を案じてくれていることはわかるものの、なぜ彼が他人の未来のことをそんなに具体的に語れるのかが、全く理解できなかった。

――胡散《うさん》臭い奴だとお思いでしょうが、血を流して倒れている島田さんを見てしまったので、放っておけなかったんです。

絶句し、深いため息をひとつ漏らした後、私は訊ねた。

――いつまで待てば、災難は回避できるんですか？

――来年はまだ危ういですが、二年待てば、状況は劇的に変わり、出版の支障はなくなります。

この時、霊能者のお告げを無視し、出版を強行していたら、私や家族がどうなっていたか、それは知るよしもない。予言通り、何者かに刺されていたかもしれないし、うまく避けられたかもしれない。妻やミロクの生活に特段の差し障りもなかったかもしれないが、逆に家庭が脆《もろ》くも崩壊していた可能性はある。脅迫や暴力が降りかかれば、確実に私の心は折れただろうし、行動も思考も萎縮したに違いない。自分のことで手一杯になれば、家庭内の綻びにも対応できず、思春期のミロクの扱いも雑になる。父親が「社会の敵」、「非国民」の烙印《らくいん》でも押されようものなら、妻や息子まで偏見の対象となりかねない。

私は余計なことを考え過ぎたかもしれないが、この時ほど真剣に未来予測に取り組んだことはない。未来はいくつかの選択の結果として出現するものと私たちは考えたがるが、因果律というのは実にいい加減なもので、現時点からどのような未来にも転がってゆく。そのパターンは将棋の指し手と同じくらい無数にあるが、実際に訪れる未来は一つで、ほとんどやり直しは効かない。おそらく、霊能者はほんのいくつかの手掛かりから直感的にその未来をいい当てる。ほかの可能性には目もくれず、一つの未来イメージだけがその霊的視界にくっきり浮かび上がるのだろう。

その霊能者は江原啓之《えはらひろゆき》といい、テレビ出演も多く、スピリチュアル界のみならず全国的に高い知名度を誇る人物であり、武道館での講演は、彼から心の癒しを受けたい人で満員になる、と人伝《ひとづ》てに聞いた。のちに、講演直後の靖国通りに溢れ出た聴衆たちの様子を自分の目で確かめたのだが、なぜかくしゃみが止まらなかった。

数年後、ハバロフスク滞在中、ナーナイ族の聖地を訪れる機会があったが、その時、案内してくれた博物館のキュレーターからこんな話を聞いた。

シャーマンにはこちらから会いに行っても会えません。伝えるべきことがある時は、向こうから会いにくるのです。

ハバロフスクには有名なシャーマンがいて、普段、どこで何をしているかは誰も知らないのだが、これまでに何度か、行方不明者の捜索や犯罪捜査に協力したことがあったという。八歳の少女が行方不明になった時も、シャーマンは不意に警察署に現れ、百キロ離れた川べりの小屋にいると告げ、少女は無事に保護された。あと一日発見が遅れたら、死んでいたかもしれない。少女は父親に誘拐され、川べりの小屋に連れてこられたのだが、当の父親が酒に酔って川に転落し、溺死していたそうだ。

江原氏との関わりとシベリア訪問がきっかけになって、私はシャーマンに深い関心を寄せるようになり、第三部『エトロフの恋』の霊能者と、『カオスの娘』で活躍するシャーマン探偵ナルコというキャラクターに結実することになる。

無根拠な自信、無意味なプライド

『美しい魂』の出版延期は、私をさらに詩作へと向かわせた。二〇〇〇年に平田俊子との接戦を制し、「詩のボクシング」でチャンピオンになった私は翌年、サンプラザ中野の挑戦を3－0の完全勝利で退け、王座の防衛に成功した。後にも先にもチャンピオンと呼ばれた経験はこの時限りである。オペラや歌曲の作詞は断続的に継続していて、秋田の公立の中高一貫校御所野《ごしよの》学院のために校歌を作詞したり、『太鼓について』という和太鼓とオーケストラのための楽曲に詞を提供したり、ＳＯＮＹの創業者盛田昭夫氏一周忌の供養で演奏されるカンタータのリブレットを書いてもいた。

　良子夫人の希望で『天涯。』と名付けられた楽曲は、盛田昭夫氏の業績と人柄を後世に伝えるカンタータであり、頌歌《オード》だった。私はすでに公になっている人物伝全てに目を通し、夫人から直接、折々のエピソードを聞き出した。故人への賛辞を集め、全ての賛辞を別のコトバに変換して、偉人伝臭さを消し去った。本当に偉大な人には銅像も見え透いた賛辞も無用だ。霊前に献花をするように、詩と音楽を捧げるだけでいいと思った。そそけだった心を慰撫するような詩と音楽を捧げられたら、コンサートの会場はそのまま鎮魂の場になるはずだった。冒頭部分は五年前にミロクのために書いた詩を流用した。

　良子夫人は私の詩を気に入ってくれ、おべんちゃらの一つもうまくいえない、斜に構えた文士を面白がってくれ、桜の季節には目黒区青葉台の自宅に、紅葉の季節には箱根の別荘に招待してくれた。自宅の広い庭には桜の巨木が二本あり、人工の小川のせせらぎが聞こえた。夫人お手製のちらし寿司は具沢山で、鰻や車海老がふんだんにちりばめられていたのを思い出す。花見には妻とミロクも同伴し、遠慮なく料理と酒を堪能した。次から次にエンドレスでゲストが登場し、夫人と談笑を交わしてゆくのだが、ショパン・コンクールの受賞者あり、英国ロイヤル・バレエ団のプリンシパルあり、右翼の論客あり、森ビルの会長、ＳＯＮＹの現役社長ら財界人、外交官、自民党代議士まで、入り乱れていた。そこには共産党員、暴力団員、カルト教団幹部はいなかったが、日本の資産家たち、「世界的に有名な」アーティストたちはちらし寿司やおでんを食べながら、「例の件、よろしく」とか「先日は助かりました」とか「お互い引退の潮時だね」などと話している。その場に居合わせたミロクは漠然と思ったに違いない。世の中には途轍《とてつ》もない金持ちと貧しい家があり、我が家は間違いなく後者に属する、と。金と権力が世界を支配している以上、自分たちも一パーセントの支配者に服従し、奉仕することになる、と思い至るのはもう少し経ってからだろう。

　ミロクと同い年くらいの礼儀正しい資産家の子弟もそこにいた。その子たちは一族の資産と社会的地位を順当に相続し、自分たちに都合のいいシステム、慣習の保守運用に心を砕くことになるだろう。幸いにもミロクは親の資産などアテにできないので、それが失われる心配もせずに済む。今後、彼らの会社から賃金をもらったり、搾取されたりしない限り、付き合いを持つこともあるまい。人間の尊厳は万人に平等に付与されるべきで、社会的地位は刹那的な目安に過ぎないのだから、金持ちや権力者の前で卑屈になる必要もない。こうした親の思いを子どもは自然と受け継いでくれるものだろうか？　やはり、しっかりと模範を示してやらなければならないものなのか？

　ベートーヴェンはウィーン時代に何かと援助をしてくれたパトロン、リヒノフスキー侯に宛てた手紙にこう書いている。

　侯爵よ、あなたが今あるのは、たまたま貴族の家に生まれたからに過ぎない。私が今あるのは、私自身の努力の賜物だ。これまで侯爵なんて無数にいたし、この先も続々と現れるだろうが、ベートーヴェンはたった一人しかいない。

気高いルートヴィッヒはここぞとばかりに、おのがオンリーワンぶりを強調しているが、逃げも隠れもせず、人道を通し、かつ孤高の境地に到達できれば、誰にも恥じない生き方を貫くことになり、相応の尊敬と援助を資産家から引き出すことができる。私もミロクにそう示唆したかった。私は異端の物書きらしい立ち居振る舞いに努めた。

カネも地位も信用も才能もない者、つまりは何も持っていない者はどうすれば自信やプライドを獲得できるか？　それは思春期以降の私を大いに悩ませてきた問題だったが、ミロクも同じ悩みを相続し、踏襲することになるだろう。もっとも、自信もプライドも、誰かに愛され、必要とされているだけで、ある程度は身につくもので、絶対的な条件というものはない。それこそ無根拠な自信、無意味なプライドというものもあり、こちらは他人に迷惑をかけることが多い。また学歴、年収、職業、容姿を担保にした自信もプライドも結局のところ、犬も食わない。消去法でいくと、ミロクが自信とプライドを獲得し得る方法があるとすれば、詩を書くか、歌うか、踊るか、絵を描くか、何か面白いものを作るか、いずれにせよ、アーティストの道しかない。

青葉台の盛田家には過去にカラヤンやバーンスタインといった巨匠たちも滞在したことがあるらしく、良子夫人がそのエピソードを嬉々として語るのをミロクと拝聴したことがあった。寿司好きのバーンスタインは大きな桶《おけ》を抱えたまま寿司を頬張り、自分が指揮をしたマーラーの交響曲に聴き入っていたというし、ポトフしか食べないカラヤンのためにシェフに特製のポトフを作らせると、それがいたく気に入って鍋一杯食べるや全裸でプールに飛び込み、消化に努めていたらしい。

三枝成彰とのオペラ第二弾のプランも水面下で進んでいた。「無限カノン」第一部の蝶々夫人の息子のエピソードを独立させて、あのプッチーニの名作の続編『Jr.バタフライ』を作ろうとしていた。当初、三枝氏は特攻隊のエピソードのオペラ化に熱心で、私に資料を山ほど送りつけ、鹿児島の知覧《ちらん》に誘い、その気にさせようとしたが、この取材旅行の直前に二人とも長崎に用事があり、そこで落ち合うことになった。私は三枝氏に「蝶々夫人のモデルになった芸者は実在する」、「原作者のロングの姉が宣教師の妻で、長崎に滞在中に、出入りの商人から聞いた実話が元になっている」といった話をし、「カミカゼよりJr.バタフライの方が絶対イタリアでは受ける」と説得した。特に根拠があるわけではなく、シャーマン的直感だった。私は急ぎリブレットを仕上げ、作曲に取りかかってもらおうと三枝氏にプッシュを重ねた。

思秋期の只中で

近畿大学の特任助教授の職は二〇〇二年度で辞することにした。大阪の思い出は無数にあるが、常に脳裏をよぎるのは、私を大阪に呼んだ後藤明生の声と、当時の京都の遊び相手、平野啓一郎の顔である。

後藤明生の訃報に接したのは一九九九年だったが、私の意識の中ではその後もしばらく生きていた。あのしわがれた笑い声、たばこのヤニだらけの歯、眼鏡の奥の抽象的な目が、消せない残像となっており、路地や居酒屋の一角に現れそうな気がしてならなかった。『挾み撃ち』以来、後藤さんは性懲りもなく、ゴーゴリの『外套』や『鼻』に登場する下級役人たちのペテルブルグ徘徊を繰り返しなぞっていたが、晩年はもっぱら大阪をほっつき歩いていた。私は後藤さんが好んで長居した居酒屋を教え子たちと訪れるだけでなく、難波《なんば》や俊徳《しゅんとく》道《みち》、大阪城界隈に残した足跡を辿っていた。最晩年は病室から出られなかったが、亡くなる直前に奥さんに車椅子で病院の庭に出ることを望んだという。散歩の足を失った後藤さんの代わりにほっつき歩くことが供養になるかどうかは知らないが、墓参りをするのと同じ意味はあるかと思われた。私は後藤さんの没後三年間、近畿大学に通い続けたが、無意識に晩年の後藤明生の足跡を追いかけ、彼の供養をしていたことになる。

布施《ふせ》や鶴橋《つるはし》の場末のスナックにもよく出入りした。元ヤンキーのママさんやパチンコの話しかしない高校中退のホステスを相手に、後藤さんがよくしていたような与太話をしていると、「暇持て余してます?」といわれ、実際、大阪ではもうやることがなくなったかもしれないと思った。

二週に一度、東大阪に通い始めた頃は、学生も院生も粒揃いだった。ちょうど、ベビーブーマー・ジュニアが大学生になった頃で、過当競争の結果、近畿大学のレベルも上がっていたこともあるが、後藤さんの大胆なスカウトにより、文芸学部には柄谷行人、渡部直己、奥泉光という強力な布陣が敷かれていたので、大学院に優れた人材が集結していた。市川、江南、倉数、中沢、中野といった面々がいた頃が黄金時代だったかもしれないが、それは長続きせず、次第に学部生たちの幼さが目立つようになってきた。

私はしばしば京都まで足を延ばして遊ぶようになっていたが、それは市内で平野啓一郎が一人暮らしをし、また嵯峨《さが》では瀬戸内寂聴が庵を構えていたことと関係している。平野君とは古井由吉を交えた鼎談《ていだん》で三島由紀夫を論じ合って以来、飲み友達になっており、彼が度々、寂聴さんに呼び出され、お供をしていたので、私も寂聴さんとの縁ができた。

平野君と私には十四歳の年齢差があり、私と中上健次、ベートーヴェンとモーツァルト、ベルグソンとニーチェの年齢差にほぼ等しい。平野君とミロクの年齢差は十七で、兄弟としては離れ過ぎ、一番若い叔父と甥くらいの差だ。同じ時代の空気も吸っているが、吐き方がかなり違う。酒の飲み方にも微妙な世代差があり、互いにそれを確認し合ってもいた。平野君は夜の四条河原町でバーテンダーのアルバイトをしていたこともあり、年長者の飲み方に多少通じてもいたので、私たちはいい飲み友になった。彼はまだれっきとした若者、私は不惑にして惑う身ゆえ、当たり前のようにお食事会と称する合コンを重ねていた。ある時は京ことばも奥ゆかしい看護師や精神科医、またある時は美容師や大学院生、広告代理店勤務の女子が参加し、なるべく心に残らない軽いコトバの応酬を重ねていた。

私はもうじきデビュー二十周年を迎えようとしていたが、デビュー間もない二十代の若手作家と酒を飲みながら、若さに否応なく付いて回る野蛮、過剰、悲哀を思い出し、平野君にはなるべく紳士的に接しながら、二十代の頃の自分を懐かしみ、かつ哀れんでいた。

二〇〇二年には日韓共催のワールドカップ・サッカーがあった。私はマラドーナと同世代で、彼が活躍したイタリア大会からずっと衛星放送で観戦してきた。諸々のコネクションを生かし、準決勝や日本vsロシア戦を含む四試合のチケットを手に入れた。カシマサッカースタジアムで行われたイタリアvsクロアチア戦にはミロクを連れて行った。かつてトリノを訪れた際に、宿泊したホテルはユベントスの宿舎にもなっていて、同じフロアの廊下でじゃれ合う選手を間近で見たが、その中にはデル・ピエロ、ダービッツ、ジダンらがいた。その時、ミロクにはデル・ピエロのジャージを土産に買ったのだが、それを着せて鹿島に乗り込んだ。ミロクは熱心に応援していたが、イタリアは敗北を喫した。

九月には津島佑子の提案で始まった日印作家キャラバンで、インド人文学者たちと二年越しの交流を行うことになり、デリー、コルカタを訪れた。


二〇〇三年、私は近畿大学を辞職し、川村湊、リービ英雄、鈴木晶といった知り合いがいる法政大学国際文化学部に移籍した。この年の夏は家族で北海道旅行をしたが、キャンプや登山、ワイルドライフとはすっかり疎遠になっていたので、鈍《なま》った身体に活力を吹き込むいい機会にはなった。知床のキャンプ場で過ごした一夜は、とりわけ印象深かった。近くに食堂もなく、売店で買い求めた肉や野菜を焚き火で焼いて食べたのだが、雄大な夕暮れの風景に魅入られているあいだに、肉を鴉に盗まれたこと、明け方、気温が六度まで下がり、シュラフのない私はあまりの寒さにミロクを抱き寄せて、暖を取ったことは忘れられない。妻とミロクに譲ったシュラフも実はキャンプ場の忘れ物を貸してもらったもので、全くキャンプの装備をしていなかった私が悪い。

この年の暮れには沼野充義のオーガナイズにより、ロシアの作家たちと交流するイベントがあり、モスクワに行った。

二〇〇四年にはバルセロナを起点にピレネー山脈からバスク地方一帯を妻が運転する車で周遊する大旅行をした。アルタミラの洞窟壁画を見物し、パンプローナ、サンセバスチャンを訪れ、ザビエル城にも立ち寄り、サンチャゴ・デ・コンポステーラを目指す巡礼の道も少しだけ歩いた。一年の予定でパリに滞在していた平野君を誘ったら、タイミングよく暇で、旅に出たい気分だったらしく、バルセロナまで遊びに来た。ファミリー・マンとしての顔を平野君に見せるのは小恥ずかしい気もしたが、十七年前は小学生だった平野君がミロクに話を合わせるのを側から見ていて、世代交代というのは親子の間に第三者が叔父や家庭教師のように介在することによって円滑に行われてゆくものなのだなと思った。若い友人との付き合いは継続しなければならない。いくら才能溢れる有望株であろうと、心折れることはある。いくら精神強靭で、理知的であっても、ダークサイドに落ちることもある。万が一、平野君がそういう苦境に陥ったら、私が助けてやらなければならない。しかし、その逆ももちろんあって、私がいい年をこいて迷路に迷い込み、二進《にっち》も三進《さっち》もいかなくなった時に「島田さん、そっちに行っちゃダメです」と袖を引っ張ってくれる後輩は必要だ。平野君は私の保険でも、加速器やストッパーでもないが、十四歳年下の友人をしっかりキープしておくことは、自らの精神衛生保持のためにも必要不可欠なのだということを、このカタロニア、バスクへの旅を通じて、悟ったのだった。

ミロクはずっとつまみ食いをし続けていられるタパスに感動し、毎回の食事に目を輝かせていたが、サグラダファミリア寺院はじめ、私たちが熱心に見て回ったガウディ建築にはいささかも興味を示さず、この旅の印象はバルサの本拠地カンプノウを訪れ、記念にロゴ入りのジャンパーを買ってもらったことに尽きるようだった。

この殺戮の時代

二〇〇四年は厄明けの年だったが、オペラ『Jr.バタフライ』が東京で初演された年でもあった。巨匠クラウディオ・アッバードの息子ダニエレの演出は、戦争の廃墟と死者の痕跡をイメージしたインスタレーションが舞台上で展開されるものだった。父クラウディオはプッチーニを演奏しないという不思議なポリシーを貫いているらしいが、それは家訓になっていて、息子もプッチーニは演出しないと決めているのだとか。父親に逆らわないというのもどうかと思うが、理由をダニエレに訊ねると、「通俗だから」という極めて単純で侮蔑的な返答だった。ロッシーニは通俗じゃないのかと思ったが、どうやら筋金入りの左翼貴族であるアッバード家は少しでも商業主義のニオイがすると、条件反射的に超然たる態度を取ってしまうらしい。『Jr. バタフライ』はプッチーニの『マダム・バタフライ』の続編であるにもかかわらず、演出を引き受けたのはなぜか問い質すと、「リブレットが反戦的、かつ反米的だったからだ」と明瞭な態度を表明しつつ、三枝氏の音楽が甘美過ぎるので、各幕間《まくあい》に戦争についての詞を加筆してほしいという条件をつけてきた。

　私が描いた物語を要約すれば、こうなる。

　母に自殺され、父に引き取られ、アメリカで差別を経験しながら外交官になった蝶々夫人の息子は、赴任地の神戸で一人の日本女性との恋を育みながら、日米戦争回避のために奔走するが、大きな政治の流れに抗い切れず、最後は母の故郷長崎で、愛する妻が被爆するという悲劇に直面する。

　老いたスズキの回想、ジュニアの母恋のアリア、ジュニアと上司の激論、ジュニアと恋人ナオミの二重唱など三枝メロディに合わせて甘美な聴かせどころを充実させ、政治色を薄めたつもりだったが、ダニエレの条件を受け容れたことで、反戦メッセージがかなり際立つことになった。オペラ冒頭は、蝶々さんが自害し、ピンカートンが呆然と立ち尽くす『マダム・バタフライ』のラストシーンの音楽にかぶせ、詩人が演説調の朗唱を始める。

　この殺戮の時代、この非道の政治の前で、もはや音楽も詩も慰みにはならないが、憂国の人の饒舌を聞くよりはいくらかましだ。

長い前口上にはこのような呟きも含まれる。

過去は地団太を踏む父、ため息を漏らす母に似ている。
未来は暗闇に怯《おび》える息子、人見知りをする娘に似ている。
過去と未来は親子である。
何事も「もう遅い」親だけれども、未来には責任がある。
何事も「まだ早い」子どもであっても、過去に学ぶ義務がある。

また詩人は、三幕の冒頭で戦争について、「国家のために死ぬことは名誉なことだろうか？　実際には国家に殺されるのだとしても」と観客に問いかけ、坂口安吾の『堕落論』へのオマージュとして、「人が人である限り、何も変わりはしない。いずれ敗者は笑い、勝者が泣く。人は生き、人は堕落し、悟った頃には死ななければならない」と囁く。

この国では、親子ともに多忙な日常を過ごす中、父親が息子に歴史を伝える機会は全くといっていいほどない。歴史教科書と学校の授業にほぼ委ねられている。歴史的事実の隠蔽と改竄《かいざん》によって加害者の正当化、自国の栄光化を図る組織的な運動は活発だが、それを批判する声は思いのほか小さい。だから、オペラにはここぞとばかりに左翼リベラルの反戦メッセージを盛り込んでおいた。そうすれば、息子に対して歴史教育の義務を果たすことになるし、天皇皇后両陛下にも、日本共産党にも、吉永小百合にも喜んでもらえるだろう。当然、極右の政治家や財界人の反発を買うので、ブラボーとブーイングは拮抗し合うと踏んだ。この予想は大きくは外れなかった。

　ヨーロッパでは、歴史や政治に対する解釈の枠組みをしっかり踏まえた演出への評価が高く、情緒的な感動ポルノには厳しいところがある。それに対し、日本の観客は歌舞伎の世話物を好む傾向が勝る。どちらの観客にも満足してもらうのは至難の業で、ましてや題材が日米関係や戦争、原爆に及ぶとなれば、個々の戦争観や戦争体験とも齟齬をきたす可能性も高くなる。カーテンコールで廃墟を模した舞台に立った私と作曲家には大きな喝采が与えられはしたが、同じくらいのブーイングも浴びせられた。最終回にはジャーナリストや批評家が観劇に来ていたが、筑紫哲也と並んで見たという玉木正之が私に「好き放題、やりたいことをやりやがって」といった。要するに政治色と主張が露骨すぎて楽しめないということだが、私はそれを褒めコトバと受け取っておいた。ヴェルディ作品を見る限りは、政治的でないオペラなどあり得ない。プッチーニの『蝶々夫人』でさえ、日米関係の不平等、帝国主義、宗教といった問題をめぐる主張なしには、単なる学芸会に堕する。だから、観客の顔色なんて見なくていいのだ。

　『Jr．バタフライ』は翌二〇〇五年には神戸で再演され、二〇〇六年にはイタリア、トーレ・デル・ラーゴで毎年開催されるプッチーニ・フェスティバルで上演された。フェスティバルでは基本、プッチーニ作品しか上演しないので、これは異例のことだった。先述したようにプッチーニを演奏しないアッバード家の家訓に従い、ダニエレはフェスティバルへの参加を拒んだので、新演出で上演しなければならなかったのだが、その役が自分に回ってくるとは思いもしなかった。『マダム・バタフライ』の後日談ということでイタリア・メディアの食いつきはよく、新聞、雑誌、ネットメディアに出た記事の数では、この年のミラノ・スカラ座関連記事の数を超えていた。

独身者への回帰

二〇〇四年は短編集『溺れる市民』を上梓したが、この年は落ち着きなく旅を重ね、秋にはアイオワ大学のインターナショナル・ライターズ・プログラムに参加した。過去に倉橋由美子や吉増剛造、中上健次らも参加した伝統あるプログラムだが、アメリカ中西部の田舎に閉じ込められることに全く気乗りがしなかった。最初は断っていたものの、数年間日本からの参加がないらしく、主催者に懇願され、一ヶ月限定で参加することにした。シカゴで飛行機を乗り換え、夜中に到着したアイオワ・シティは中心から一キロ離れたら、地平線までトウモロコシ畑が広がる田舎だった。「ここで懲役一ヶ月か」と思うと、初日からため息が漏れた。

大学のゲストハウスの二階、三階に二十五ヶ国、三十五人の文学者が集結し、共同生活を送ることになる。お国では誰もがそこそこ有名な小説家や詩人たちである。私の両隣は韓国とアルゼンチンの女性作家で、向かいの部屋にはアイルランドの詩人が滞在していた。氷を取りに、あるいは洗濯をしに部屋を出ると、廊下でインドやネパールの作家、エジプトやウズベキスタンやチリの詩人、さらにはナイジェリアやカメルーンやルワンダの作家とすれ違い、挨拶を交わす。かつて政治的に軋轢のあったギリシャとトルコ、そして今最悪の関係にあるイスラエルとパレスチナの作家がホテルの同じフロアで半共同生活をしているが、思いのほか仲が良い。当人にその気はなくとも、ここでは作家や詩人たちが国を代表している。オリンピックの選手村というのはちょうどこんな環境であろう。

共通語はもちろん英語だが、ロシアと中国からは参加者も多く、ロシア語や北京語の島を作り、大国的に行動する。スペイン語やアラビア語、フランス語、ドイツ語も意思疎通に使われていた。言語や宗教が同じだと、接近しやすく、また年齢が近い者同士が意気投合しやすい。平均年齢よりやや上の私は、アルゼンチン、韓国の女性作家、イスラエルのヘブライ語作家、チリ、オマーンの詩人、ウクライナの劇作家らとよくつるんでいた。韓国の女性作家はキムチやチゲをごちそうしてくれたり、私の飲み過ぎをたしなめたりする。またアルゼンチンの女性作家はオマーンの詩人と互いに夫や妻がある身でありながら、同棲生活を始めてしまったのだが、なぜか夜毎、二人で私の部屋を訪ねてきて、一緒に飲みたがった。ウクライナの劇作家は夫人同伴で、ウオッカを浴びるように飲んでいた。チリの詩人とは、青森の某公社勤めの男が公金を貢いだアニータという名のチリ人ホステスの話題で盛り上がり、カメルーンの作家からは「ワールドカップでは世話になったな」と挨拶された。

本職はオマーンのロイヤル・ポリスのサイバー担当警官という詩人アシム・アルサイージ

からは多くの啓示を受けた。アラビア語に語源を持つヨーロッパのコトバについての薀蓄《うんちく》と、抽象的な概念を用いる代わりに比喩を多用し、それが無数の表現の多様性を生み出すに至ったアラビア文学の背景についての話には何度も深く頷いた。

久しぶりに独身者に回帰した気分だった。アイオワ・シティは人口比にしてニューヨークよりも酒場の数が多く、ヴェネチア並みにドリンカー・フレンドリーだった。聞き取りやすい英語でアイオワの平原の魅力を語る地元民と彼らの溜まり場になっているパブで飲んだこともあった。この町が最も盛り上がるのはフットボールのホーム・ゲームが行われる時だ。相手チームサポーターも乗り込んでくるので、人口が一時的に膨れ上がる。そんな時は我々も小さくなっているしかない。

一ヶ月の滞在はあっという間だったが、後半は妙に海が恋しくなった。ここから一番近い海はニューヨークで、直線距離にして千六百キロ離れている、と聞き、にわかに不安に駆られた。大陸に住んだことがないアイランダーは潜在的に、いざとなったら、海の向こうに逃げればいいと思っているが、物理的にそれができないという事実に気づくと、途端に心配になるものらしい。

帰国し、冬を迎えると、アメリカ大統領選だった。アイオワ滞在中、私は一人もブッシュ支持者に会わなかったし、日本でも、ブッシュ再選を望む声を聞いたことがなかったが、僅差でブッシュが再選されてしまった。さらに四年間もネオコンが支配する「猿の惑星」に耐えなければならない賢いアメリカの友人たちが気の毒だった。むろん、属国の日本も「アホで間抜けなアメリカ人」への奉仕を余儀なくされる。この結果がよほどショックだったのか、私は突発性の難聴に陥った。鼻を強くかむと、内耳の圧力が変わって、一時的に難聴になることがあるが、すぐに元に戻る。ところが、今回は左側だけ耳栓をしたようにあらゆる音が遠のいたままで、電話の声も右耳でしか聞き取れなくなった。

左右の聴力のバランスが悪いので、遠近感が消え、ビルの窓ガラス越しに外界と接しているような気がしてくる。外の雑音が遠くなれば、静かに過ごせるかと思いきや、左耳は耳障りな音だけを選んで拾う。足音やドアを閉める音、物がぶつかる音など骨伝導音は生々しく聞こえる。人の声はみな囁き声に聞こえるので、陰口をたたかれているような気もしてくる。大学の講義はこちらから一方的に話すので何とかなるが、自分の声も遠くから聞こえてくるので、「こいつまた変な仮説を立てているぞ」と思ったりする。もしかしたら、他人の心の声まで聞こえるようになっているかもしれないと、教室にいる学生の顔を凝視してみたが、何も考えていないのか、心の声は全く聞こえなかった。

アイス・イーターの秘密

ウイスキーを飲もうと冷凍室を開けると、氷が一かけらもないのは、学校から帰宅したミロクがまっすぐにキッチンに向かい、氷を頬張るからだ。この儀式だけは毎日、律儀に行う。

家にいるあいだは四六時中氷を頬張っているので、ほとんど氷依存症である。別に体が冷えるだけで害はないから、放っておいたが、この氷食いも何らかのストレスから誘発されたに違いない。

学園の居心地はいいのか、孤立したり、いじめられたりしていないか、直接、聞き出そうにも口は重く、家での立ち居振る舞いから異変を察するほかなかった。どうやら同級生から粘着質に顎の下の黒子をからかわれていたらしく、こちらが知らぬ間に母親と皮膚科に行き、日帰りの手術で除去していた。また、手袋をよく片方だけなくすので、妻がヒモで左右の手袋をつなぎ、首からかけるようにしたのだが、それもからかいのネタになっていたことを後で知った。群れの中のマウンティング的ないじめは担任教師の介入で終息し、私の出る幕はなかったが、妻を悩ませていたのは、ミロクの学習障害の方だった。

単に勉強ができないだけ、算数が苦手なだけではなく、これは病気の一種ではないかという不安が日増しに大きくなっていった。正式な診断を受けさせ、障害を軽減するためにあらゆる手を尽くすのが親の務めだという妻の主張に動かされた。彼女のベッドサイドにはＡＤＨＤ（注意欠如、多動性障害）やＬＤ（学習障害）関連の本が並んでいた。ミロクの障害は日常生活に大きな支障をきたすほどではないが、生き方や働き方の選択が狭まることにはなりそうだと妻は心配していた。私はこの件に関しては楽天的に、というか、深く考えても憂鬱になるだけだと腰が引けていたのに対し、妻はやや悲観的で、ミロクが直面している現実を客観的に把握する必要を感じていた。要するに、特定の病気と診断されれば、治療法を検討できる。今までは家での学習支援で対処してきたが、突然、勉強ができるようになることはないと諦めた先に、どのような活路が開けるかのヒントが欲しかったということもある。

妻は世田谷にある国立成育医療研究センターの「こころの診療部」にミロクを連れてゆき、発達心理、思春期心理の専門医師の診察を受けさせた。頭をＭＲＩにかけたり、脳波を取ったりといったことはせず、ＷＩＳＣ－Ⅲ、ウェクスラー式知能検査と問診のみの診察だった。この知能検査は知識、符号、類似、絵画配列など十二の下位検査の評価点から、言語性、動作性、言語理解、知覚統合、注意記憶、処理速度などの各項目のＩＱ、あるいは群指数を割り出し、その結果からアスペルガー、学習障害、自閉症などの診断材料にする。

ミロクの検査結果には大きなばらつきがあり、グラフに表すと、険しい山脈が現れる。言語性の検査では非常に高いＩＱを示すのだが、動作性検査、すなわち注意記憶や処理速度でかなり劣っていた。ミロクのちぐはぐな行動、注意力散漫に数値的な裏付けが与えられたわけだが、平均より劣っている能力を言語性の知能によって補っているという事実も明らかになったのだった。ミロクの前頭前野には働きが弱い部位があるが、それを補うためにほかの脳の部位が頑張っている。

――おまえの頭の中では、バカなミロクが賢いミロクに助けてもらっているようだな。

私がそういってからかうと、ミロクは真顔で「うん、そんな感じがする」といった。

――そんな感じってどんな感じだ？

――前の方にいるぼくがわけがわからなくなったり、怒ったりしていると、後ろの方にいるぼくが深呼吸しろ、氷を食べろっていうんだよ。

――もう一人の自分の声が聞こえるのか？

――うん、一人でいる時によく話してる。

――そいつは頭いいのか？

――頭いいけど、恥ずかしがりだから、いつも後ろに隠れている。だから、前の方にいるぼくが守ってるんだ。

こんな短い会話からわかったことがある。まず、ミロクがしきりに氷を食べるのは、文字通りクール・ダウンのための儀式であるということだ。後ろにいるミロクは冷静だが、いつも前にいるミロクの背後に隠れている。前面に立つミロクは次々と飛び込んでくる情報をうまく処理し切れず、すぐにパニックを起こすが、後ろにいるミロクがしっかりとフォロー・アップしていて、癇癪を起こしても、すぐに冷静になるし、気が散って集中できない時もあるが、何から始めたらいいかがわかると、不意に別人になったように課題に取り組む。思いつきで変なことを呟いたり、意味不明な主張を始めたりしたかと思うと、五分後には割とまともな、時には「おや」と感心するようなことをいったりする。これ全てミロクの内なる彼奴とのコラボレーションの結果だったのである。

ミロクは二回の診察の結果、不注意優勢型のＡＤＨＤおよびＬＤの中でも読み書きに困難が伴うディスレクシアと診断された。よく物を失くすとか、感情をうまくコントロールできないとか、整理整頓ができない、計算をよく間違える、難しい漢字が書けないという、「ミロクらしさ」に特定の「病名」がつけられたことになる。

ADHDには薬物療法もあり、神経細胞の神経伝達物質を調節して症状を緩和する、アトモキセチンやメチルフェニデートなどの薬を処方することもできるといわれたが、投薬はしないことで夫婦の意見は一致した。吐き気、頭痛、食欲減退、傾眠などの副作用もあるし、薬に依存したら、一生それを飲み続けなければならないし、日常生活や対人関係に支障をきたすほどでもない。今までも多少の不安や周囲との軋轢はあり、からかわれたり、いじめられたりもしたが、グレたり、不登校になったり、引き籠ったりせずにやってこられたではないか。本人も軽い障害を抱えていることを自覚し、前向きに対処する気になったことに胸を撫で下ろすべきところかと思った。「ミロクらしさ」がADHDの症状だというなら、私にも思い当たる節があるし、誰にも多かれ少なかれ、当てはまる。忘れ物をしない人はいないし、つい思いつきで先走りしてしまうものだし、癇癪だってよく起こすし、朝昼晩問わず感情的になっている。だからといって、いちいち薬を飲んだり、自暴自棄になったりせずに済んでいるのは、本人も我慢の訓練くらいはしているし、周囲もある程度、寛容だからだ。こういう人もいるという理解がさらに進み、多様性尊重が掛け声だけでなく、社会に定着してゆけば、ミロクも生きやすくなるはずだし、それを信じることもできる気がした。

LDにはこれといった効果的な療法も薬もなく、人よりも時間をかけ、また誰かの助けを借りるなりして、完全克服はできないにしても、改善を目指すことはできる。確かにミロクはなかなか漢字を覚えられなかったし、形態的に似ている文字や画数の多い漢字は必ずといっていいほど間違えた。当然、作文は誤字脱字だらけで、「おかあさん」は「おかさん」に、「雪」は「雷」になり、ガイコツはガイコシになる。踊るような筆跡といえば、聞こえはいいが、ところどころ骨折し、脱臼しているような独特の文字を書いていた。島田彌六の名前も本人の手にかかるといびつになった。画数の多い「彌」の字を覚えるのにも相当手間取っただろうが、書くのも一苦労で、ほかの字よりも四割ほど大きくなるのもやむを得なかった。

読書するにも、一文字ずつ指で触りながら読み進めるありさまで、外国語の本を読んでいるようだった。読書が苦行なら、読みたくなくなるのは当然だ。

ある時、なぜ文字をいちいち指で触るのか、訊ねてみると、こんな答えが返ってきた。

――文字が歪んだり、かすんだり、大きくなったり、小さくなったりする。時々、逃げ出そうとしたりするんだ。

ミロクは乱視で、眼鏡を外せなかったが、いくらひどい乱視でも活字が逃げ出そうとすることはあるまい。それはミロクが読書から逃げたいという思いの表れだと解釈した。だが、ディスレクシアの人の目には実際に活字がぼやけたり、大きく見えたり、隠れたりするように見えることを後で知った。

すでに小学六年になるまでのあいだ、人一倍の苦労を余儀なくされ、八時間くらい眠りたいところを六時間に切り詰め、ほかの子の二倍の時間をかけて、宿題をこなし、本を読むという生活を続けてきたのだと思うと、気の毒でならなかった。

生存競争の彼岸

小学校の卒業式では記念コンサートが催され、児童たちはピアノ、バイオリン、アコーディオン、リコーダー、パーカッションなどのパートに振り分けられ、全部で七曲のメドレーを演奏する。ミロクはピアニカ担当で、そのうち一曲のソロを任されたというので、聴きに行った。順番が巡ってくると、引きつったような表情でステージの前方に歩み出て、いきなりソロを吹き出したが、この頃、おばさんたちの感涙を誘っていた『冬のソナタ』のテーマ曲だった。この選曲はかなり母親たちにおもねっていると思ったが、ミロクはニュアンスに富んだ演奏をし、最後の音も息が切れるほどにしっかりフェルマータしたりするので、久しぶりにしっかりと拍手をした。あれは何の思い出も残らなかった小学校との決別のソロだったんだな、と勝手に解釈した。中学へはそのまま上に上がるだけだが、成績によって中高一貫校と中学校に分かれることになっていて、ボーダーラインにいたミロクはかろうじて前者に拾われた。相変わらず、算数は苦手でテストの結果は後ろから数えた方が早く、社会や国語など数字を使わない科目で平均点以上を死守するしかない状態だった。

中学生になるのとほぼ同時に、柔道の道場も卒業した。受け身と抑え込みをマスターし、体落としと背負い投げを得意技として磨いたことは、喧嘩を避け、また喧嘩を仲裁するのに役立ったようだ。ミロクは誰とも喧嘩しない平和主義者になったが、この世界は話せばわかる相手ばかりではない。いずれブチ切れるしかない場面に直面することもあるだろうが、柔道は冷静さを保つのに多少は役立つはずだ。

柔道卒業後、逃げ足の速さを鍛える必要でも感じたのか、ミロクは陸上部に入った。短距離用のシューズを買ってやったが、無駄のない接地の仕方や効果的な腕の振り方など、いっぱしの講釈を垂れていた。去年までは遠くから見ても、近くで話しても、子どもだったが、中一になった途端、成長が著しく、Tシャツやスニーカーを私と勝手に共有しようとした。横山光輝《みってる》の漫画『三国志』や世界史の図鑑などを揃えてやったので、そこからにわか勉強で仕入れた歴史の知識をひけらかしたりもした。旺盛な食欲と消化の異様な早さにも唖然とした。変声期を迎え、塩辛い声で不機嫌そうに話すようになると、昔の自分の声を聞いているようで耳障りだった。ベルリンのカフェで撮影した父親の腕に抱かれているミロク一歳当時の写真と、母親の身長に並んだ十二歳の息子を見較べ、この十二年間の歳月の経過の早さにため息をついた。その一方で、十二年もかかって、ようやく半人前か、とヒトの成長の遅さにもため息が漏れた。犬ならとっくに老いぼれている。

かつて一眼レフカメラで熱心に撮影した成長の記録も、この頃には完全にデジタルに移行していた。アルバムの通し番号も十三で終わっている。幼い頃のミロクの写真を眺めながら、一番可愛かったのは三、四歳の頃かなと回想に耽り、『サザエさん』のタラちゃんやイクラちゃんは永遠に幼児のままで羨ましいと思ったりする。あの子たちが一年に一歳ずつ年齢を重ねていたら、私よりも年上のはずだ。ヒトも動物も、いや木や貝であっても、赤ちゃんは可愛い。もし、我が子も幼児のままでいてくれるなら、ずっと愛玩の対象になり、教育の義務は免除され、高望みもせず、また失望させられることもないだろう。だが、いずれは責任ある大人になるので、親はその後押しをしてやらなければならない。

さらにもう十年ほどかけて、難しい漢字や英語や別の外国語を習得し、法や貨幣を使いこなせるようになり、機械やシステムを運用する技術を学ぶ。もちろん、ヒトとして生まれた者の遺伝子にはあらかじめ先天的に言語能力が書き込まれているのだが、ヒトを霊長たらしめているのは言語能力から産み出された副産物としての法、貨幣、アートが織りなす文化である。先人からそういうものをまとめて継承して初めて、ヒトとしての成熟が達成されるのだから、犬や猫に較べ、成熟に手間と時間がかかるのはやむを得まい。

子どもの成長に伴い、親は老いてゆくが、自分が死んでも文化は残る。教育とは文化の継承である。親は直接的な見返りを子どもに期待できないが、自分も親から文化を継承されたので、そのリレーを途中で放棄するわけにいかない。また文部科学省など信用できないので、父親の出番が増える。といって、外ではゴマスリ、内では権威主義の父親などお呼びでない。求められるのは賢い慈父だ。子どもが思春期を迎えたら、教科書に書かれていない世界を垣間見せ、自由と抵抗のノウハウを授けてやらなければならない。

目下地球上にはびこっている人間は全て肉食人間の末裔だという。かつてアウストラロピテクス・ロブストゥスと呼ばれる菜食の猿人がいたが、その系統は百万年前に絶滅した。たぶん、私たちの祖先に食われてしまったのだろう。肉食動物は知恵を駆使して、自分より弱いものを、騙《だま》すなり、罠にはめるなりして、自分が生きてゆくための餌にする。やがて、現生人類は人肉を食うのをやめる代わりに戦争をし、搾取をし、貧富の差を拡大する方向へ進んだ。資本主義の管理者、および大統領とか首相とか長官とか大臣とか呼ばれる使いっ走りもまたその原始の掟に忠実で、自分たちを適者生存の適者と信じて疑わない。しかし、そうした生存競争が徹底されていれば、極端な話、最強の適者一人になるまで殺戮は続き、文明はとうの昔に滅亡していたはずである。生存競争だの、弱肉強食だのといったアホらしいことはやめようという理性が働いたからこそ、現生人類は滅亡しなかったと考えた方が合理的である。

もし、現生人類が弱肉強食の悪知恵をいっそう洗練させることによって文明なるものを築いてきたのだとすれば、神話や歴史はこれ全て弱肉強食の営みの記録ということになってしまうが、実際に残された神話や歴史には平和や共存にまつわるものも少なくない。資本主義にしても、つまるところ食うか食われるかの競争であり、本来は自由や平等などという原理とは相容れないにもかかわらず、自由と平等を希求する伝統は根強く残っている。

現生人類のDNAには三万年前には滅亡してしまったネアンデルタール人やデニソワ人と交雑があった証拠が刻まれている。ホモサピエンスは彼らと殺し合いをしたかもしれないが、交雑もし、共生もしていたのである。弱肉強食の原理を知性で乗り越えようとしたブッダやイエスといった知性あるホモサピエンスが登場するのは、ずっと後になってからであるが、彼らの教えの元となった道徳本性は私たちの遠い祖先から受け継いだものに違いない。

現代においてさえ、ブッダやイエスの教えを理解できない連中に世界は牛耳られている。生存競争の勝ち組になることしか頭にない、新自由主義者とかいう無知にして、無恥な連中から遠く離れて、ミロクを弱肉強食の彼岸に導いてやりたかったが、その具体的な策はまだ見えていなかった。

旅は本当に人を賢くするのか、確証を得られないまま継続していた。二〇〇五年の春にはオーストラリアに出かけ、ウルル、カタジュタを見、メルボルンの街をうろつき、タスマニアまで足を延ばした。高校生になったら、家族旅行には同行しないだろうから、春夏恒例の世界漫遊もいずれは終わる。これまでのところ、大きなトラブルも事故もなかった。旅を通じて、ミロクが「もし、別の国に生まれていたら」「もっと不幸な出自を背負っていたら」と考えるように仕向けたかったが、旅先に置き去りにでもして、存在論的不安に晒してやらなければ無理だろう。本当の孤独を知らないうちはまだ子どもだ。逆に幼い頃から孤独を味わった子どもは早く老成してしまうだろう。それが吉と出るか凶と出るかは、ずっと後になってみなければわからない。

私は単独では韓国やオランダ、ウイグルへと出かけていたが、同時に敗戦直後の焼け跡へのタイムスリップも行っていた。米軍占領下をしたたかに生き抜く姉妹の物語『退廃姉妹』を「文學界」に連載しているあいだ、私の意識は週二日、焼け跡にあった。小説でタイムスリップする経験は何度かあり、『フランシスコ・X』で戦国時代へ、『彗星の住人』と『美しい魂』で明治、昭和前半、終戦直後へ出かけていた。心折れる日常から逃避できるドアを持つのは精神衛生上必要不可欠だが、小説は別の時空への「どこでもドア」になる。「もし、私が小説を書いていなかったら」という仮定法はあまり考えたくない。どうせ答えは「入院している」とか、「刑務所にいる」とか、「アルコール依存症になっている」とか、「墓の下にいる」のいずれかになる。

肉体をよその土地に運ぶトリップと、意識だけ別の時空に飛ばすスリップの二本立てを重ねて来られたのは小説家の役得だった。この特権だけは決して手放すまいと思うが、一代限定なので、息子に譲ることはできない。これまでトリップにはさんざん連れ出し、十三歳になるまでに十以上の国と二十以上の都市を訪れているが、この先、ミロクに必要なのはスリップの方だ。

私が最初に小説を通じて妄想の旅に出たのは中学二年の時だった。小五、小六の時に担任教師の方針に従って日記を書いていたが、その延長上で中学生になってからは日々の妄想をノートに書きつけていた。そして中二になる頃には、妄想を起承転結の構造に組み込み、小説の習作を始めていた。アートの道を目指すなら、中二の十三、四歳のあいだに目覚めておかねばならない。この時期に何らかの兆候が認められなければ、アートとは受動的な関わりしか持てないと見ていい。もし、表現者を目指すなら、この思春期の真っ只中に発想の源泉になる無意識のポテンシャルを最大限に広げておかなければならない。声変わりし、筋肉が発達し、世界に違和感を覚え始めたら、言語能力、妄想のパワーを全開にし、いくつもの別人格を養成し、あらゆる心的、身体的エクササイズを試すべき時である。妄想の自由をいっぱしに行使し、心と体を自在に動かせるようになれば、奴隷状態に置かれたとしても、自らを解放できるし、プライドを保つこともできるはずだ。現に父親はそれによって救われているので、この経験則を是非ともミロクにも踏襲してほしかった。

自分には歌がある

中二の春、意外にもミロクが思い詰めた顔をして相談があるといってきた。何事かと緊張したが、「陸上部をやめて、グリークラブに入りたいんだけど、どう思う？」というので、拍子抜けした。「彼女ができた」ではなくて残念だったが、「放火した」とか、「友達を刺した」でなくてよかった。

——走るのに飽きたから、歌いたいんだろ。好きにしろ。

ミロクの心変わりにはどんなきっかけがあったのか、聞き出してみると、たまたまグリークラブの新入生歓迎コンサートを聞く機会があり、「自分には歌がある」と直感したらしい。そんなに歌が好きだったとは知らなかったが、過去を振り返ると、思い当たる節がないでもなかった。ミロクが小さい頃は、三枝成彰、奥田瑛二、浅葉克己といった年長の友人たちと麻布十番温泉の宴会場を貸し切りにしての新年会が恒例だったが、ミロクは一度握ったカラオケのマイクを放さず、アニメソングを歌い続けていた。また中学生になってから、一度だけ近所の居酒屋で食事をした後、家族三人でカラオケに行ったことがあったが、声変わりしたての声でゴスペラーズの歌を歌うのを聞いて、音程が正確だと褒めたことがあった。

思春期になれば、誰もが歌や踊りを嗜む。髪に整髪料をつけ、ギターを買ってもらい、声変わりした声で歌いだすのは、求愛行動の練習を兼ねている。実際、軽音楽部でバンド活動を始めた奴が一番モテる。だが、ミロクが始めたのは男声コーラスで、モテ系とは程遠い。しかも声は私に似て、渋いバリトンで、メロディを担うテノールの下支えをしている。もっとも、ミロクはテノール至上主義には与せず、アンサンブルにおける低声部ならではの責任と面白さに熱中しているようだった。

ちょうど同じ時期に私も六本木男声合唱団に誘われて、コンサートにも参加していたので、親子で同じクラブ活動をしているようなものだった。私はテノール1だったが、理由は単純で、それ以外のパートは覚えにくく歌いにくいからだった。六本木男声合唱団のコンサートを聴きに来た際、ミロクは「平均年齢が高いせいか、音程がどんどん下がってくるし、テンポが遅れる人がいる」と辛辣だった。グリークラブの方が上といいたげな口ぶりだったので、その実力のほどを自分の耳で確かめたくなった。

秋に学園で催されたグリークラブのコンサートに出かけた。小学生の頃の柔道大会の時と同様、期待も不安もなかった。メンバーは中一から高三までいて、まだ声変わり前の子も交じっていた。ミロクは高校生と二人でバスを受け持っているが、二人だけだと低音が弱いかもしれなかった。最初のプログラムは男声合唱組曲『Enfance finie』の中の「毀《こわ》れた窓」という曲だった。唐突に「廃屋のこはれた窓から／五月の海が見えてゐる」という三好達治の詩がティーンエイジャーの若々しい声で発音されると、何とも居心地の悪い気恥ずかしさを覚えた。やがて、「灰色の鷗」が「しばらく解けない謎」を解いていたり、「俺の眼にはふと故郷の街がうかんできた」りし、硝子《ガラス》が抜けた窓に過ぎ去った青春の回想を促されたりするのだ。ふと、自分も海に面した廃屋を探し、その毀れた窓から五月の海を見つめて、ティーンエイジャーの頃の自分を幻視してみたくなった。

プログラム後半には何処かで耳にしたことがあるゴスペラーズやＳＭＡＰのオリジナル曲のカヴァーが続いたが、最後にサプライズが用意されていた。ミロクがマイクを巧みに操り、ヴォイス・パーカッションを披露したのである。家でその練習をしているのを見たことはなく、学園で秘密訓練を積んだのだろう。家にドラム・セットを持ち込まれたら大迷惑だが、このように口八丁で勝負する分には大歓迎だ。この特技を磨き上げれば、いざという時に大道芸で小銭を稼ぐなどして活路を開くこともできる。

グリークラブ内部にはイジメもなく、指導に当たる音楽教師も熱心で、一年後輩にミロクとウマが合う相手もいて、陸上部からグリークラブへの転部は吉と出たようだった。ピアニストを務める女性教師が巨乳であることはメンバーの共通認識で、結束を高める秘密のアイコンになっていたようである。

旅の動機

二〇〇六年は台湾に家族旅行に出かけ、タオ族が暮らす離島、蘭嶼《ランユー》島にも二泊した。島内の足は原付しかないということだったので、私とミロクは免許もなかったが、一人一台借りて、島の隅々まで走り回った。海岸で上半身裸の原住民に日本語で「何しに来たの？」と訊かれ、ニヤニヤ笑いながら「あなた方に会いに来ました」と答えたら、黒糖のアイスキャンデーを振る舞ってくれた。

なぜか私は、観光で訪れる人がほとんどいない辺鄙《へんぴ》なところに惹かれてきた。初めて訪れた外国であるロシアでも、モスクワ郊外の集合住宅とか、工場廃墟を好んで見て回った。パリでは北駅周辺、ウィーンでは十五区、ベルリンはミッテやクロイツベルク、トロントではベトナム人街、ヴェネチアならゲットー、ニューヨークではコニーアイランドやブライトンビーチを偏愛していた。

最初のうちは私の自意識を育てた東京郊外と似たような場所が外国の都市の近郊にもあるのかという好奇心から、わざわざ観光地から離れた、ガイドブックにほとんど記載のないスポットを訪れていたのだが、実際に訪れてみると、東京郊外とは似ても似つかない。ヨーロッパやアメリカの郊外には、東欧、中東、アジアなどから遅れてやって来た移民たちが暮らし、文化多様性をもたらす代わりに摩擦も引き起こすホットスポットになっていた。犯罪、暴力、貧困の揺籃にもなるし、新たな混淆《こんこう》文化を生み出す潜在的なパワーもある。そういうものに惹かれるのは自然の成り行きだった。やがて、経済成長の徒花《あだばな》として出現した東京郊外が往年の輝きを失い、高齢化と過疎が進むにつれ、ますます「変哲のなさ」が極まっていった。かつて、ジェイムズ・ジョイスは自身の故郷ダブリンを「麻痺の中心」と呼んだが、私にとっての東京郊外もそのようなものになりつつあった。そんなやるせない郊外の現実から逃れたい一心が旅に出る動機になっていた。

のちに『ニッチを探して』という本を書くが、自分のニッチを探す習性は、初めて外国に出た二十一歳の時から身についていた。私はたまたま、東京郊外というニッチを選び、そこに家を建て、もっぱらそこで執筆の仕事をし、子育てをして来た。一緒に暮らした妻も「郊外の主婦」になる選択を後悔していない。だが、その一方で、私たちは東京郊外に暮らしていなかった可能世界の自分たちを常に想像していた。ちゃっかりニューヨーカーになりすました遊び人、ヴェネチア本島に暮らす謎の日本人、ベルリンで子育てをするファミリー、トロントやベルリンやウィーンやパリの場末や近郊で東欧やトルコからの移民と英語で世間話をする怪しい物書きや主婦に、随時、自分たちを置き換えていた。

ミロクも特に何の恩恵も受けず、土地に根付いた思い出もないまま、惰性で郊外に暮らして来た。私立の学園に放り込まれ、近隣には友人が一人もいない状態で「麻痺の中心」に閉じ込められていた。その罪滅ぼしのために、必要以上にミロクを異郷、辺境に連れ回し、全く別の人生について考える機会だけは与えたのである。

アーティストの証明

これまで村上龍や奥田瑛二の監督作品には「友情出演」したことがある。八丈島に島流しにされていた流刑者の物語である奥田監督の『るにん』の準主役を演じた時に、「キャラクターに憑依する感覚は小説と同じじゃないか」と思った。小説はコトバで感情や思念を表すが、俳優は声と目つき、筋肉で人物像を模倣するので、それなりに身体能力が問われる。二〇〇六年、妻や若い女子の心理を弄び、火災現場で食事をするといった奇怪な趣味を追究する大学教授が主人公の井上春生監督の『東京の嘘』という作品で、私は初めて映画の主演を務めた。演技する文学者の先達には三島由紀夫がいるが、実際のところその演技力はどうだったのか、気になって、『からっ風野郎』を観てみた。ボディビルで鍛えた筋肉美はいいとして、刑務所でバレーボールのサーブをするシーンで、運動神経の鈍さが露呈してしまっているのは残念だった。

映画出演の後はイタリアでのオペラ演出の仕事が待っていた。他人の生身に自分が生み出した『Ｊr．バタフライ』のキャラクターを宿らせる作業を行うにあたり、自らの俳優修業は無駄ではなかった。私は舞台全体を枯山水のようにし、舞台の上手に仏頭を転がし、下手には巨大な障子をあしらい、それをスクリーンにして、映像を映し出すように立案し、それを美術家に図面に起こしてもらい、カーニヴァル用のハリボテを作る工場に舞台装置の発注をした。

ルッカやヴィアレッジョに比較的近いトーレ・デル・ラーゴという湖のほとりの村に、プッチーニは別荘を構え、傑作を生み出した。その所縁《ゆかり》で、毎夏、ここの野外劇場でフェスティバルが開催される。日本から訪れた歌手やスタッフ一同はヴィアレッジョやピサに宿泊し、湖畔の稽古場に通う。蚊が多く、刺されるといつまでも痒《かゆ》く、随分悩まされた。立ち稽古は日本にいるあいだに済ませていたので、トーレ・デル・ラーゴでは実際の舞台に慣れてもらい、演技の洗練を図りつつ、合唱団員を動かすことに専念した。遠くからも枯山水とわかるように発泡スチロールで波模様を造形してもらったのだが、段差だらけの床はかなり歩きにくく、歌手たちからはクレームの嵐だった。「歩くコースをあらかじめ決めれば、転んだり、つまずいたりすることもない」と説得し、私自身が実際に歩いてみせるのだが、溝に足を取られてしまい、「転ぶ時は上手に転んでください」と笑って誤魔化すしかなかった。

太めの歌手たちの動きが鈍くなるハンディを克服するため、一人のダンサーにステージを縦横に動き回ってもらうことにした。伊藤キムという舞踏出身のダンサーには台本にはない死神の役を演じてもらうことにした。このオペラ自体が戦場での殺戮、原爆による大量死のイメージの上に成立している。登場人物は誰もが死神に愛されている。ジュニアは戦争回避のために奔走するも、政治に裏切られ、日米開戦とともに軽井沢の収容所に送られる。終戦後、ジュニアは母の故郷であり、自分が生まれた土地である長崎を訪れ、原爆投下後の惨状を目の当たりにし、被爆した妻ナオミの死に直面する。死神は登場人物たちを翻弄し、見えない糸で彼らを操ると同時に、歴史の狂言回し的役割を演じる。いわば、歴史の愚行の演出をするのである。

伊藤キムとは面識があり、何処かの大学で催された詩の朗読とダンスのコラボレーションに招待された時、私の詩を彼が踊ったということがあった。そのトリッキーで、痙攣《けいれん》的な動きを見て、他人とは思えなかったというか、私自身の統合失調的特徴をまざまざと見せつけられた気がして、今回のオペラ上演に際し、コラボレーションを依頼したのだった。伊藤キムには各場面で登場人物にちょっかいを出してもらった。相手を指差して笑ったり、子どもと視線を交わしたり、ジュニアとナオミを引き離し、ナオミをあの世に連れ去ったり、被爆者たちを誘導したりすることで、進行中のドラマに介入し、出来事を斜めから見る視点を導入した。

イタリアの八月は陽が長く、本格的な夜の訪れは九時過ぎになる。照明の場当たりや舞台稽古も真っ暗になってからなので、完全な夜行性になっていた。夜中の三時頃にホテルに戻り、仮眠を取ってから、家族で朝食ビュッフェに行く。夕べ飲めなかった酒を朝食会場で補給しようと、スモークサーモンとモッツァレラ、ベーコンなどをつまみにプロセッコを飲むのが日課になった。朝食後、二度寝をし、午後から家族サービスでヴィアレッジョの街を散歩し、遅めのランチを食べてから、また劇場へ行く。舞台稽古が大詰めになると、ミロクがアシスタントについてくれた。ダンサーを連れて来い、水とサンドイッチを買って来い、佐藤しのぶさんにリハーサルが十五分遅れると伝えてくれ、などというと、全速力で走り出すところに可愛げがあった。

　オペラは二回の公演があり、その合間にはシエナやヴェネチアに遊びに行ったが、精根使い果たし、バカンスを楽しむというよりひたすら眠りこけていた。他人のボディをバリアだらけの舞台上でチェスの駒のように動かすオペラ演出が、これほど消耗するものとは思いもしなかったが、ミロクは使い勝手のいい義肢のようによく働いてくれたので、褒美に銀製の十字のペンダントを買ってやった。

　パシリとしては使えることがよくわかったが、人の命令を聞くことに生きがいを見出されても、ため息しか出ない。この時以来、ミロクに対してこんな呪文を唱えるようになった。もっと上を目指さないと駄目だ。自分のわがままがクリエイティブと見なされるようにならなければ。

　会社員になるミロクは全く想像できなかった。事務能力の低さゆえ組織のお荷物認定を受けるのはほぼ間違いない。ポカを重ねて、組織を壊滅に導くことはできるかもしれないが、その前に首を切られるのが落ちだ。ＡＤＨＤとＬＤを背負って生きていくのに好都合な職種があるとは思えなかったが、アートの世界なら逆転の可能性が残されているかもしれない。

　積み木が苦手であることを発見した時から美術が不向きであることはよくわかっていた。文学では筆跡が問われるわけではないし、誰も思いつかない奇想で勝負できるし、言語性のＩＱに限ってはかなり高いので、可能性はある。もっとも向いていそうなのは、やはり音楽か？　だが、多少歌が上手いくらいで、楽器は苦手だし、作曲ができるわけでもない。
私は中学二年生の時に、小説家になるという誓いを立てた。その頃、自分がどんな素養を身につけようとしていたかは『君が異端だった頃』に詳しく書いた。同じ年頃になった息子を見ていて、自分よりは精神年齢が低いと思った。私は十四にして、天才の証を立てようと、大学ノートに小説のエチュードを書きつけ、原稿用紙に清書した完成稿を文芸誌の新人賞に応募していたのだ。その原稿は誤字脱字だらけだったけれども。

ある時、妻がミロクの部屋の掃除をしていて、一冊のノートを見つけた。学園生活の赤裸々な実態が記された日記かもしれないと、ページを開く手に躊躇《ちゅうちょ》が優ったという。「息子の日記を盗み見るのはよくない」といいながら、「きっと誤字脱字だらけだろうな」とか「同級生や教師への恨みつらみが書かれているかもしれない」などと余計な心配をしてしまい、私はその最初のページだけ「うっかり」見てしまったことにしようとした。
『運命の右目』というタイトルと書き出しの文章が目に飛び込んできた。

世界は誰の味方でもないはずなのに、ずるい奴らばかり優遇し、ぼくに冷たいのはなぜだろう。今のところぼくの味方といえるのは駄菓子屋かしわやのおばさんと妹だけだ。教師や同級生、両親までもが冷たい世界の側についている。

私は不吉な思いに駆られ、反射的にノートを閉じた。何かに影響されて、小説もどきを書き始めたか？　思春期になれば、破壊衝動や反抗心や性的妄想の捌《は》け口が必要になるので、小説もどきを書くのはごく自然の成り行きだ。ミロクの本棚を改めて検分すると、西尾維新の『クビキリサイクル』、橋本紡《つむぐ》の『半分の月がのぼる空』、ヤマグチノボル『ゼロの使い魔』といった私には縁遠いライトノベルの本が並んでいた。中学生の妄想癖をくすぐるラノベを読む限り、自分にも小説が書けると思い込むのも無理はない。私だって、中学三年の時に村上龍の『限りなく透明に近いブルー』を読んで、このレベルでベストセラーになるのだから、自分も芥川賞をもらえると思ったものだ。これらのラノベと書き出しから予測すると、『運命の右目』は孤立無援の主人公を架空の妹が助けに行く話に違いない。

この先を読み進めるか、読まずに放置するか、迷ったが、後者を選んだ。息子の初めての小説に対し、プロの小説家の評価は大甘になるか、激辛になるかのどちらかしかない。どちらに転んでも、ろくなことにはならない。前者なら思い上がり、後者なら拗《す》ねるだろうからだ。私は読まずに無視することを選んだ。

何処ででも生きていけるように

二〇〇七年、『カオスの娘』を上梓し、シャーマン探偵ナルコというキャラクターを開発した。シリーズ化して、固定読者を増やそうと目論んだが、市場は私にフレンドリーではなく、共産党の議席のように伸び悩んでいた。新作を上梓するたびに深い憂愁に囚《とら》われてしまうが、限られた読者諸氏は静かに、熱いエールを送ってくれる。私の読者は妥協を許さず、注文が多いので手抜きができない。

ある日、私の愛読者だった青年が自殺したという事実を彼の父親から手紙で知らされた。その青年はわざわざ私の法政大学の文学の授業に潜っていた東大生だが、鬱に苦しんでいることは薄々感じてはいた。一人息子に先立たれた父親の深い悲しみは私にも想像できる。ミロクが不意にこの世を去ってしまうことを一瞬、考えただけで胃がキリキリと痛み出し、息苦しくなるくらいだ。人はいずれ死ぬが、もう少し遅らせてみてはどうか、と彼に耳打ちしておくべきだったかもしれないが、それで思いとどまってくれたという確信は持てない。実は自分にも折に触れてこう問いかけている。「このまま死んでしまったら、敵の思う壺ではないか」と。「復讐の一つくらいはしてからでないと、死んでも死にきれないだろう」とも。

別のある日、神保町の三省堂書店で行われたサイン会の場だったが、ある女性から夫婦連名でのサインを求められ、応じた。その折に「夫からのファンレターなんですが、受け取っていただけますか？」と渡された手紙を翌日になってから読んでみたが、その冒頭にはこう記されていた。

この手紙をお読みいただく頃には、私はもうこの世にはおりません。

続く文面から、サイン会に来られなかった夫はその一週間前に、五十一歳の若さで亡くなっていたことを知った。私の本を愛読し、励まされたり、笑わされたりしてきたが、もうこの先、読めなくなるのが心残りだともあった。そして、手紙は「これからも世間の逆風にめげずに、予言的な作品を書き続けて、読者を楽しませつつ、世直しをしてください」と結ばれていた。膵臓癌末期の病床にてしたためられたと思しき手書きの文字は心なしか震えていた。自身の死を直視しながら、他人である私に励ましの便りをくれたその人を思い、深く頭《こうべ》を垂れた。あの世に移住してしまった読者には、最新作も未来の作品も届けることはできないが、彼らに恥じない作品を書き継ごうとの思いはいっそう強くなった。しかし、ただでさえ読者の少ない私から読者を奪うとは、死神の意地の悪さには凹む。そんなに読者の人口を減らしたいのなら、ベストセラー作家から奪え、といいたい。

私はこの頃から、好んで場末の徘徊をするようになっていた。ある日、気まぐれに自らの帰巣本能に逆らって、新宿から小田急線に乗らずに、埼京線に乗ったのがきっかけだった。東京都民は地域ごと、沿線ごとに住み分けを行っていて、中央線沿線住民はあまり品川蒲田《かまた》方面や上野浅草方面には出没しないし、下町住民が中央線沿線に飲みに来ることも少ない。だが、いざ、その無意識の境界を越えれば、めくるめく居酒屋天国が待ち構えていて、ちょっとした秘境巡りが楽しめるようになる。それはかつて永井荷風が墨田区一帯を徘徊したり、後藤明生や古井由吉が高度成長期の東京をほっつき歩いたことを後追いするようなものだったが、経験を積むうちに北区十条や赤羽、墨田区向島《むこうじま》、葛飾区立石《たていし》、大田区蒲田、品川区大井町《おおいまち》、中野区中野、杉並区高円寺《こうえんじ》や西荻窪《にしおぎくぼ》など、今まで薄い縁すらなかった街の地理がすつかり身体に刻まれた。

大学のゼミの課外授業で、学生と一緒にハンディカムで映画を撮影することにものめり込んだ。

法政大学の保養所が三崎《みさき》にあって、ゼミ生を引き連れて、そこに滞在し、ビーチや漁港、三崎の街でロケをするのだ。学生に任せておけなくて、私がいちいち撮影に介入してしまうが、途中からやるべきことを自覚した途端、学生たちの動きが機敏になる。

三崎には「新潮」編集長の矢野優《ゆたか》が別荘を構えていて、何度か招かれたが、近海の魚を何でも取り扱い、水族館並みの品揃えの鮮魚店があり、ここで買い求めた魚を調理して食べるのは最高だった。二〇〇八年の二月に訪れた時は夜半に雪が降り出し、朝には三崎が一面の雪景色になるという珍しいことがあった。この時は映画監督の青山真治も一緒で、いつものように泥酔し、ハミチンで寝ていた。

季節の変わり目、とりわけ草木が芽吹く春先は身の回りに注意を払わなければならない。路上や駅や車内、公共の場所に通り魔が出没するようになるから。通り魔の出現はすでに恒例化しており、かつての自殺者同様、多くの後追い、模倣者を呼んでいた。私もハンマー片手に自転車を乗り回している男の姿を見かけたことがあるが、目が合っていたら、襲われていたかもしれない。話せばわかる相手とそうでない相手の見極めは難しい。

二〇〇八年の春は嬉しいことが二つあった。一つは私の『自由死刑』を原作とするテレビ・ドラマ『あしたの、喜多善男』が放送されたこと、今一つは『カオスの娘』に芸術選奨文部科学大臣賞が授けられたことだ。

私の小説が映画化、ドラマ化されたことはほとんどなく、唯一、スイス人の映画監督ペーター・リェヒティが短編「ミイラになるまで」を『虫の音』というかなり斬新な実験映画にしたのが例外だったのだが、この初体験は私を舞い上がらせた。いそいそと撮影の見学にも出かけ、主演の小日向文世や栗山千明、吉高由里子とも会えたし、最終回にカメオ出演も果たした。視聴率は今一つだったらしいが、業界の評判は高く、のちにＡＴＰ賞のドラマ部門で最優秀賞を受賞したらしい。私がもらった文部科学大臣賞の方は亡くなった文芸批評家の置き土産だった。

競馬の騎手のように小柄だが、酒に強く、時に喧嘩腰で博覧強記を誇り、五十年にわたり、文芸批評の最前線で活躍した川村二郎の訃報を聞いたのは、受賞の知らせのひと月前だった。これまで文学賞にはなかなか恵まれなかった私の作品を、川村二郎はデビュー当時から高く買ってくれ、もらった賞の全ては川村二郎が推してくれた。ご遺族によれば、いつものように自宅で晩酌しながら、本を読んでいて、そのまま朝には冷たくなっていたそうだ。椅子に深く腰掛け、本は開きかけのままだったというから、本の虫にふさわしい最期だったということになるか。

四月からは待望のサバティカルが始まる。法政大学に赴任してから丸五年が経過し、六年目にして気ままに過ごす自由を得た。平野啓一郎がパリに滞在していた際に文化庁から支援を受けていた話を聞き、私もアプライしてみたところ、すんなりと審査に通り、ニューヨークのコロンビア大学を拠点に「文化交流使」として活動する名目と条件で、資金援助を受けられることになった。青春期の終わりにニューヨークに暮らしていたのは、この時点から二十年以上も昔のことになる。当時のホストのポール・アンドラはまだコロンビアに在籍しており、今回も私のホストになってくれた。

ミロクが高校生になるタイミングで研究休暇をもらえたのはラッキーだった。以前から折に触れ、妻と相談していたのだが、ミロクを外に出す算段を具体的に進めることにした。ミロクの意思を確認するために家族会議を持った。

——このまま日本で高校生活を送るか、留学するか、決めなければならない。おまえが嫌なら、無理強いはしない。このまま日本にとどまってもいいが、惰性で大学受験シフトに自動的に組み込まれることになる。ミロクには学習上のハンディがあるから、奇跡でも起きない限り、一流大学はおまえに門戸を開かないだろう。だから、思い切ってハイスクールから留学してバイリンガルになり、学歴を問われない世界を目指す方がいいんじゃないかと思う。

——留学したらどうなるか、しなかったらどうなるか、オレには全然想像がつかないよ。

——確かに行ってみないことには何もわからないだろう。

——オレとしては、行けといわれたら、行くしかないと思うよ。

——日本の学校とは縁を切ることになるが、学園を離れたくないとか、友達と別れるのが辛いとかないか？

——地元の友達もいないし、学校に親友もいない。グリーの仲間とは親しいけど、一番親しい奴も留学を考えてる。

――行くか行かないか選べるとしたら、どうする？

――幼稚園の時から同じ学園だから、外に出たい気持ちもあるし、変化が必要だとも思ってる。

――最初の年だけは私たちもニューヨークにいるが、その後は置き去りにする。耐えられるか？

――死にはしないと思う。

――ミロクを放牧に出すのは、この先何処でも生きていけるようになってもらいたいからだ。幸い、おまえは耳がいい。全体の成績は凡庸だが、なぜかヒアリングの能力だけはずば抜けている。相手のいうことがわかる耳を持っているのは大きなアドバンテージだ。

　幼い頃からしきりに海外旅行に連れ出されたミロクは漠然といずれは外に出されるだろうと覚悟していたようだ。リッスン・ケアフリー、アクト・コンフィデントリー（注意深く聞き、自信を持って行動しろ）とにわか家訓を仕込んだりして、出発の準備を促した。ミロクは英語塾に通い、妻は学校選びに余念がなかった。端《はな》から名門校は無理と諦めていたが、ニューヨークから近いところに、いい学校があればと思っていた。

　ミロクはグリークラブの活動の締めくくりに神奈川県下の合唱コンクールに参加し、生田高校に勝ち、玉川学園に負け、銀メダルを獲得した。留学に伴い、仲間と決別しなければならなかったのが唯一の心残りだったようである。

リターン・トゥ・ニューヨーク

三月、平野君がモデルの春香さんと結婚した。その披露宴の場に私たち家族も招かれ、瀬戸内寂聴、横尾忠則と同じテーブルから雛壇の二人を眺めながら、私は思い出した。今でこそ災いを避けて、私たち夫婦はすれ違っているが、昔は恥じらいを込めて、見詰め合っていたことを。二人の出会いから結婚にいたる起承転結を、やや離れたところから見ていた私は乾杯の挨拶を任された。平野君が一度は拒まれ、マリアナ海溝より深いため息をついたことも、その二ヶ月後、一転して受け容れられ、狂喜乱舞したことも知っている。彼が拒まれた時、私は「まだ終わりではない」と予言し、それが見事に当たったので、二人の結婚に多少の貢献はしていると思う。

朝日新聞の連載小説『徒然王子』はすでに始まっていた。一ヶ月分のストックを維持しながら、旅を続けた。サバティカル最初の滞在地はソウルだった。高麗大学の金春美《キムチユンミ》先生の招待で一ヶ月間の集中講義を行うことになっていた。大学のゲストハウスに滞在し、大学周辺の食堂通いになることを見越して、ハングルのメニューが読めるよう独習しておいた。

日本語、日本文学専攻の大学院生に向けて、サブカルチャー論を講じたり、韓国の作家と対談したりとスケジュールはタイトだったが、院生たちがソウル市内各地に飲みに連れて行ってくれるので、肝臓には試練の日々で、二日酔い予防スープのヘジャンクが欠かせなかった。観光客で賑わうミョンドンやインサドンを避け、カンナムやかつての庶民の裏町ヨンドンポ、若者の街テハンノやホンデに繰り出した。牛の頭が転がる畜産市場で有名なマジャンドンからコテッチャン通りを通り、名物コテッチャン炒めでビールを飲み、蚤《のみ》の市を覗き、飾り窓で有名なチョンニャンニに向かう、そんなディープな下町の徘徊が楽しかった。ゲストハウスは丘の斜面にあり、ミョンドンからタクシーで戻る時は高麗大学付属病院を目指し、脇道を通り、角を何回か曲がるので、道順を運転手に韓国語で説明する必要があったが、何とか対応できた。

ソウル滞在中は茂木健一郎が訪ねてきて、ソウル近郊のカンファドに金日成御用達だったという冷麺を食べに行ったり、ソウル郊外に住む巫女の女性を訪ねたり、チェジュ島に遊びに行ったりした。また、別の機会にはキョンジュやプサンにも出かけ、仏国寺やロシアン・タウンを訪れるなど、精力的に遊んでいた。ゴールデン・ウイークには妻とミロクがゲストハウスに泊まりにきた。部屋には大きな冷蔵庫があり、地下にはコインランドリーもフィットネス・ジムもあり、家族三人暮らすのに何の不自由もなく、このまま住み着いてしまいたくもあった。

ソウルから戻ると、連載小説の書き溜めをし、七月一日に家族でニューヨークに旅立った。結局、ミロクはニューヨークに近いハイスクールには受け容れられず、メーン州の田舎の全寮制のケンツヒルというハイスクールに学ぶことになった。

アメリカのプライベート・スクールの授業料はべらぼうに高額で、日本の私立高校の平均的なそれの十倍はかかる。寮費や食費が込みだといっても、サラリーマンの平均年収並みであるから、純文学の細々とした稼ぎに大学教員の給料を加算しても、私の稼ぎでは相当の無理があった。博打など打たず、金のかかる趣味に走らず、家康に倣い、質素倹約に努めなければならなかった。文化庁の援助と、新聞連載の稿料、原油高によるドル安という三つの恩恵なしには到底、ミロクの留学プロジェクトは実現しなかった。教育ほどハイリスク・ローリターンの投資はないので、痛いほどの親バカの証明ということになるか。国家から過大な干渉を受けずに教育の理想を追求するには、莫大なコストがかかる。そのコストを学校は父兄からの寄付金で賄う。子どもをケンツヒルに通わせる親は皆、資産家で、私などは彼らが手にする利子ほどの稼ぎもないが、寄付を求められた。思い切り背伸びをしている自分が滑稽だったが、一方でこれは一世一代の出費をする機会だから、足が攣《つ》るほど背伸びをするしかないとも思った。

マンハッタンのアパートの家賃の高さにも辟易《へきえき》した。一九八八年当時、私が住んでいたチェルシーのワンベッドルームのアパートの家賃は月千百ドルだったが、二〇〇八年はアッパーウエストサイド、ハドソン川沿いのワンベッドルームに四千ドルも払わされた。ＩＫＥＡのソファとベッドだけの殺風景な部屋にアクセントが欲しいと中古の家具屋を覗いたが、購買意欲は湧かず、川沿いの公園を散歩中に形のいい流木を見つけたので、持ち帰り、釘を何本か石で打ちつけ、簡単なオブジェを作り、バスタオルを干したり、ズボンをかけたりするのに使った。

十五丁目と七番街の角の古アパートが懐かしくて、到着早々に再訪した。かつて、この界隈はミート・パッキング・エリアと呼ばれ、肉の加工食品の工場が並び、十四丁目の通りはヒスパニック系の住民が多く、格安の生活必需品を扱う店が並び、治安もよくなかった。あれから二十年、再開発が進み、工場はショッピング・モールに改造され、その周辺には小洒落たレストランが乱立していた。酒を飲みに通った近所のバーはどれもなくなっていたが、一軒だけアイリッシュ・パブが残っていた。澱《よど》んだ雰囲気で、ホームレスに仮眠の場を提供していたため、店内は小便臭かったのをよく覚えている。笑えないアイリッシュ・ジョークを呟いていた幽霊みたいな店主はすでに他界し、店は改装され、掃き溜めの雰囲気は全く残っていなかった。店主のジョークが全て理解できた時、ここは自分にとっての英会話学校だったと気づいたことなどを思い出した。

コロンビア大学の美術専攻の是枝君とイースト・ヴィレッジをさんざん飲み歩き、セントマークスのアングラ・バーで夜明けを待ったりしたものだ。強盗に遭遇する確率がまだ極めて高かった八〇年代後半と比較して、安全なテーマパークに様変わりしたようだった。「ケンカ」という変な名前の日本風居酒屋、うどん店にラーメン店、やきとり屋、日本酒バーまであって、日本の飲酒文化がしっかり定着していることに二十年のタイムラグを実感していた。

――ミロクが生まれる四年前、父さんと母さんはマンハッタンに暮らし、危険を冒してはしご酒を重ねていた。もし、あの時、オレが強盗に撃たれていたら、ミロクは生まれようがなかった。

日本風居酒屋でビールを飲みながら、そんな話をすると、ミロクは「別にそれでもよかったんじゃね」とつまらなそうにコメントした。自分がかつて無であったことに戦慄していたミロクも、今を懸命に生きるしかないと悟ったようだ。私は私で、青春時代の終わりを過ごしたニューヨークに二十年ぶりに舞い戻り、七月三日に十六歳になったばかりの息子と通い慣れたイースト・ヴィレッジで飲むことになる奇遇を嚙み締めていた。

コロンビア大学のポール・アンドラ教授のアパートにもミロクを連れて行ったが、いつの間にか出現していた私の息子をつくづく眺めて、ポールは「これまで君が書いたどの小説をもしのぐ傑作じゃないか」と呟いた。夫人のミアも三人の息子たちがすでに独立していて、手持ち無沙汰になったか、ミロクを構いたくて仕方ないようだった。

アンドラ家の三人兄弟のことはよく覚えている。長男は中学生、次男、三男は小学生で、とりわけ末っ子のピーターが人懐こく可愛らしかった。唯一私のことを覚えていた長男エリックは外科医になっていて、次男ニックはレストラン業界に進出し、人気店のオーナーシェフになっていた。ピーターはハーレムの子どもたちに交じってバスケットボールをプレイするうちに、腕を上げ、一時期、ドイツのプロチームで活躍していたというから驚いた。

バスケットといえば、私が借りたアパートはかつて『ウエスト・サイド物語』の舞台だった場所に隣接していて、リンカーンセンターも徒歩圏内だった。低所得者のための集合住宅が今もあり、ハーレムほどではないが、アフリカ系の住民も多かった。アパートの近くの公園にはバスケット・ゴールもあり、ミロクがやりたいといい出すので、レベルが違い過ぎるから仲間には入れてもらえないだろうが、明け方、まだ誰もいない時間帯に一人でやる分にはいいだろうと、付き添ってやった。時差ボケで早朝に目覚めてしまうので、ちょうどよかった。老人は何処でも早起きなのか、ミロクのプレイを見つめていたアフリカ系の老人が歯を出して笑い、「ドッジボールか」といった。

ミロクはサマーキャンプに参加するため、七月半ばにはマンハッタンを去った。現地に送り届けるために運転手付きの車を用意してやったが、リュックを背負ったまま車に乗り込んだミロクは緊張し、青ざめていた。何事にも前向きなチャレンジャーは「運命を愛せ」というコトバが大好きだが、ベートーヴェンじゃあるまいし、一小節ごとに運命の扉を開けたくないし、運命と出会うたびに自分を更新するのは実に骨が折れる。そう短くもない人生、六、七回も開ければ、充分だろう。父親はすでに五回くらい扉を開けた気がするが、ミロクが自分から扉を開くのは初めてだろう。ろくに英語も話せず、関係構築の勝手もわからず、気後れしながらも、自らの運命を愛そうとしているかに見えた。

流刑地

夏のあいだは北京オリンピックをテレビ観戦しながら、文化交流使として何ができるか模索しつつ、各方面と接触を図っていた。ホストのコロンビア大学ではいくつかのセッションをセッティングし、仕込みを行っていた。九月にはアイオワ大学を再訪し、レクチャーを行うことになっていた。ニューヨークのジャパン・ソサエティは責任者が非協力的で、独りよがりだったが、日本大使館の広報担当の人がウエルカムという感じだったので、ひとまずワシントンDCを訪ねることにした。以前は日本の出版社に勤務していたIさんが段取りをつけてくれて、こちらの提案をことごとく受け容れてくれた。私のアイデアは「極小彼岸《きょくしょう》Nirvana Mini」というコンセプトの下、多義的な機能を内包する茶室のような空間を作るということだった。秘密基地や隠れ家に対する憧れ、新たな生息域（ニッチ）の探索を盛り込んだマニフェストを私が書き、複数の建築家が「極小彼岸」としての茶室をデザインし、展示し、できれば、アメリカの大学の建築科の学生、院生向けにデザイン・コンペも開催する。ちょうど、同時期に武者小路千家の若宗匠千宗屋《せんそうおく》氏が文化交流使としてニューヨークに滞在していたこともあり、彼にも参加してもらうことにし、マイホームを設計してもらう際の候補だった三人の建築家にも参加を打診したところ、快諾された。

DC滞在中、議会図書館とメリーランド大学にあるプランゲ文庫に案内された。後者は占領時代にGHQの検閲にかけられた日本の書籍、新聞、雑誌の収蔵庫で、占領時代に材を取った小説『退廃姉妹』執筆時の記憶も鮮明で、あれも見たいこれも見たいとつい長居してしまった。大使にも挨拶し、大使館の敷地内にある茶室も下見し、全米で最も授業料が高いと噂のジョージタウン大学の日本政治が専門の教授と話もした。

二十年前、二十七歳の若造と付き合ってくれたのは大学院生、修業中のダンサーや駆け出しのアーティストとその友達くらいだった。要するに自分と同世代で、懐具合も、着ている服も、考えていることもさほどかけ離れていない者同士、よろしくやっていた。だが四十七歳になって戻って来てみると、大使や教授、新聞社、テレビ局の支局長、会社経営者、弁護士という具合に、付き合う相手が一変していた。分相応ということなら、私も彼らに見合うくらい偉そうにはなったわけだ。

かつての同級生たちもそれぞれの分野で偉そうにしているのだろうかなどと考えていると、偶然、知り合いのライターからメールがあり、私の中学時代の同級生だという男がアッパーイーストサイドの寿司屋で板前をやっていると報告があった。その名前に聞き覚えがないわけではなかったので、本人確認がてら寿司を食べに行ってみた。中学卒業から三十数年が経過していたが、落ち着きのなさで知られた元同級生の見覚えのあるトーテムポール顔を確認した。多くは語らなかったが、日本に居辛くなるようなことがあり、アメリカに流れ、寿司アカデミーで短い修業を積み、ニューヨークで中国人が経営する寿司屋に雇われたのだ、とか。中学時代同様、口八丁で何とかサバイバルし、アメリカ人の奥さんももらい、楽しく暮らしているようで何よりだった。ロングアイランド産のヒラメの薄造りをサービスしてくれた。

——島田、お前、アメリカ嫌いなんじゃなかったのかよ。

別れ際、そんなことをいわれたが、同級生の目に私は反米主義の中学生と映っていたのだろうか？　もし、そうなら、私がニューヨークで研究休暇を過ごし、息子をメーン州のハイスクールに学ばせていることには大きな矛盾を感じたかもしれない。物を考える日本人ならば、どうしたってアメリカという超自我の陰で文化への不満を抱え込むことになる。大江健三郎も柄谷行人も村上春樹もアメリカには屈折した思いを抱き、複雑な関係に悩み、苦渋の選択もしてきただろう。むろん私も例外ではない。アメリカとは一切関わりを持たない態度を通すという古井由吉のやり方もあるが、敵の懐に飛び込んだ方が復讐はたやすくなるという法則もある。それはともかく、アメリカと寿司に人生再挑戦の機会を提供されることもあると元同級生から学び、いざとなったら、寿司を握ろうと肝に銘じた。

ミロクはサマーキャンプで英語漬けになり、かなりのハードワークをこなしたらしいことはディレクターから届いた十ページに及ぶ詳細なレポートからよくわかった。ＡＤＨＤとＬＤの英文の診断書をあらかじめ提出していたので、配慮もしてくれたようだが、学習には前向きで、語彙不足は否めないが、上達は「目を見張る」ようで、ほかの参加者とも積極的に交流し、愛されているようだと書かれているのを半信半疑で読んだ。ほかの生徒たちとストレッチ・リムジンに詰め込まれて帰宅したミロクは不貞腐《ふてくさ》れているように見えたが、一種の照れ隠しだったのだろう。

短い夏休みを私とブルックリンやチャイナ・タウン、ハーレムを歩き回ったりして過ごし、キャップのコレクションを増やし、八月の終わりにメーン州の田舎にあるケンツヒルに送り届けた。こんなことがない限り、一生訪れる機会がなさそうな辺鄙なところで、廃線になった線路や朽ちかかった鉄橋は哀愁すら漂わせていた。名物はロブスターだというので、レストランで食べてみたが、大味だった。

学園は一八二四年創立以来、地元名士の寄付に支えられ、二百年近い歴史を刻んできた。学園の視察と入寮の手続きのためにやってきた新入生とその家族を校長自ら出迎え、在校生が園内の案内役を務めた。かつて訪れたことのあるフィンランドやポーランドの郊外を思わせる自然環境豊かな、いい換えれば、文化的なものは何もないような場所だった。

――野生の動物もたくさんいそうですね。

校長に問いかけると、「鹿やスカンクはよく現れます」といった。

――冬は寒いでしょうね。

――雪もそれほど多くないし、気温もそれほど下がりません。マイナス四度くらいです。

マイナス四度なら耐えられると思ったが、それは華氏温度で、摂氏温度ではマイナス二十度になる。ついシベリア流刑を連想してしまったが、心構えひとつで、ここは楽園にも刑務所にもなるだろう。そういえば、ミロクは留学先を選ぶ際、一つだけ条件をつけた。「頼むから、共学にしてくれ」という、その願いは聞き入れてやった。共学だからといって、女子からの安らぎを得られるとは限らないが、中学の三年間で忘れてしまった女子との話し方を思い出せるだろう。口さがないアメリカ人女子のからかいの的になるか、全く無視されるか、それはハッタリのかまし方次第だろう。新入生の中にスイスからの留学生がいて、十六歳にしては成熟しすぎたボディとミラ・ジョヴォヴィッチを思わせる美貌を持ち、惜しげもなくフェロモンを振りまいていた。こういう同級生がいれば、流刑地での暮らしにいくらでも楽しみを見つけられる。にわかにミロクが羨ましくなり、映画やドラマでしか見たことがないアメリカの学園生活を、ミロクを通じて擬似体験できないものかと思った。

――しばらくはオレの料理はお預けだな。クリスマスでマンハッタンに戻ってきたら、好きなものを食べさせてやる。いくつか約束しろ。ドラッグにだけは手を出すな。セックスはコンドームをつけてやれ。アジア人差別には怒れ。

その場で思いついたコトバを並べ、ミロクと拳を合わせて、学園を立ち去った。

その後、私はアイオワ大学に一週間ほど滞在し、マンハッタンのアパートに戻ってきたら、リーマン・ショックの激震が走った。私には金融資産などないので、文字通り対岸の火事だったが、ハドソン・リバーサイドに建つ高層マンションに住んでいた証券会社社員がかなりの規模でリストラされたようで、退去ラッシュが起きていた。リサイクルできる粗大ゴミがたくさん出るかもしれないと、早速、近隣を物色したが、すでにハーレムやブルックリンのリサイクル・ショップの人がトラックで粗大ゴミ置き場に乗り付け、大半を持ち去った後だったので、私の戦利品は高級ワインが入っていた木箱二つだけだった。これを機に資本主義の修正機運が盛り上がればいいが、最も煽りを食うのが貧困層であるという酷薄な現実だけは変わらない。

十月になると、私はソウルに出かけ、津島佑子、平出隆、平野啓一郎、青山真治らと東アジア文学フォーラムに参加した。代表幹事というのは激務で、三つのシンポジウム、新聞三紙の座談会、二つの公開討論をこなし、無数の挨拶と乾杯をし、歌まで歌った。中国や韓国の作家で顔なじみになっている人も少なくなく、のちにノーベル賞を取る莫言《ばくげん》とは過去にトリノでもアイオワでも会っているし、韓国の文豪黄皙暎《ファンソギヨン》とは一緒にピースボートに乗り、対談したこともある。

韓国に一週間滞在した後、日本経由で私が向かった先はタヒチだった。紀行を書けば、タヒチ政府観光局からアゴアシ付き招待を受けられるという話に乗った。同じ頃、妻はＴＢＳのニューヨーク支局長金平茂紀氏夫人とコスタリカを旅していた。少し前までは、家族旅行が希少な団欒の場になっていたのだが、今後は各自バラバラに自分の目的地に向かうようになる。ミロクと同じ食卓を囲む機会も年に数回程度になると思うと、寂しくてやり切れないが、父の料理が恋しくなるように餌付けしておいたので、定期的に古巣に戻りたくなるだろう。

十一月四日の大統領選の投票日に私はワシントンＤＣの日本大使公邸にいて、投票を済ませた人々に向かって、「カウンターカルチャーをもう一度」とスピーチをしていた。「極小彼岸」のイベント当日で、その場には隈研吾設計の茶室「浮庵《フアン》」が設置され、茶会が催された。木枠の中に三畳の畳を敷き、ヘリウムガスを充塡したバルーンを浮かせ、極めて軽いシースルーの幕で覆った奇抜な茶室だった。出席者の関心は八年に及ぶ共和党ブッシュ政権の終焉と民主党オバマ政権の誕生一色で、誰もが茶をすすりながら、大きな変化への期待を笑顔で語っていた。いよいよ自分と同い年の大統領が現れたが、アメリカの産軍複合体や市場原理主義は手強く、オバマの理想は幻滅に変わる可能性の方が高いが、ひと月くらいは夢を見ていてもいいかと思った。

　ニューヨークに戻ると、ホームレスが増え、地下鉄車内や路上の雰囲気も殺伐としていた。景気後退による治安悪化を皮膚で感じながら、クリスマスで戻ってきたミロクを連れて、ブルックリンやヘルズキッチン、イースト・ヴィレッジ界隈を歩き回った。東四丁目の1stとアベニューAのあいだにＢａｒＫＧＢというのを見つけ、一杯飲もうと入ってみると、「おっ、島田雅彦や」という関西弁が聞こえ、思わず身構えた。「セイジ」という日本人のノリのいい哲学好きバーテンダーがいて、やけに私にフレンドリーなので、つい長居してしまった。そこはスラヴォイ・ジジェクが朗読会をやったりするところらしく、もごもご喋るスコッチ男とか、しきりにコカインを勧めるビニールジャンパーの男にからまれたりして、楽しく過ごした。以後、足繁くそのバーに通うことになった。

　チャイナ・タウンで仕入れたスッポンや烏骨鶏《うこっけい》、ブライトンビーチで買ったイクラや塩鮭などの食材から、おせち料理を作り、新年を家族三人で過ごした。二〇〇九年は丑年で、私は年男になる。そろそろベストセラーを出したいなと毎年、願をかけるが、報われたことはない。それでも大きな災厄を避けられたことを真っ先に喜ぶべきだと思い直す。

　ミロクが再び、ケンツヒルに戻って十日後、ＵＳエアウェイズ機がハドソン川に不時着するという出来事があった。アパートから歩いて行けるところで、近隣は騒然となっていた。救助にこれ以上の好条件はない場所に着水したので、乗客は全員無事だった。当時、ハドソン川の水温は二度だったというので、乗客が水に浸かったら、三分と持たずに死んだだろう。

乗客の中には岸に上がったその足で、ミッドタウンの高級ブティックに買い物に行った人もいたという。死に大接近した人は、性欲、食欲、購買欲など、生への執着を促す欲動が刺激されるのだろう。

第四部

後のことはおまえに任せた

ニューヨークから帰還

西六十五丁目のアパートからセントラル・パークを横断し、アッパーイーストサイドに向かうバスに乗って十五分ほどのところに外交問題評議会のオフィスがある。アメリカの外交政策決定に隠然たる影響力を持つこのシンクタンクで、日米関係と東アジア情勢をめぐるシンポジウムが開催されるので、興味があったら招待する、と朝日新聞ニューヨーク支局長の立野《たちの》氏に誘われた。ちょうど朝日新聞に『徒然王子』を連載していたこともあり、立野氏には何かと世話になっていた。彼は東京外語大英米科の出身で、私と同じ時期に大学にいた。シンポジウムは当時、編集主筆だった船橋洋一の主催で、パネラーとして、コロンビア大学の政治学者ジェラルド・カーティス、経済学者の竹中平蔵ほか、ジャパン・ハンドラーの面々が勢揃いすることになっていた。

対中関係、自由貿易、東アジアの安全保障など、話題は多岐にわたったが、集まった面々は全員、アメリカの日本統治の代理人を買って出たいエリートたちで、東アジア情勢がどちらに転んでも、日米関係は従来通り維持されることを確認するだけの退屈極まりないシンポジウムだった。

ホワイトハウスや産軍複合体、国際金融の意向に盲従することこそが日本の「国益」のためになると、本気で信じているのなら、彼らはアメリカに完全に洗脳されている。しかし、出世できるのは洗脳されたエリートだけなのである。日本が落日のアメリカにかくも義理立てするのは、日米安保の呪縛でしかない。中国を封じ込めることができるのはアメリカだけで、日本の安全保障を最優先で考えた場合、アメリカの国益に適《かな》うことしかしてはならず、武器や小麦やトウモロコシや牛肉や種を買い渋ったり、米国債を売ろうとしたりすると、関係筋の逆鱗《げきりん》に触れ、かなり手痛い制裁を受ける覚悟をしなければならない。エリートたちの選択肢はごくごく限られており、アメリカ頼みの安全保障体制を堅持しつつ、中国を露骨に牽制することでかろうじて国家の体裁を保つしかない。アメリカへの隷従は絶対の原則だが、時々、中国、韓国に対してタカ派的態度を取ることで、歪んだプライドを維持する。アメリカに去勢された奴が中国に虚勢を張るというかなり惨めなことをやっているという自覚も希薄なまま、憲法改正と軍備増強を謳《うた》って、虚勢は張り通そうとしている。

自民党は元々、アメリカの反共政策の受け皿であり、読売新聞はその広報紙だが、朝日新聞もその一翼を担っているという事実をまざまざと見せつけられた。外交官や経済官僚として出世するには、安保マフィアのお尻を舐めることが条件になっていることはわかるが、リベラル系メディアも一皮剝けば、同類というわけだった。私はその新聞に小説を連載し、生活費と教育費を稼いでいたのだから、偉そうなことはいえないが、私の異論を掲載すれば、言論の自由の庇護者の側にいられるというわけだった。

中産階級を育て、「一億総中流化」を目指した高度経済成長時代とは裏腹に、「規制緩和」で雇用制度を根本から変え、貧困層を増やした小泉政権は、米企業に活路を開き、アメリカの延命に多大な貢献をした。その時のブレーンで、「最も成功した売国奴」ともいえる竹中平蔵は、ジャパン・ハンドラーの仲間たちに囲まれ、ご満悦だった。なぜか私に対してやけにフレンドリーな態度を示し、「ああ、島田さん、ご活躍拝見していますよ」と握手を求めてきたので、うっかり応じてしまった。辛うじて「あなたとは立場が正反対ですけどね」と返したものの、できれば向こう脛《ずね》に蹴りの一つでも入れてやりたかったが、我が内なる彼奴はこの時は寝ていた。

二〇〇八年のリーマン・ショック以来、アメリカはかつてのロシアやモンゴルのように「政府の倒産」が噂されるほど末期症状を呈していた。いずれドルが世界基軸通貨の地位から転がり落ちることは、経済音痴の文学者の目にも明白だった。アメリカがデフォルトしようものなら、大量の米国債を保有している日本も火の車になる。そんな中でも自民党政権と官僚機関は伝家の宝刀たる対米従属の方針を頑なに堅持していたので、いざとなったら、アメリカと心中する覚悟なのだと悟った。

その一方、米国債の世界最大の保有国となった中国は、アメリカが担っていた覇権を徐々に手中に引き寄せようと活発な外交、経済政策を展開していた。アメリカ連邦政府は外交、経済において、中国の意を酌まざるを得なくなり、実質的な生殺与奪の権を与えたことになる。中国は本気でアメリカを出し抜き、史上初めての世界帝国を築こうとしている。二期続投で任期が十年ある総書記は、中国史の中では皇帝に位置付けられる地位であるから、歴史に名を残そうと思えば、それくらいは思い上がるだろう。私が悪友の企みを暴くように支配者たちの腹を探るのは、彼らが私と同世代であることの親近感と敵対心の表れにほかならなかった。むろん、私などは側溝の蓋程度でしかないが、私を踏み外せば、彼らを捻挫させることくらいはできるとの自負は捨てたくなかった。

三月十三日は私の四十八回目の誕生日だったが、妻とミロクはヨーロッパに出かけ、ニューヨークのアパートで一人留守番をしていた。放置された中年男に同情したニューヨークの友人たちがディナーやナイトクラブに誘ってくれたが、誕生日当日は自宅で静かに過ごす、ここ数年の習慣を貫くことにした。その瘦せ我慢を痛々しく受け止めた深情の友人が、女性四人に招集をかけ、アパートに押しかけてくれた。予期せぬハーレム状態の合コンは「ＳＭＤ48」と銘打たれ、キティの弁当箱入りのおかずや稲荷ずし、チョコレート、クッキーまで全て手作りのものを持ち寄った花見みたいなパーティとなった。わざわざヘリウム入りの風船を四十八個持って、銘々が入念にコスプレまでして盛り上げてくれたので、「我が人生で最もふざけた誕生日」認定をすることになった。

パーティが跳ねた後、一人、明け方の空を見上げるうちに、ふと思い立ち、「ベストセラーが出ますように」などと願い事を書きつけた付箋を糸につけ、窓から二十個の風船をリリースした。

私のサバティカル、二度目のニューヨーク滞在は終わりが近づいていた。この間にリーマン・ショックがあったり、バラク・オバマが大統領になったり、北朝鮮がミサイルを発射したり、ミロクが留学したりと色々あったが、私はアルコール依存症にもならず、茶道に目覚め、新聞連載を乗り切った。お気に入りの中華、メキシカン、ロシアン、イタリアンのレストランを見つけ、いくつかのバーの常連になり、日本人のモデル、駐在員の奥さんらと懇意になり、おっぱいパブにも行き、友人のクルーザーにも乗せてもらい、メーン、アイオワ、ボストン、ワシントンDCを訪れ、日本からは平野君、教え子の江南、担当編集者の三枝、風元、証券会社勤務の幼馴染みらが免税のたばこを土産に訪ねてくれた。TBSニューヨーク支局長だった金平茂紀氏とも親しくなり、また一九八八年のニューヨーク滞在時以来、長い付き合いの「マーサ・グラハム・ダンス・カンパニー」のダンサー折原美樹とも旧交を温めることができた。彼女はダンサー仲間のスティーブンと結婚し、ヘルズキッチンのアパートに暮らしていたので、ミロクの学校が休暇の折には間借りできるようお願いしておいた。

四月一日夕刻、九ヶ月のニューヨーク滞在を終え、帰国。この間に疫病、戦争、財政破綻という国家存亡の危機がジワジワと迫っていた。アメリカの単独覇権が崩壊し、世界地図が書き換えられる予感はするものの、日本は滅びゆく側にいる気がしてならなかった。そんな気分を『徒然草 in USA』という新書にまとめておいたが、その副題は「自滅するアメリカ 堕落する日本」である。担当の風元がわざわざニューヨークに来て、口述筆記し、私の帰国に合わせて出版できるようにしてくれた。風元は私の最初のニューヨーク滞在の際にも訪ねてきたことを懐かしく思い出した。二〇〇九年は風元が奮起し、創作技術の実践的指南書である『小説作法ＡＢＣ』も上梓したが、これが思っていたより売れた。

　ところが、満を持して世に問うた新聞連載の大長編『徒然王子』の方はたいして話題にもされず、春樹様の『１Ｑ８４』が世の関心を独占した。大胆なリセットが実行されるこの時期に合わせた「エポック・メイキング」な作品であり、一ページに二回笑え、大きく頷きたくなるエンターテイメントに仕上げたにもかかわらず、何たる不遇か。私の世界観に読者はまだついて来られないのか、日本には小説家は春樹一人で充分ということなのか、日に百回舌打ちし、地団駄を踏み、自棄《やけ》酒をあおった。美味い自棄酒を出す居酒屋ならたくさん知っている。もっとも、自暴自棄になったところで、壊れるのは自分の方であって、世間も春樹も痛くも痒くもない。一通り、やさぐれの儀式を終えると、私は新たに創作意欲を奮い起こす。辿り着く結論はいつも同じ。書かなければ、自分の精神衛生を保てないのだし、世界はもっと悪い方に転がってしまうのだから、書き続けるほかない。

ミロクがいない家

しばらくマンハッタンに暮らし、東京郊外多摩丘陵の森から遠ざかっていたせいか、無性に雑木林や竹林が恋しかった。遠い先祖が暮らした森に回帰したくなるのはゲノムの縄文人比率が高い証かもしれない。散歩に出かける際に鋸やナイフを携行し、間伐された竹を切り出したり、削ったりして持ち帰り、家で竹細工にかまけるようになった。ミロクがまだ小さかった頃、竹の風鈴やパンフルートを一緒に作ったものだが、十年ぶりに同じ趣味に戻ってきた。今度は茶杓《ちゃしゃく》作りにはまり、美しい蟻腰《ありごし》を削り出すために節を挟んで竹を割り、熱湯につけて曲げ、根気よく削る作業を何日も続けていた。なぜこれほど茶杓作りに熱中したのかよくわからないが、周期的に素朴な手作業で自らを癒し、慰撫する必要があったに違いない。これも自慰の一種には違いなかった。

住み慣れた家での暮らし、講義と執筆を交互にこなすルーチンに舞い戻りはしたが、以前と決定的に異なるのは、ミロクがいないということだった。息子にかまけられなくなった代償に、竹にかまけるようになったのかもしれない。

子供部屋の机やベッドの配置、本棚の蔵書、壁にかけられた稚拙な絵などはそのままだが、ここで宿題に苦しんでいたミロクだけが不在だった。妻と二人だけで向き合う食卓も、いくら品数を増やしても、何処か侘《わび》しい。ひっきりなしに聞こえていた足音、階段の最後の二段を飛び降りた際のドスンという音、貧乏ゆすりの振動、鼻を激しく啜《すす》る音、冷凍室を開け、氷を貪り食う音、「行ってきます」、「ただいま」の声などが一切しなくなった。息子一人がいなくなるだけで、家は随分と静かに、ひんやりとし、薄暗く、色褪せてくるものだ。いる時には気づかなかったが、ミロクは家の中を明るく照らす光源にも、冷ややかな家を温める熱源にもなっていたのだ。

夫婦の関係も、常にミロクを媒介にして成り立っていた。息子の不在は緩衝材が抜け落ちることを意味する。関係がギクシャクするのはその当然の帰結だった。家庭の平和維持にミロクが密かに貢献していたことを、遅まきながら悟った。今後は覚悟を決めて、妻と面と向き合うか、互いの干渉を極力避け同じ屋根の下で独身者のように振る舞うか、いずれにせよ、子育てを終えた夫婦は関係の書き換えを避けられない。

ミロクの不在は、私にはボディブローのように作用し、竹細工や酒、読書でも紛らせない寂しさにため息ばかりついていた。そんな私の反応が妻の目には意外だったらしい。妻はあれほど熱心に息子の学習障害と向き合っていたにもかかわらず、クールで、ドライだった。もっと息子に執着するかとばかり思っていたが、自分の時間を取り戻せたことを喜んでいるようだった。

茶杓は一ダースほど削り出し、それを収めておく竹筒や蓋も作った。一月ほどで私の熱病は覚め、道具一式を片付け、本職に戻って来た。次は贋金《にせがね》つくりをテーマに据えることにした。タイトルもすぐに『悪貨』と決まった。カネを巡る小説にはいくつもの優れた先達がある。死んだ農奴の戸籍を売買するゴーゴリの『死せる魂』は、現代のホームレスの戸籍を使って、借金を踏み倒す犯罪を彷彿《ほうふつ》とさせるし、トルストイの『にせ利札』とそれを原案にしたロベール・ブレッソンの映画『ラルジャン』は偽札蔓延のドミノ効果を生々しく描いている。文学の欲望とは、贋金つくりに極まると思うが、案外、この領域での仕事は少ない。現実界では巧妙な詐欺が後を絶たず、それ自体が高度なフィクションゆえ、あえて小説に書くまでもないということか。

通貨危機、経済危機が起きると、失業者、生活困窮者が増え、生存競争がいっそう熾烈になる。政治不信、政権支持率低下、貧富の差や社会不安の拡大……国民の不満が為政者に向かえば、革命になるが、外部に向けば、排外主義、ナショナリズムに傾き、戦争待望の機運が高まる。各国が国益ばかり追求すれば、ますます戦争は避けられず、勝った国が世界帝国となり、覇権を握るという見飽きた二十世紀パターンの反復になる。帝国では自由と平等は抑圧の対象となり、搾取が奨励される。いつまでこんなシステムに甘んじなければならないのかという義憤が、『悪貨』発想の出発点だった。

ニーチェが「神は死んだ」と宣言して百二十五年ほどになるが、じきに次の宣言が出される。「貨幣は死んだ」。誰も宣言しないなら、自分がしてやろうかくらいの気持ちはあった。利子がつかない。使わないと、目減りする。持っていると損をする。誰も欲しがらない。貸し借りする意味がない。近頃の貨幣はそうなりつつある。ひょっとして、それこそが貨幣の理想形ではないか？　通貨危機は図らずも来たるべき貨幣のあり方を示唆したかもしれない。

もし、誰も死なず、貧富の差をもたらさず、労働した者が報われる、そんな貨幣を発明したら、ノーベル平和賞ものだ。

　贈与と交換、価値形態論などをにわか勉強し、地域通貨や仮想通貨の実態をリサーチし、過去の偽札を巡る事件の詳細を集めた。贋金つくりと代替貨幣の発明、この二つを重ね合わせつつ、貨幣を神と奉る資本主義という宗教の終焉を祈願する、そんな小説を書くことにした。最初のサバティカルはそんな心境の変化をもたらしてくれた。

『悪貨』を上梓する際、しおり代わりに零円札も作ってもらった。福沢諭吉の肖像の代わりに弥勒菩薩を、鳳凰《ほうおう》像の代わりにホームレスがよく暮らしている青いビニールテントの図柄をあしらった。額面がゼロの紙幣は実際、インドにある。さすが「ゼロ」という概念を発見した国だけのことはある。たとえば、交差点で車を止められ、「いくらか出せば、見逃してやる」と露骨に賄賂を要求する警官に差し出すという粋な使い方をするらしい。零ルピー紙幣にはマハトマ・ガンジーの肖像が印刷されており、自ずと神通力が高まるようだ。

　講談社発行の零円紙幣は日本でも実際に使用できる。ユーモアが通じる相手を選んだ方がいいが、額面はゼロだから、使ったところで罪もゼロだ。形あるものは何も買えないが、微笑を誘うことはできる。実際、結婚祝いの金一封に忍ばせたことがある。

　二〇〇九年の夏、ミロクは日本に戻らなかった。ニューイングランドとワイオミング、二つのサマーキャンプに参加し、七週間を過ごしたので、親元に帰る暇もなく、ケンツヒルに戻った。サマーキャンプではパソコンも携帯電話も禁止だったので、近況も知りようがなく、新学期になってから妻のパソコンにかかってくるスカイプ通話から学園生活の様態を推し測るしかなかった。

ケンツヒルで学ぶ日本人は四人、英語がまだ不自由なあいだは、日本語が通じる者同士でつるんでいたという。日本人より数の上では大いに勝る中国や韓国からの留学生たちも自分たちの派閥を形成し、その中にも序列があるらしかった。黒人、ヒスパニック、白人がそれぞれの派閥を形成する刑務所に似ているが、それも集団的自衛の本能に基づいた行動であろう。もし、ミロクが唯一の日本人だったら、いずれかの派閥の庇護下に入るほかなかったと思われる。

極めてマイナーな日本人グループをまとめていたのは一学年上の、有名かつ裕福なラッパーの息子で、バスケットボールをこよなく愛し、ブラザー系の立ち居振る舞いで、白人の不良とつるんで悪ぶっていたとか。ほか二人は業種不明ながら資産家の子女だそうで、「うちが一番貧乏」というミロクの申告に舌打ちをした。毎年高級車を買い替えるのに匹敵する授業料が痛くも痒くもないファミリーと純文学作家を較べてもしょうがないが、韓国の留学生の中に世界長者番付の上位に常にランクインしている財閥の御曹司がいるという報告には驚いた。

「そいつはどんな奴か」という親の好奇心を満たしてくれる一件もあった。学園の韓国派閥は予想通り、財閥の息子をトップに奉った序列があり、誰もがおとなしくそれに従っていたようである。それだけなら「勝手にどうぞ」ともいえるが、そのお山の大将には盗癖があり、教室や寮で組織的な窃盗を繰り返していたというから、笑い事ではない。カネに不自由しているわけでもない財閥のバカ息子は心を病んでいたのか、窃盗団ごっこを通じて手下たちの忠誠を確かめたかったのか、貧乏人を搾取するレッスンのつもりだったのか、理解に苦しむ。ミロクも被害者の一人で、買ったばかりのｉＰｏｄを盗まれた。

学園は財閥からの寄付金を渇望していたが、原則を曲げることはできず、御曹司に退学の処分を下した。手下数人もその道連れになった。ｉＰｏｄはミロクの手に戻ってきたが、その際にごく短い詫びのコトバが添えられたそうだ。その時のやり取りが最初で最後のコミュニケーションだった。日中韓のグループは同じ東アジア文化圏だからといって、深く交流することはなく、それによって衝突は回避できているようだった。当時の三国関係は決して良好とはいえなかったが、同じ学園で学ぶティーンエイジャーの意識にも政治が影を落としていたのだろう。私は日中韓の文学者との信頼関係構築を粘り強く続けてきたものの、いつも政治に裏切られてきた。日本における嫌韓反中の不毛さを息子にも早く悟ってもらいたかった。そんな中、流暢な日本語を話す中国人のアニメ・オタクはミロクにフレンドリーだったというから、やはりアニメは一本につき、外交官百人分の力はあるということだろう。

二年目に入ると、ミロクは日本チームから距離を置くようになり、ゲーム・オタクの寡黙なザック、シンガポール出身の父、スウェーデン人の母を持ち、ストックホルムから来たロビン、身長二メートルの巨人で、ゲイのキャメロンらと親しくなっていた。週末は学園から最寄りの町オーガスタあるいはポートランド行きの専用バスが出るので、それに乗って、食事や買い物、映画、ゲームに繰り出すのが唯一の息抜きになっていた。ほぼ全員が寮生活で、四六時中顔を合わせているわけだが、メーン州の田舎では人種を越えた交流は少なかったようだ。ミロクが興味を抱いた変わり者の中には、大麻を常習し、落ち葉を集めてベッドを作りそこで寝る、タイムスリップしてきたヒッピー、十八歳にして子持ちのフットボール特待生、卒業後、それぞれデューク大学とプリンストン大学に進んだアフリカ系の秀才兄弟などがいた。問題児もいることはいたが、概ね育ちがいい子弟ばかりで、ミロクがいじめの対象になることはなかったが、アジア人に対する偏見が全くなかったとはいえないと、ミロクは苦々しく私に告げたことがあった。ある時、太った白人の女子がミロクを捕まえてこういい放ったのだという。

――あんた、アジア人のわりにはいい顔をしている。

ミロクはこの一言にかなりムカつき、「黒人のわりに色白だ」とか「白人のわりには性格がいい」というに等しい偏見と受け止めたらしい。父親も遠い昔にジョージア州の片田舎で白人のおばさんに「日本人にしてはグッドルッキング」といわれたことを不意に思い出した。

日本ではスポーツはもっぱら部活動で打ち込むが、アメリカの多くのハイスクールでは、毎日、三時以降は体育の授業で、全員参加が義務付けられ、サッカー、バスケ、野球などをやらされるのだが、その一軍が学校代表チームになり、地域や州の大会に出場するらしい。特待生もいるので、そのレベルは高いが、練習はそれほどハードではなく、ミロクも自然、体力とスキルを身につけることができた。

日本にいる限り、日本中心に世界が回っていると思い込まされかねないが、マイノリティとしての屈折を嚙み締めたことがある者は、差別や偏見に安易に加担しないと信じたい。無論、その屈折が差別主義者を育てるきっかけにもなり得るのだが。

夏休みに日本に戻らず、サマーキャンプをハシゴしたのは、ケンツヒルの狭いコミュニティを抜け出すいい機会になったようだ。ケンツヒルではスポーツの比重が高く、歌に目覚めたばかりのミロクには不満があった。ニューイングランドのキャンプはミュージック・キャンプだったこともあり、久しぶりに歌と音楽三昧の幸福な時間を過ごすことができたという。ニューヨークやボストン、シカゴといった都会からの参加者も多く、マイノリティ慣れしている彼らとの交流を通じて、ミロクなりに学んだことは多かったはずだ。「リベラル派でない若者、四十を過ぎて保守でない者は頭がおかしい」といったのはチャーチルだが、若者が保守化し、老人がリベラルの牙城を守っている日本人は全員、頭が変ということになる。いずれにせよ、優しいサヨクの息子がネトウヨになるのだけはごめん蒙《こうむ》りたかった。

ミロクは二〇〇九年のクリスマスに久しぶりに帰宅し、一緒に年を越した後、ケンツヒルに戻った。キャンパスにスカンクとヘラジカが現れて、一騒動あったそうだ。スカンクはゴムを焼いたニオイと腐った生ゴミのニオイをブレンドしたような臭気を振りまくそうで、鼻がしばらく麻痺するほど強烈なのだという。

復讐、抵抗、狼藉

文藝春秋の担当編集者から折り入って相談があるといわれ、食事の場に出向いたところ、芥川賞の選考委員に加わってもらえないかとの申し出だった。私と芥川賞の不幸な因縁を文春の編集者が知らないはずもなく、「ウケ狙いですか？」と訊ねると、バツの悪そうな顔で「私どもとしては是非とも島田さんに受賞して欲しかったんですが、一部の頑固な選考委員の妨害で叶いませんでした」と直球のいい訳を繰り出してきたので、こちらも「私を六回落選させた戦犯は誰ですか？」と直球を投げ返した。お茶を濁すことなく、安岡さんと開高さんの名前を挙げたところに誠実さを感じた。「当時の選考委員はもう誰もいらっしゃらないので、思う存分どうぞ」ともいわれたが、直接、復讐する機会は失われていると受け止めた。

最多落選記録を打ち立ててから、すでに二十四年の歳月が経過していたが、未だに年に二回、定期的に不愉快な思いをさせられていたのは事実だった。復讐しようにも、受賞作を腐したり、「芥川賞の歴史的役割は終わった」と公言したり、その後、鳴かず飛ばずの受賞者を列挙し、歩留まりの悪さを指摘したりするくらいしかなく、何かといえば、「最多落選記録を持つ異端」扱いされるのはまだ我慢できるが、「いつか必ず取れますよ」などといわれると、その相手に裸絞めを決めたくなる。丸一日考える時間をもらい、この申し出を受諾した。選ぶ側に回れば、おのがルサンチマンを克服できると前向きに考えたからだった。その時、二つの誓いを立てた。一つは、私が候補になった六回中、五回が受賞作なしだったことへの意趣返しとして、「受賞作なし」という事態を避けること、今一つは果敢な実験、新機軸を正当に評価することだった。その誓いは今に至るまで破っていないと自負している。

チュニジアで狼煙《のろし》が上がったネット一揆はエジプトにも波及し、「アラブの春」というメルヘンな呼称が与えられていた。アメリカは自分の飼い犬を容赦なく捨てることを、ベンアリもムバラクも遅まきながら、悟っただろう。独裁者の消費期限は約三十年、辞め時、逃げ時を逸すると、悲惨な末路を辿るという法則はこの後、リビアのカダフィにも適用された。虚勢を張り続けたカダフィもついにあの世に亡命した。銃殺以外の死に方も選べたはずだが、革命で権力を奪った者は革命で権力を奪われるのだ。ネット一揆は小麦などの食料価格の高騰が引き金になったが、現代の日本に米騒動は起きまい。平均年齢が異様に若いエジプトでは、自分の手で自由を獲得しようと石を投げたが、高齢化社会の日本では、老人が青二才にとどまり、若者の老化、保守化が進む一方だった。

「アラブの春」の余波はニューヨークのウォール街にも及び、一パーセントの富裕層を打倒せよとの声も上がった。1vs99のデモを、「あれは怨嗟《えんさ》に過ぎない」といってのけたのは共和党の大統領候補ロムニーだった。富裕層と貧困層の人口比率からわかるのは、アメリカは実質、第三世界だという事実である。世界秩序の崩壊に伴い、用済みリストの筆頭には、独裁者、ドル、核兵器、金融システムなどが並んだと思いたかったが、それらが消滅する気配はなかった。「アラブの春」もその反動としてのマフィア政府の台頭を促す結果となってしまったのだった。

日本の政治と外交は相変わらず混迷を極めていた。問題を問題化しながらも、解決を図れない民主党と、問題を問題化せず、解決を図らない自民党の違いだけは鮮明に出ていた。ズタズタになった日本のプライドは、唯一、小惑星探査機「はやぶさ」が保っていた。エンジンが壊れ、バッテリーがいかれ、軌道を外れた人は私の周囲にたくさんいたが、「はやぶさ」のあだ名で呼ばれる前にみな燃え尽きてしまった。

酒癖の悪い将来の人間国宝、市川海老蔵の狼藉もこの頃の話題だった。私が時々出没している街や酒場でも騒動になっていたので、もしその場に居合わせることができたら、「成田屋！」と一声掛けたいところだった。昔は愚行も文士の仕事のうちだったが、中上健次や野坂昭如亡き後は、歌舞伎役者と芸人におまかせとなったのだった。

震災は日本凋落の序章だった

二〇一一年三月十一日午後、私は自宅にいた。学校は短い春休みに入っており、ミロクは一時帰国していて、やはり自宅で怠惰に過ごしていた。二十五年ぶりくらいに体験する大きな揺れで、しかも長く続いた。多摩丘陵の地盤は比較的強固で都心部が震度五なら、四程度で済むことが多い。本とフィギュアが棚から落ちただけで、壁にひびが走るようなこともなかったが、都心の低地や海辺では液状化現象で大きな被害が出たに違いなかった。その日は電車が止まり、かなりの数の帰宅難民が会社や学校で一夜を明かしていた。時間の経過とともにネット上には津波のリアルを伝える映像がアップされ、テレビ・ニュースでは福島第一原発が電源喪失により、極めて深刻な事態に直面していることが報じられるようになった。

二日後の三月十三日は私の五十回目の誕生日だったが、パーティどころではなかった。十七日にはヘリコプターから海水を注ぐやけっぱちな冷却作戦をテレビで見守っていたが、ついに水素爆発が起こり、建屋が吹き飛んだ。杜撰《ずさん》な管理システム、過去の無責任な原発行政に怒りが込み上げるも、矛先を向けるべき相手は政権を去っており、知らぬふりを決め込んでいた。連日、各地の放射線量が報道される。シーベルトの数字は絶望的な状況を抽象化することにしかなっていなかった。

首都圏の人々は、被災地の状況を意図的に編集、加工されたニュースや映像を通じてしか知ることができなかった。首都のメディアは単に風評を集め、発信するセンターでしかなかった。

水素爆発が起きた日も、放射線量が高くなった日も第一原発二十キロ圏内に自由に入れたが、三月二十二日を境に政府、自治体は浪江町《なみえまち》、大熊町、富岡町、双葉町など該当地域を徹底管理下に置き、原則立ち入り禁止にした。向こう数十年単位で放射能汚染地域を管理するための布石と思われたが、ちょうどその日に私は福島を訪れた。取材で現地を訪れた「週刊新潮」の編集者の話を酒場で聞くうちに、自分の目で惨状を確かめ、レポートを書いて、記憶を強化しておこうと思ったのだ。

見えない放射線の支配下にある地域では、具体的な復興の目途も立っておらず、実質あらゆる動きが停止していた。タルコフスキーが『ストーカー』で描いたあの「ゾーン」や、チェルノブイリ周辺半径三十キロ圏内と同じ無人地帯が福島に出現するのだとしたら、私はその初期の光景を見た。折しも、町も里山も桜色の明りが灯ったように華やいでいた。熊は冬眠から目覚め、山道にはフキノトウが芽吹き、人々は農作業を再開する、いつもの春が巡ってきたように見えたが、やがていくつもの異常と亀裂に気づいた。

桜は満開でも、花見の習慣がないかのように誰もいない。家の前に車が停めてあるのに、家の中には誰もいない。空き巣天国といっていいが、泥棒の影すらない。牛舎に乳牛がいるが、飼い主がいない。餌がないのか、あばら骨が浮き出ていた。民家の庭からは首輪付きの犬が殺気立った様子で車を追いかけてきた。自動販売機の飲料は全て売り切れ、コンセントを抜き忘れたのか、理髪店のサインポールだけが回り、交差点では信号が誰のためでもなく、赤になったり青になったりしていた。

錆びついた線路を渡り、海の近くまでやってくると、目の前に広がる光景に啞然とした。田んぼや畑に漁船が横たわり、送電塔がお辞儀をしたように曲がり、道路が陥没し、車が木の上に、コンクリートの家の屋上には木造家屋の屋根が載っていて、駐車場には消波ブロックが将棋の駒みたいに並び、倒れたガードレールに卒塔婆が刺さっていた。

日常と非日常の明確な境界線は、津波の到達地点に引かれていた。瓦礫《がれき》が残る廃墟の辻々に個人的な思いが詰まった物が集められている場所があった。交通事故死の現場のように花が置かれ、急ごしらえの仏壇がしつらえてあり、仏像や肖像画やアルバムやランドセル、ぬいぐるみなどが供えられていた。それらの持ち主は津波の犠牲になったのか、辛くも生き残ったのか？

死者は辻に集う。震災直後は各地で、幽霊の目撃報告が相次いだ。真夏にコート姿でタクシーに乗り、行き先を告げたが、そこは津波で全て流され、何もない場所で、乗客もいつの間にか消えていた、というような報告が多々あった。

通りがかった南相馬の閉鎖中の道の駅では、防護服姿の警官たちがトイレからホースで引いた水で長靴を洗っていた。立ち入り禁止区域で捜索と遺体収容作業をしてきたという。広島、京都、神奈川などから応援に駆けつけた警官たちが、立ち入り禁止区域に通じる道路を封鎖し、検問を行い、区域内のパトロールを行っていた。上からの命令に従うしかない若い警官の表情には明らかな戸惑いと疑問が見て取れた。白地に水色のラインが目印のタイベックの防護服は不織布製で、枝をひっかければ、すぐにかぎ裂きができる。警官も第一原発で過酷な作業に従事している東電下請け社員も同じ物を着ていた。

二十キロ圏外でも風向きや地形によって線量の高いところがあるし、土壌や水が汚染された土地は広範囲に広がっている。今すぐ健康被害が出るものではないが、長期的にはその懸念がある。余命が限られた人なら、老衰と放射線被害による死の実質的区別はつかないだろうが、これから生きて行く時間の方が長い子どもたちには最大限のプロテクトを施してやらなければならない。子どもを連れて疎開や移住ができる人はそうすべきだったが、関東大震災後に関西へ移住した谷崎潤一郎に倣ったところで、原発は敦賀《つるが》や美浜、大飯《おおい》、高浜にもある。東京を離れる外国人に便乗して、日本脱出を図った人も少なくなかった。

冷戦時代、人々は核戦争後の世界をどう生きるかの想像力を競ったが、初期化された世界で熾烈な弱肉強食が繰り広げられるという通俗ダーウィニズムが流行した。あれは人類が平等に滅亡に向かう、ある意味爽快な終末観だったが、原発事故による被曝の恐怖は、花粉やウイルスやたばことの付き合い方に似て、もっと日常的かつ散文的だった。冷温停止を祈りながら、日々を暮らしていたが、事故発生直後からメルトダウンは起きていたことがわかった。東電や政府がいっていたことは全て嘘で、最初から最悪の事態だったのである。

原発を運転しても停止しても、後始末にかかる莫大なコストは同じだから、運転した方が得という考えは、どうせ借金は返せないのだから、もっと借りた方が得という考えと同じだ。原子力発電と金融は発想が同じで、政府とメディアが結託し、インサイダー取引ばかりしている。「原発を止め、ついでに資本主義も終わりにしちまえ」と、石原慎太郎と同じ口調で、真逆のことを叫びたかった。

資本主義は肥沃な土地を荒野にし、風光明媚な土地を汚染してきたが、同じように砂漠や荒野を金に変えてきた。ひとまず瓦礫が撤去され、新幹線や道路、空港はスピーディな復旧を遂げ、復興の潜在能力は証明したものの、震災後に底値に達した株や土地は買い叩かれ、中国系、ユダヤ系資本による日本の植民地化は加速したはずである。大震災と原発事故は私たちにまた敗戦を強いる結果となった。

東京二十三区がすっぽり入る福島第一原発から半径二十キロ圏内の除染は気が遠くなるほどの時間と手間がかかるが、チェルノブイリとその周辺の汚染地帯が現在はひまわり畑になり、原生林に戻っているのを見れば、三十年後には、ここも完全に自然に戻っているだろう。半減期には程遠くても、見た目だけは原生林になっているはずだ。

中国やアメリカでは、日本でどさくさ紛れの略奪が極めて少なかったことに称賛の声が上がったが、自然状態では誰もが助け合いの本能を発揮する。募金をし、必要な情報を共有し、無駄な電力を使わず、買い占めを控え、水や食料を分け合う……こうした倫理はどの民族のDNAにも刻まれている。だが、性善説は、しばしば政府や企業の官僚的無責任体質によって脆くも綻んでしまうのも事実だ。国家や資本の原理が暴力的に倫理を踏みにじるのだ。阪神淡路大震災の時は、復興も資本の原理に忠実に行われたが、戦後復興の再来は同じ場所で奇跡を三度起こすに等しく、実現可能性は低い。

想定外の天災には前代未聞の復興策が必要だと考え、さまざまな提言をした。たとえば、沖縄の米軍基地を福島に移転させ、首都防衛を米軍に担わせる案。移転には莫大なコストがかかるものの、基地のインフラ整備を復興につなげられるし、米軍が放射線除去を熱心に行ってくれる。毎年、在日米軍に支払っている、「思いやり予算」の範囲内で基地の移転を行うことができれば、基地問題と復興資金問題をダブルで解決できる。対米従属を金科玉条とする保守も生き残れるので、耳を傾ける人もいるかと思ったが、冗談としか受け止められなかった。増税は日本経済の活動を冷却してしまうので、無利子の復興債を発行し、米中露、ヨーロッパ諸国に大量に買ってもらう案も考えた。特に中国、ロシア、韓国にはそれぞれ尖《せん》閣《かく》諸島、北方領土、竹島の領有権を担保にして、多くの復興債を買い上げてもらう。日本との領土問題を解決し、より密接な経済協力関係を結べるとなれば、いずれの領有権も一兆円くらいの価値はあるだろうと大雑把に見積もってみたのだが、これも無視された。

震災の直前まで、日本は外交的な敗北を繰り返し、長期的な経済の低迷に苦しんでいた。そのジリ貧を一気に打開しようと、極右のあいだでは不気味な戦争待望論がくすぶってもいた。幸か不幸か、震災によって日本は物理的に戦争することが不可能になった。震災時、自衛隊は三分の二の部隊を救助復興任務に当たらせていた。自衛隊を海外に派遣したりしているあいだに、再び震災に見舞われようものなら、確実に日本は滅亡する。戦争放棄を再宣言するには絶好のタイミングだとも思ったのだが、民主党政権でも「悪質な冗談」と受け止められた。

ナイスガイ修業

特殊技能や専門知識があるわけでも、体力に秀でているわけでもない者にできることといえば、節電や買い控え、そして祈ることくらいだ。文学は傷ついた心の復興にいくらかの効果はあるかもしれないと期待したが、買い占めが問題になっている時も、なぜか本だけは売れ残っているのを見て、物書きの無力を再認識することしかできなかった。ある日、小さな子どももおやつを我慢して、お小遣いを募金する姿を見て、思った。私もその子どものようにすればいいのだ、と。

私が考えたのは「本を買えば、復興支援募金をしたことになる」というシステムだった。著作家たちに自著にサインやメッセージを書き込み、プレミア本にして提供してもらい、それを「復興書店」と名付けたネット書店で販売する。売上から最小限の管理コストを差し引いた額を日本赤十字社に寄付する。賛同者が増えれば、ある程度の成果は出ると踏んだ。震災後、日に日に自粛ムードに覆われる中で、文化芸術関連のイベントが中止や延期を余儀なくされ、液状化現象で倉庫が水に浸かったり、製紙工場が流されたりして、出版界にも大きなダメージがあった。未来への漠たる不安を抱えた著作家同士が創作意欲を刺激し合うステーションができればいいな、とも思った。倉庫費用、システム利用料などの中間コストは協力企業の力を借り、必要最小限に抑える。また流通の現状にも配慮し、被災地への物資の輸送を妨げないよう、書籍の発送には万全を期す。「偽善」、「売名」との陰口も聞こえたが、以前から私が嫌いな連中の噂だったので、無視する勇気が持てた。

もし、復興書店を営利目的で立ち上げたとすると、権利関係の調整やシステム構築に四ヶ月、四百万円かかる、という試算もあった。実際には三週間とわずかなポケットマネーでできた。儲けようとしなければ、何事も早く、うまくいく。

紙の本を売るのは大いに手間がかかったが、幸い売り切れが続出した。復興書店はシャッター通りに本屋を開店するくらい慎ましい活動だったが、販売システム構築、本の梱包、発送、経理、イベントのマネージメントなどをボランティアで引き受けてくれたベンチャー企業の若い経営者、従業員たち、著作を無償提供してくれた三百人に及ぶ著作家たち、自社倉庫から本を融通してくれた出版各社のお陰で、トータルで四百万円ほどの寄付金を日本赤十字社に送ることができた。

千回を超えるメールを送り、同じだけの意思決定をした。祈りや励ましは偽薬ほどの効き目しかないとわかっていても、自分の中に敬虔な気持ちが残っているのが意外だった。想像を絶する苦痛に対する無意識の防衛として、人格を解離させるという手段がある。記憶や感情を自我から切り離すと、実際に苦痛が消失することもある。誰もが震災後は多かれ少なかれ、人格解離を経験したに違いない。最悪の事態は既に経験済みなのだから、これ以上何も恐れる必要はない、と自分にいい聞かせながら、私は生贄《いけにえ》の自分を盾にして元の自分を必死に守ろうとしていたのかもしれない。おそらく、一九二三年の関東大震災もナイーブな文学者たちの心を荒ませたに違いない。とりわけ芥川龍之介の震災後の作品にはトラウマの痕跡が生々しく刻まれている。

大学が施設の安全確認を行った結果、五月の連休明けから新学期が始まった。二ヶ月ぶりに研究室のドアを恐る恐る開けたが、意外なことに、本も本棚の前に置いたフィギュアも落ちていなかった。免震構造の高層ビルはフラダンスのように揺れるので、高層階にある私の部屋は以前と何も変わっていなかった。

ミロクは不安を抱えつつ、放射線を警戒し、震災後すぐにアメリカに戻ったが、思うところがあってか、ケンツヒルの日本人の同級生とともにFacebookを通じて、被災者に励ましのメッセージを送るアクションを起こしていた。自分のボディに手書きした「がんばろう」の字が、やけに悲しげに見えた。

ミロクは大学進学の季節を迎えていた。高三になる直前にもミュージック・キャンプに参加し、再びクワイアに目覚めていた。コンタクトレンズを作り、眼鏡を外したら、突然、女子にモテ始め、白人、黒人、アジア人と親しく交流するようになったという。何がどう変わると、女子に注目されるようになるのか、当時の写真を手掛かりに探ってみると、眼鏡を外したことで、表情が読み取りにくいアジア系の少年のイケてない感じが消えていた。筋トレの成果で逆三角形の体軀《たいく》ができ、しっかり相手を見据える眼力が備わってきたのは、コミュニケーション慣れしてきた証でもあるだろう。十七にしてようやく女子と自然に話ができるようになったのである。父親より二年ほど早く女子慣れできたのはよかった。

ミロクは日本の大学に行く気はないようだった。帰国子女枠を活用する手もあったが、アメリカにとどまり、ミュージック・マネージメントを学びたいといった。より具体的にはオペラ関連の仕事をしたいということだった。もしかして、家で下手なオペラ・アリアを歌い、往年の名歌手の声を蓄音機で再現し、果ては新作オペラのリブレットを書いていた父親の影響か、と思ったが、ミュージック・キャンプでクワイアに復帰したのが直接のきっかけだったようだ。希望の専攻が決まれば、自ずと大学は絞られてくる。イサカ大学、ニューヨーク州立大学、ハートフォード大学などが候補に挙がり、それぞれに願書を提出し、入試らしきものは一切行われず、書類選考のみで、ハートフォードから入学許可が下りた。私はその名前を聞いたことがなかったが、コネチカット州の州都の名を冠した大学で、音大としてはよく知られているらしかった。

ミロクの英語能力や高校の成績からすれば、妥当な線かと思われた。最初からアイビー・リーグの名門への入学など期待していないし、ビジネスや法律、ましてや理学、工学などには全く不向きなので、芸術分野で好きな仕事をし、その結果、貧乏を余儀なくされても本望だろう。

妻は高校の卒業式に出席するために、わざわざメーン州まで出かけたが、私は『悪貨』の次の作品の執筆とさらにその次の作品の構想に集中していた。震災後、私の中の怠惰の虫は淘汰され、頭の回転速度が上がっていた。『カオスの娘』の続編『英雄はそこにいる』で、シャーマン探偵を再登場させ、ヘラクレスとシバ神が合体したような破壊神的英雄を造形し、自らの破壊衝動を思い切り解き放つ一方、『傾国子女』では、昭和を生きた女の一生を描きつつ、身勝手な男たちが破滅してゆく物語を紡いだ。この二つの作品を通じ、私は復讐代行小説の雛型を作りたかった。今後、世相にムカつくことはさらに増えるだろうから、その腹いせを小説で最も効果的に行うノウハウを確立しておけば、自暴自棄にならずに済むはずだった。

夏休みに自宅に戻ったミロクは、私にミュージック・マネージメントの舞台裏を知りたいと相談してきた。オペラを上演まで漕ぎ着けるチームなら、私もよく知っている。『忠臣蔵』や『Ｊｒ．バタフライ』で一緒に仕事をしたアートクリエイションの小栗さんのところにミロクを連れてゆき、この業界の実情に触れさせることにした。小栗さんは俳優小栗旬の親父だが、親子を匂わせる要素がほとんどない。父と息子は案外、そういうものかもしれない。息子は無意識に父に抗い、似ることを忌避する。

俳優として活躍する息子は親にとって誉《ほまれ》だ。親のバックアップなしに成功したならば、なおさらである。昔は大抵の職業が世襲で、梨園《りえん》に生まれたら役者に、百姓の長男は百姓に、政治家の最も出来の悪い息子は政治家を継ぐものだった。だが、中には「一人一業」を家訓とした家もあり、息子たちは親とは別の職業に就かねばならなかった。地主の息子は家出してテーラーになり、テーラーの息子は小説家になり、小説家の息子は何をやるつもりか、よりによってオペラという全く採算が取れない業界なんぞに関心を寄せやがったことに、親の私の方が心を痛めた。家で年がら年中オペラ・アリアを聴かせ、オペラ制作の現場でパシリをやらせた報いだとしたら、巡り合わせの不幸以外の何物でもない。趣味や教養に止《とど》めておく分には何も問題はないが、職業に選んだ場合は食いつないでいけるかどうかさえ危うい。

八月下旬からの新学期に向け、ミロクは意気揚々とハートフォードへ向かった。コネチカット州の州都ハートフォードはかつて保険会社が集まり、全米有数の所得水準を誇る都市だったが、近年は斜陽著しく、貧困率の高さで有名になってしまった。そんなところに暮らし、ギャングに襲われたり、ジャンキーの仲間になったりしないことを祈るしかなかった。

文豪、立役者との交わり

震災の年の一月に芥川賞の新選考委員デビューをし、朝吹真理子と西村賢太の美女と野獣ダブル受賞となった。その時は西村を推すことで図らずも石原慎太郎と意見が一致したが、同じ年の夏は円城塔の評価を巡って対立し、受賞作なしになってしまった。二〇一二年早々の三度目の選考会では、石原慎太郎にこっぴどく怒鳴られた。「今回、円城に受賞させないと、次回もまた変な小説を読まされますよ」といったら、「ふざけんじゃねえ」と。その恫喝の後、彼はボソッと呟いた。「不愉快だ。辞めてやる」と。一瞬、座は静まり返ったが、全員がそのさりげない辞意表明を聞いていた。

円城塔と田中慎弥のダブル受賞という結果に落ち着いたが、選考会後、石原氏の担当編集者が早速、慰留に動いたのを見て、私は慌てて、石原氏の面前に正座し、こう述べた。

——選考会では失礼なことを口走り、ご気分を損ねましたことをお詫びいたします。それから長きにわたる選考委員のお務め、本当にお疲れ様でございました。

私の反射神経はまだギリギリ衰えていなかった。このとっさの挙動により、慰留の可能性を断ち切ることができた。そもそも私を選考委員に加えた際、石原氏との文学的対決を暗に期待されていた気がしないでもない。猫の首に鈴をつけるネズミの役をやらせる意図があった、というのは深読みし過ぎか？

石原氏は選考会の席でも、社会的振る舞いと同様、傍若無人で、人の意見をろくに聞かず、暴言を吐き、嫌いな作品を頭ごなしに否定する態度に終始していた。ほとんどの発言がいいっ放しで、批判への反証をせず、割と声が小さいことにも気づいた。だが、その態度とは裏腹に、文学に対しては彼なりの誠実さを貫こうとしていることは伝わった。西村賢太や田中慎弥のような無頼派の系譜に位置付けられる面々には親指を立て、円城塔や島田雅彦のような人を食った態度の小賢《こざか》しいインテリには中指を立てる態度は首尾一貫していたし、女性、インテリ、中国、北朝鮮、共産主義者への露骨な憎悪、玄冬になってまで青春を引きずる若々しさ、反知性主義者ぶりなどを熱狂的に支持する人々へのサービス精神も旺盛だった。彼のように堂々と暴言を吐けない内気な差別主義者たちにとってはアイドルだったともいえる。

若い頃の福田和也は石原都知事の執務室にもよく出入りし、ブレーンのようなことをやっていたようだが、私に声がかかることは一度もなかったし、それを望んだこともなかった。文学へのリスペクトを感じさせるエピソードとして、日本文学の翻訳事業を文化庁が立ち上げた際、自民党の重鎮に働きかけ、十億ほどの予算をつけたという話を福田和也から聞いたことがある。私も『自由死刑』の英語版、ドイツ語版の出版という形でその恩恵を被っており、その点だけは感謝している。

この時期、石原慎太郎は大阪のポピュリスト橋下徹と新党を立ち上げるなどし、蜜月ぶりをアピールしていたが、東西二人のポピュリストの揃い踏みがいまいち盛り上がりに欠けたのは、互いに相方の腹が読み切れなかったせいだろう。

震災から一年が経過したが、放射線量を気にしながらの暮らしは続いていた。この間に、目に見えない負債をたくさん背負い込んだせいか、猫背の人が増えた気がした。また、集団的な健忘症が進行しているようだったが、おそらくそれは重苦しい過去を水に流して、少しでも身軽になろうとする悪あがきに違いなかった。


二〇一二年春、パリのブックフェア「サロン・ド・リーブル」に大江健三郎、平野啓一郎、綿矢りさ、江國香織、堀江敏幸、古川日出男らとともに私も招かれた。この年のテーマは日本とロシアに設定されていたので、ロシアの作家も何人かパリに来ていて、ボリス・アクーニン、ミハイル・シーシキンと再会でき、旧交を温めることができた。アクーニンとは、彼が本名のチハルティシビリで、三島由紀夫ほかの日本文学の翻訳、研究に勤しんでいた一九九〇年代からの付き合いで、当時はよくモスクワの自宅を訪れ、酒を酌み交わした。人気ミステリー作家として不動の地位を築き、フランスの田舎に城を買い、いつでもロシアから亡命できる態勢を整えていた。

このブックフェアには日本の漫画家も招待されていて、若い頃に愛読した萩尾望都《もと》先生と対面できたのは嬉しかったし、『テルマエ・ロマエ』で大ブレークしたヤマザキマリがティーンエイジャーの頃から私の本を愛読し、無類の安部公房ファンでもあることを告げられ、意気投合した。あまり仲よくない辻仁成とのセッションは気乗りしなかったが、『カオスの娘』フランス語版の出版が決まりそうだという知らせに慰められた。パリ滞在中、一日だけオフの日があったので、一人でリヨンまで足を延ばした。TGVに乗ってみたかったというのもあるが、リヨン歌劇場でマエストロ大野和士《かずし》がワーグナーの『パルジファル』を振ると聞き、こっそり観劇に出たのだ。

劇場でマエストロからチケットをもらい、二回の休憩を利用し、ホテルのチェックインと軽い夕食を済ませ、聖愚者の心の冒険と救済を求めるクンドリーの妄想に付き合った。祝典劇が跳ねた後、マエストロと一杯飲み、翌日は大野夫妻とブションで内臓料理を食べ、午後の列車でパリに戻った。

その夜は勲章の授与式があったが、大江さんのコマンドール受勲を祝う会を気まぐれに提案したところ、上機嫌の大江さんから「みんなにワインをおごる」と色よい返事がもらえた。ホテル近くのビストロを貸し切りにして、新旧世代の交歓が行われた。ヤマザキマリと綿矢りさを大江さんの両隣に座らせ、話に夢中になっている隙を狙って、二人に「耳を触るなら今しかない」とそそのかし、二人が同時に大江さんの左右の耳に触ろうとした瞬間、このささやかな陰謀を気取った大江さんが両手で防御の姿勢を取り、「僕は耳を触られるのが一番嫌なんです」と宣《のたも》うた。それでも和気藹々の雰囲気は壊れなかった。

大江さんとは過去に四回お会いしたが、じっくり話したのは初めてだった。大江さんは何の脈絡もなく「小説家は確信犯的に奇天烈なことをやるべきですよ」という心得を私に説いた。私はそれを「正統より異端たれ」という励ましと受け止めた。

これが文豪との最後の出会いだった。大江さんは十一年後の二〇二三年三月三日に身罷《みまか》り、その知らせを自分の誕生日に受け取った。

帰国後しばらくしてから、ヤマザキマリから連絡があり、平成中村座に歌舞伎を観に来ないかと誘われた。彼女は漫画家デビューをする前にイタリアで中村勘三郎に会ったことがあり、久しぶりに再会したところ、勘三郎の飲み友達の六平《むさか》直政や坪内祐三が「島田も呼べ」ということになったらしい。よくわからないまま出かけ、歌舞伎が跳ねた後、勘三郎夫妻と愉快な仲間たちとともに飲みに行ったのだが、その席で、おそらくヤマザキマリが描く男たちが古代ローマの彫像風のキャラクターであることから話が発展したと思われるが、ギリシャ悲劇やギリシャ神話を歌舞伎に翻案したら面白いかもしれないと呟いた。『英雄はそこにいる』というヘラクレス神話を現代ミステリーに焼き直した小説を書いていたせいで、私の頭の中は古代の英雄がひしめき合っていた。

勘三郎はそれを聞くや、身を乗り出し、顔を近づけ、目を輝かせて、「ヘラクレスってどんなキャラ？」、「ゼウスは？」、「ヘラは？」と子どもみたいに食いついてきた。そんなに受けるとは思いもよらず、自分の知っている話を次々繰り出したら、「来週打ち合わせをしよう」といった。

間を置かず二回、呼び出され、新作歌舞伎の話で盛り上がったものの、勘三郎に食道癌が見つかり、しばし治療に専念しなければならなくなった。桑田佳祐とほぼ同じステージなので、手術で寛解する可能性は高いということだった。勘三郎の退院を待つあいだ、何パターンか筋書きを考えておくことを約束した。

しかし、容態は急変し、十二月には勘三郎との再会が永遠にお預けとなってしまったのだった。あまりに唐突な訃報に落ち込むより、笑顔で生き返ってくれることを数日間、祈っている自分がいた。ヤマザキマリと一緒に、江戸川橋の自宅に弔問に伺うと、夫人の好江さんが迎えてくれた。御悔やみのコトバを述べ、線香を捧げ、ずっと合掌をしていた。お顔を見ることが許され、棺の窓から最後のお別れをしたが、闘病の痕跡が残る土色の顔に胸が詰まった。

勘三郎の死に接したからというわけでもないのだが、生涯で初めて自発的に、祖父母と早世した叔母の墓参りをした。私の気紛れに母から「あんたも年を取って、死んだ人のことが気になるようになったんだね」といわれた。祖母が亡くなってから二十年、祖父の死からは十五年が経過していた。母方の祖母は二人いて、よく小遣いをもらっていたのは祖父の後妻で、母の実母は母が幼い頃に故郷の秋田で亡くなり、その墓が何処にあるかわからなかった。おそらく祖父が後妻に遠慮し、その所在を曖昧にしたからだろう。母の一番下の妹が追跡調査をし、秋田の遠い親族が手厚く葬ってくれていたことを突き止め、家族が眠る横浜市青葉台の墓所に移されたのだった。

死者をより身近に感じる、それが年を取るということかもしれない。自分が最も親しみを持てる死者、それが祖父だった。私は幼い頃、アジア太平洋戦争に従軍した祖父から直接、戦争体験を聞いたことをよく覚えている。部隊の兵舎の便所に出る幽霊の話、チフスに苦しみ、帰還後まもなく死んだ戦友の話など、レパートリーがいくつかあった。この戦争の悲惨を最も深く心に刻んだのが祖父の世代で、彼の背後には私の知らない無数の死者たちが控えていることをそれとなく感じ取っていた。私が「無限カノン」や『退廃姉妹』で未生以前の戦時下、占領時代の経験を書いたのも、祖父や祖父と同世代の大岡昇平、野間宏といった文学者から間接的影響を受けたからである。いわば、死者によって書かされたのである。

私が生まれたのは終戦からわずか十六年後のことだった。「もはや戦後ではない」といわれ、所得倍増計画が打ち出された頃だ。戦後復興は歴史上の奇跡だったが、それは戦争から撤退し、技術と経済で世界を出し抜こうと、不断の努力を重ねたからこそ実現したのだった。貧困や隷従からの解放、人権と平和の守護を約束し、圧迫と偏狭を地上から消し去る努力を宣言した憲法が、その奇跡を実質、後押しした。憲法と高度成長は、戦争経験者たちの不戦の誓いの成果だったとさえいえる。

その記憶が薄れるとともに、憲法はないがしろにされ、対米従属だけが強化された。戦後、日米安保条約が締結された頃から、政治家が目指してきたことはたった一つ、自分たちの権益を守り抜くことだけだった。そのためにはＣＩＡやアメリカの産軍複合体に嬉々として奉仕し、カルト教団とだって持ちつ持たれつの関係を結ぶ。年を追うごとに日本の為政者は愚昧になり、醜悪になってゆく。憲法と劣化した政治家、どちらが先に滅びることになるのだろうか？

犬は何でも知っている

この頃、尖閣諸島をめぐる日中の対立が激化していた。日本人の常識からすれば、多くの点で中国は常軌を逸している。貧富の差や階級の格差も日本の比ではなく、生存競争も熾烈を極める。官僚主義と一党独裁、言論の統制も徹底している。社会には構造的な矛盾がはびこっている。むろん、日本人にはとても耐えられまい。人民の不満は不気味なエネルギーとなって蓄積されており、それが地震や洪水のようにいつ噴出してもおかしくない。

選挙の低投票率と組織票によって選ばれる日本の非民主的な代表と中国の指導者とは能力的に較べものにはならない。単なる守旧派、日和見主義者、極右程度の人物は、十四億の頂点に立つことはできない。七人の政治局常務委員になるだけでも、熾烈なサバイバルゲームを潜り抜け、人民の人気を獲得し、親の七光りもあり、長老の覚えもめでたく、しかも各方面に顔が利く社交性を持ち、弁が立ち、失敗をせず、輝かしい実績を積み上げ、恨みを買わず、時局を読むに敏感で、変わり身が早く、温情と冷淡さを兼ね備え、押しの強さがある。少なくとも、それらの資質、条件をすべて満たしていないといけない。むろん、そんな人物でも失脚とは無縁ではいられない。卑劣な手段も辞さないライバルたちを出し抜くには、もっと冷酷でなければならない。

古代より巨大な官僚制を備えた帝国を作ってきた中国は、都市も地方も官僚が支配し、共同体が常に行政単位として機能していた。そのような帝国では、誰もが支配されることの不安を抱えている。中国人は自分の資産を権力に収奪されないために、さまざまな保険をかける。世界中にチャイナ・タウンを築き、いつでも逃げられるようにし、必要なら役人に賄賂を贈り、抵抗勢力にも民主化運動にも資金を出す。それは権力から自由でいるための投資なのである。中国の民衆はしばしば、悪政に苦しみ、支配構造から逃れようともがいてきた。結局は家族の絆を強くすることで、国家に対抗しようとした。表向きは国家やその行政単位である共同体に従っているが、彼らが信用しているのは血族、その次が地縁で結ばれた同胞である。世界中に張り巡らされた華人ネットワークに当たるものを日本人は持っていない。小松左京は『日本沈没』の結末で、流浪の民となった日本人の命運を示唆したものの、そのディテールを描けなかったのは、裏付けとなる実態がなかったからにほかならない。十年、二十年先の未来、まずは経済的に沈没状態に陥ることを見越した場合、何よりも問われるのは、何処ででも生きていけるスキルであろう。それはとりも直さずコミュニケーション能力であり、好奇心であり、ガッツと体力である。子どもに先立たれるのは耐え難いがゆえ、子どもには何よりも生存能力を身につけてほしいと親は願うものなのである。

二〇一二年、莫言にノーベル文学賞が授けられたというニュースには驚いた。彼とは過去に何度も会っている。最初はイタリアのトリノで、次にアイオワ大学で、さらには東アジア文学フォーラムがソウル、北九州で開催された折にも会った。英語は全く話さないので、通訳を間に挟んだり、公開シンポジウムの席で話を交わすのだが、特徴ある容貌と作品にちりばめられた人を食ったユーモアには共感した。

子どもの頃はのべつまくなしにお喋りをしていて、学校に行かせると、親にとって不都合なことまでペラペラ話すのではないかと警戒され、家で牛の世話をさせられていた。だから、莫言少年はもっぱら牛を相手に、作り話を語って聞かせていたらしい。のちに人民解放軍の学校に行き、文学を学んだのだが、そこでももっぱら豚の世話をしながら、自作を豚に語って聞かせていたのだとか。彼は『犬について』という短編で「水に落ちた犬は激しく打て」という魯迅《ろじん》のコトバを引きつつも、魯迅が犬に対して独自の洞察を行っていることを指摘する。

犬は傷を受けたあと、声を立てず、雑木林の中に身を隠して、自分の傷口を舐める。動物のなかでおそらく、犬以外に自分を舐めて傷を治す動物はいないだろう。

これに付け足して、莫言はこう呟く。

犬は何でもわかっているが、簡単には心の内を明かさない。犬は何でも知っているが、中にしまいこんでバカな振りをしている。

これが中国人民の強《したた》かさのメタファーであるなら、日本の犬もこのくらいの面従腹背ぶりを発揮すべきかと思う。同じ犬でも中国の犬の方が進化している。

私たちはいやなところから逃げ出す自由を持っている。会社や学校、自分が住んでいる町、一緒に暮らしている家族、さらには重税と服従を要求しながら、悪政を改めようとしない国家からも、逃亡する自由を行使できる。無理をして、その場にとどまれば、病気にもなるし、最悪、無実の罪に問われたり、戦争に駆り出されたりして、生存を脅かされる。

私は電車に揺られながら、駅の雑踏に紛れながら、繁華街で他人とすれ違いながら、いつも思う。人間は本来的には一か所に縛り付けられることを嫌う狩猟民であり、遊牧民なのである。その証拠に東京は住人の出入りが激しい。四月や九月になると、かなりの割合で住人の入れ替わりがある。首都は何処も夜逃げ、失踪、家出の聖地である。

ある日、飲み慣れた新宿から自宅とは反対方向に向かう埼京線に飛び乗り、気まぐれに赤羽に向かった時から、私の居酒屋放浪は始まったが、その成果を全て『ニッチを探して』という小説に盛り込んでおいた。この小説のために、私は中野で一晩ホームレスの実体験もした。

永井荷風も、萩原朔太郎も、江戸川乱歩も遊歩、漫歩を愛し、創作活動の中心に据えていた。彼らは偶然すれ違ったり、隣り合わせた人びとに慎ましく接近し、好奇心を肥大化させて、わずかな手掛かりから他人の人生を想像し、時にはその人に憑依したりもする。自意識とはつまるところ、他者の意識や行為を映し出す鏡に過ぎない。

ため息混じりの反米

講演旅行で二十五年ぶりにメキシコに出かけた。この四半世紀にメキシコが目覚ましい発展を遂げたという印象は全く抱かなかった。アメリカの裏庭に当たるメキシコの対米関係は、日本人には身につまされる。この国にはまだ反米感情が残っていて、それがボヤキや呪詛の形でよく噴出する。

メキシコの政権与党は制度的革命党といい、二〇一二年に行われた大統領選で十二年ぶりに政権に返り咲いた。結成は一九二九年で、日本共産党並みに古く、二〇〇〇年に野党に転落するまで七十一年間も長期政権を維持してきたところは自民党と似ている。名前からして中道左派政党だが、内部に労働組合や農民連合、公務員組合連合などを抱え、あらゆる階層に支持層を広げた。長年、派閥抗争を繰り広げてきた自民党に近い体質もあるが、キューバと友好関係を保ちつつ、ニカラグアのサンディニスタ革命政権を支援するなど、外交的には独自路線を取り、石油産業など重要産業の国有化を主張する社会主義的政策を掲げる。しかし、グローバル化の波には抗えず、経済的には対米従属を強めてきた。いわば、メキシコの矛盾そのものを体現する政党だ。ほかの政党にはキリスト教民主主義を標榜する国民行動党や、制度的革命党から分離した中道左派政党の民主革命党などがある。

メキシコ人は概ね日本人には友好的で、元々ラテン的開放性があるものの、市場の労働者にも見られる親日ぶりは、ともにアメリカにしてやられているという政治的、歴史的背景からくる共感に由来するようだ。「日本はアメリカと戦争したんだから、大したもんだ」という敬意も含まれている。現在の日本で反米を唱えれば、珍獣扱いされるが、メキシコ人が心の底に秘めているアメリカへの反発に触れると、郷愁に似た思いを抱いてしまうのは、私がもはや古い世代の日本人だからかもしれない。

　メキシコに行く前に西部邁《すすむ》氏と遅くまで飲む機会があったのだが、氏の政治スタンスは、一見、保守反動に見えながら、心情的には反米であることはよくわかっていた。ほぼ私の父親世代にあたる氏は初中等教育の場では戦後民主主義を吹聴され、大学では反安保闘争に加わり、やがて左翼に幻滅して以後は、良識や公正さを社会や組織の規範に据え、理想と現実のバランスを厳密に見極める立場を取るようになる。西部さんにとっては、自由も民主主義も国家の原理たりえないし、ポピュリズムという多数支配や、グローバリズムという市場原理主義も根本的な誤謬《ごびゅう》である。氏のニヒリズムの根底には、やはり反米の怨恨が根強く残り、嬉々としてアメリカに貢ぐ売国右翼やエリート奴隷を心底軽蔑していた。

　西部氏より二つ上の古井由吉の心中にも反米の志操は秘められていたと思う。後年、松浦寿輝は「古井さんはアメリカについて一切の言及をしていない」という誰も気づかなかった指摘をした。いわれてみれば、その通りで、古井さんはまるで地球上にアメリカが存在していないかのように、完全無視を貫いていた。この二人よりも屈折していたのが江藤淳だろう。プリンストン大学留学時にはCIA協力者になったかもしれないが、その後はアメリカに対し、面従腹背の姿勢を取り続け、心の占領を拒んだ。

　もしかすると、彼らの怨恨と反米気質の残滓くらいは私にも受け継がれているかもしれない。そもそも、ロシアン・スタディを選択した時点から、同世代の人間に共通する過剰なほどの親米感情に嫌悪感を抱いていた。私が村上春樹を嫌うのは、対米従属を一切疑わないアメリカン・スクールの優等生ぶりが鼻についたからである。初期春樹作品でおなじみのフレーズ「やれやれ」は、アメリカへの自発的服従の消極的意思表示なのだ。岸信介、笹川良一ら積極的なCIA協力者は闇の権力を振るったが、論壇や文壇にも少なからずいた消極的な協力者たちは、日本人を親米に丸め込むのに大いなる貢献をしたはずである。

メキシコから戻った頃、憲法改正と集団的自衛権の行使という目標を掲げた、この国の極右政権は、「特定秘密保護法」を通した。国家安全保障会議の設置とセットで、日本の治安を維持しようという触れ込みだった。今まで日本では外交や防衛に関する秘密は保護されておらず、何もかもダダ漏れ状態だったということか？　法の整備までして守りたい特定の秘密とは何なのか？　外交や防衛に関わる重要案件とはいうものの、閣僚が恣意的に決めることになっているので、極めて曖昧だ。二〇一〇年にウィキリークスが暴露したCIAの極秘情報というのがあったが、その中には某国の首相の性格や私生活にまつわる情報が含まれていた。その中身というのは、巷の噂レベルのもので、わざわざ極秘にしなくても、誰でも知っている内容だった。また、アメリカのNSC（国家安全保障会議）がドイツなどで盗聴活動を行っていたことを暴露したスノーデンに逮捕状が出るといった騒ぎもあった。諜報機関にとって、理想的な活動環境を整備するためには、まずは徹底した箝口令《かんこうれい》を敷かなければならないということだろう。秘密を漏らした人間は厳罰に処すると脅して、内部に潜入した密通者の動きを封じるのがこの特定秘密保護法の目的だ。いわゆるもぐらたたきである。日本版NSCの設置はホワイトハウスからの要請に応えた形になっているが、それはつまり特定秘密をアメリカと共有し、いっそう対米隷属を深める結果となる。

過去に日本絡みのスパイ事件は、戦時下一九四一年のゾルゲ事件を筆頭に少なからずあったが、ほとんどが冷戦時代に集中している。スパイ小説の傑作も七〇年代に多く書かれている。ソ連のKGBがやたらに暗躍してくれたので、CIAもMI6も予算をふんだんに使えた。日本で摘発されたスパイの多くもロシア人とその協力者であったが、時々、中国、北朝鮮のスパイも摘発されている。日本には防衛上、外交上の独自路線という発想はなく、中国や北朝鮮を封じ込めるためにも、日米の連携が不可欠であるというのが保守派の金科玉条である。それを踏まえていえば、国家安全保障会議はアメリカの対アジア政策をバックアップする出先機関に過ぎず、特定秘密保護法はそれに異論を唱える者を黙らせる布石だったといえる。

戦時中にはよく「非国民」というコトバが使われていた。国家への奉仕を拒み、その義務を怠る者のことを指していた。国家は、組織的な犯罪や陰謀を行う主体にもなる。時々、国家が絡んだ不祥事が明るみに出るが、それも氷山の一角に過ぎない。組織的な隠蔽体質も国家機関に共通の特徴だ。中には自らの倫理に則り、国家絡みの犯罪や謀略に加担することを拒んだ者もいたが、大抵は「非国民」扱いされていた。

特定秘密保護法に反対する理由に、国民の知る権利の侵害になるとか、公務員の隠蔽体質がいっそう強化されるといった指摘がなされたが、もっと単純にこの法は誰に有利かを考えれば、その目的もはっきりする。要するに、官僚と政治家がタッグを組んで、外交、軍事上の措置を秘密裡に進め、そのプロセスで何らかの失策や不祥事があったとしても、その事実を闇に葬れば、彼らの立場は安泰だ。この法は彼らの不都合な真実を隠蔽するために存在する。責任逃れは官僚と政治家が最も得意とする技だが、それをさらに法的にバックアップする。この法を施行する最大のメリットはそこにあった。

憲政史上最低の首相の暗殺を夢想するのが癖になったが、夢想のまま終わらせるのはもったいなくもあり、一度、ナンセンス極まる政治の舞台裏をとことん風刺してやろうかという気になった。構想にはやや手間がかかったが、その成果は二年後の二〇一五年に『虚人の星』という小説に結実することになる。

息子の恋人

ミロクが大学三年生になった年の冬、大学のあるコネチカット州の州都ハートフォードを訪れた。これが結果的にはミロクのキャンパスライフの一端を覗き見する最初で最後の機会となった。毎年、夏には寮が閉鎖になるので、里帰りしていたが、チェーンの居酒屋や引っ越し作業などのアルバイト、語学学校やサマースクールで知り合った日本人の友人たちと遊んだりで、家族との食事や会話の時間はめっきり減っていた。もう成長は頭打ちになっていて、父親と同じくらいの身長にしかならないことがわかり、残念な気がしたが、筋肉で背の低さを補おうとかなりハードなトレーニングに打ち込んだようで、高校時代の華奢《きやしや》な印象は完全に消えていた。キャップのコレクションが自慢で、広いキャンパスをスケートボードで移動する様は典型的なヒップホップ系の若者だった。昔はヴォイス・パーカッションなどやっていたが、今はオペラの声楽レッスンに励んでいた。オペラとヒップホップのミスマッチは本人が意図的に演出しているようだった。

ハートフォード大学はオバマ大統領が訪れたことがあり、その際に「ハーバードではなくハートフォード」という自虐的ないい回しがネット上を駆け巡ったらしい。ミロク以外の日本人の学生はダンス専攻に一人だけいたが、すでに卒業し、ミュージカル女優になったという。この完全アウェイのキャンパスで、ミロクはどういう交友関係を築いたのか、私の関心は主にそこにあった。

カフェテリアで休んでいる時、ミロクは不意に「今付き合ってる彼女、紹介するよ」といい、小柄な女子を連れてきた。彼女も、私たち夫婦も、軽い戸惑いとともに挨拶を交わした。マロリーという名のその子はソプラノ専攻で、プログラミングの勉強もしていると自己紹介した。ニューヨークのブルックリン出身で、両親はともにハイチ系だという。勝手にアジア系やヨーロッパ系の女子を想像していたのだが、中米の黒人だったので、意表を突かれた。ニューヨークを訪れた折には家に泊めてもらい、食事をご馳走になったりしているとも聞いていたので、その礼を述べた。

後でミロクに、彼女の何に惹かれたか訊ねると、こんな答えが返ってきた。

——オレの周りの白人女子は朝から晩まで自己チューで、他人には何の関心も払わないけど、マロリーはオレの話をちゃんと聞いてくれる。彼女の影響もあって、オペラへの関心が強くなってきた。バス歌手が少ないこともあって、今度、学生プロダクションで上演するヨハン・シュトラウスの『こうもり』に一緒に出演することになった。彼女はウィーンに留学するんだけど、オレも一緒に行ってもいいかな？

——おまえはウィーンで何をするつもりだ？

——音楽の都を満喫したい。

——そんな母さんみたいなことというな。

要するに少しでも長く彼女と一緒にいたいだけなのだろうが、直感的にミロクが彼女の足手まといになりそうな気がして、この話には深入りしなかった。「旅費を半分だけ出してやるので、残りはバイトで稼げ」といったのは、そのうち諦めるかもしれないと思ったからだった。

マロリーがミロクの最初の相手かと思ったが、セックス・フレンドはほかにもいるようだった。ルームメイトは韓国系アメリカ人のレイチェルで、ミロクがいうのには「悩み多き乙女」で、よく相談に乗っているらしかった。男の友達には、ボリビア出身で、テノールとダンス専攻のアイザックという虚言癖のある奴、日本人とのハーフで、典型的オタクのアレックス、一年で退学したが、フィラデルフィアでヨガ・インストラクターになったマットといった面々がいた。

ハートフォードはメトロポリタン歌劇場やウィーン国立歌劇場で活躍する歌手を多数輩出

していて、各学年の成績優秀者なら、その実力は十分備わっているようだった。後に、ミロクの同級生が、毎年松本で開催される音楽祭にカバー歌手として参加した折、ワインを奢ったが、よく喋るアフリカ系のオタクだった。

ミロクのInstagramやFacebookを見る限り、交友関係の年齢や職業の幅も割に広く、父親よりもよほど社交的に見えるが、心通じ合う友人は父親と同様、三、四人にとどまるようだった。

ハートフォード大学では舞踊家折原美樹の夫スティーブンがダンス科の教授を務めており、クリスマス休暇で寮が閉鎖されている折などニューヨークのアパートにベッドを提供してくれていたので、そのお礼にディナーに招いた。スティーブンとの会話を聞く限り、ミロクの英語はほぼバイリンガルのレベルに達していて、留学にかかったコストの一部は回収できた気がした。

ニューヨークを経由して帰国した後、ミロクからウィーン行きはやめることにしたという連絡があった。どうやらマロリーから留学を節目に別れ話を切り出されたらしい。

ヴェネチアでメメント・モリ

ニューヨークでのサバティカル明けから五年間、大学教員の職務に励み、再びその権利を獲得できた。小説の方は日経新聞電子版に『往生際の悪い奴』を連載中で、河出書房新社の日本文学全集のために井原西鶴の『好色一代男』の現代語訳を仕上げることになっていた。ほかにもトーレ・デル・ラーゴのプッチーニ・フェスティバルでイタリア人キャストによる『Jr．バタフライ』の再演があり、その演出を担当したが、二〇一四年の私のメイン・イベントはヴェネチアに半年間、暮らすことだった。

二十代の頃からの知り合い、ロベルタの尽力で、カ・フォスカリ大学からの招聘を受けることになり、リアルト橋まで徒歩五分という好立地のアパートを借りることができた。しかも週に一度、ハウスキーパーのおばさんが掃除と洗濯に来てくれる。ロッシーニの肖像画や東西ドイツ統一時のシンボルとなった『キス』で知られるフランチェスコ・アイエッツの生家であるらしく、観光客が記念写真を撮ってゆく隠れた名所になっていた。

大学では二週に一度くらいシンポジウムに出席したり、トーク・セッションや対談を行うことになっていたが、ヴェネチア国際映画祭に招待された塚本晋也監督と公開対談をしたり、映画祭のパーティにも招待されたりして、最初のうちは慌ただしく、また浮かれ気味に過ごしていた。ヴィザの取得にも手間がかかったが、居住登録のために移民局に何度も足を運び、ロシアやインド、中東やアフリカからの移民たちを身近に感じる経験もあった。

ヴェネチアには何かと縁があり、二十代の頃の初訪問以来、九回も滞在している。いつ訪れても、町の佇まいは変わらないのだが、私は少しずつ老いているので、ヴェネチアは実質、私の老いを映す酷薄な鏡となっている。しかし、老いることができるうちはまだまだ若い。ヴェネチアはすでに都市の化石となっていて、時間も閉じ込められている。商業、軍事の中心として栄華を極めたのは七百年も前のことで、大航海時代にはもう没落が始まっており、ゲーテが訪れた十八世紀後半には、ギリシャと同様、完全に観光地になり果てていた。トーマス・マンがベニスに滞在したのは二十世紀初頭で、『ベニスに死す』に描かれたポーランド貴族の美少年タジオは実在し、マン自身も魅せられたようである。栄誉と威厳を獲得した老文豪アシェンバッハ先生は完全にストーカーと化し、家族の部屋を窃視《せっし》し、少年に熱視線を送りながら、尾行する話であるが、いざヴェネチアに住んでみると、こういうストーカーまがいのことをやってみたくなるものなのである。

『ニッチを探して』以来、徘徊癖に磨きがかかっていたこともあり、ヴェネチアではスニーカーを三足履き潰すつもりでほっつき歩こうと決めた。鮭のように秋にヴェネチアに戻ってくるイギリスの老婦人や、一年のうちの三ヶ月を過ごすという引退したアメリカ人弁護士といったリピーターの先輩たちと知り合ったが、それぞれ静かに、熱くヴェネチア愛を語るのだった。サンマルコ寺院のドルビーステレオを思わせる抜群の音響効果、霧に覆われ、水墨画のように脱色されたザッテレと運河の佇まい、カフェ・フローリアンのハンサムなウエイターたちのお世辞など、先輩たちのお気に入りの風物は数知れない。

私は大運河の両岸に立ち並ぶ壮麗な宮殿や各広場にそびえる大伽藍《がらん》よりも、路地裏や袋小路にばかり関心が及ぶ。石畳や教会の壁、橋の階段や家の鎧戸《よろいど》には、いつの時代にかヴェネチアに暮らした人、ここを通過していった人の痕跡や気配がこびりついている。それは記念碑や石像だったり、落書きであったり、汚れや傷だったりするが、どれも書物や絵画のように読み解くことができる。日々の散歩を通じ、町の細部に精通し、自分だけのニッチを見つけることができれば、よそ者に冷たいヴェネチアも少しずつ懐を開いてくれる。娼婦の溜まり場だったおっぱい橋、検死した死体を運び出した解剖橋、シャイロックが住んでいたゲットー広場、アカデミア橋近くのバーカロ「イル・ボッテゴン」、リアルト橋たもとの顔なしマリア像、サンマルコ広場近くの古書店「アクア・アルタ」、ムラノ島の船着場近くにある場末感あふれるゲームセンターなどが、私のニッチ・コレクションに入った。

ヴェネチアが酒好きにフレンドリーであることも、私の徘徊趣味を一層強化してくれた。酒場の数ほどある教会にはティントレットやティツィアーノの名画もあるが、そこは素通りし各区域に行きつけのバーカロを作ることに専心した。ヴェネチアのローカル・カクテルに白ワインにカンパリかアペロールを加えた「スプリッツ」というものがあり、これを一日四杯飲むのがヴェネチア人の証だとされる。元々「燃費の悪い」私には好都合で、スタンプラリー気分でハシゴを重ねてゆく。サンマルコ周辺の高級カフェでスプリッツを立ち飲みするところから始め、リアルト橋のたもとに軒を連ねるバーカロでプロセッコを飲み、サン・ポーロ広場に向かう商店街で揚げ物をつまみ、さらにフラーリ教会のそばではビールを飲み、そこからサンタ・マルゲリータ広場に出て、若者が集う店で赤ワインのボトルを空けてゆく。小腹がすけば、奥のテーブル席でパスタを食べ、食後にグラッパを二杯あおる。

こうして一人のウブリアッコ（よっぱらい）が路地に放たれる。おぼつかない足取りで歩けば、いつ運河に落ちてもおかしくないのだが、意外と転落事故が少ないのは、酩酊しながらも安全を確保しようと、壁に沿って歩くからだ。結果、コートやジャケットの袖や肩口が古い煉瓦でこすれ、赤く汚れる。映画『旅情』でキャサリン・ヘップバーンが落ちたのはサン・バルナバ広場の運河だったが、彼女は後ずさりしたせいで落ちたのである。

レストランの食事はナポリやトリノと較べるとさほど美味しくもなく、やたらに高い。バーカロのハシゴに飽きると、本格的に料理に熱中した。徒歩五分のリアルト橋には毎日、鮮魚市場が立つ。鮮度は抜群で、私の目利きではどれも刺身で食べられる。クロアチア人の家族が経営する魚屋が最も品揃えも豊富で、常連になった。ブレンタ川の河口に位置する土地柄、汽水域のスズキが安く売られていて、ここではカルパッチョにする。墨イカも安く、これは刺身やイカ墨パスタにする。ヴェネチアは干潟なので、アサリも豊富で、ボンゴレも定番料理だ。地中海マグロや北海のサバ、タコ、ウナギ、キンキ、アンチョビの原料のカタクチイワシなどもあり、食卓のバリエーションはいくらでも広がった。ヴェネチアには寿司屋がないので、ロベルタとこっそりアングラ寿司屋を開店しようかと相談し、板前お勧め十貫のラインナップまで考えたくらいだ。生協に行けば、鶏豚牛のほかウサギ肉や子牛肉、パドヴァ特産の馬肉もあり、米の種類もリゾット用、ジャポニカ、インディカ、ワイルドライスと揃っており、生パスタの店、チーズ、ハムの専門店は近所にあり、一駅手前のメストレまで行けば、中華素材店もある。

徘徊、ハシゴ酒、料理にかまけるうちに、三ヶ月は瞬く間に過ぎた。近所の酒屋に行くたびに一リットル二ユーロの安ワインを六リットル買うのだが、一週間で飲み干す。むろん、バーカロでも飲むので、生涯で最も大酒を食らっていたことになる。部屋に爬虫類が蠢《うごめ》く幻覚こそ見なかったものの、アルコール依存の度合いが進んでいる実感があった。

　十月中旬頃から、おのが老眼に映る観光地の光景はすっかり色褪せ、霧に包まれた日や雨の日の路地、深夜や明け方の閑散とした広場に佇んでいると、漠とした憂愁に囚われる。二日酔いの日には、ホルムアルデヒド臭いため息を漏らしつつ、日当たりの悪い部屋で一人、成瀬巳喜男や溝口健二の映画をYouTubeで観ていた。

　何処にいても教会の鐘の音、波音、子どもの泣き声やガールズ・トーク、工事の騒音、アクア・アルタの警報は聞こえてくるが、どれも憂いを帯び、意味深な残響を伴っている。自分の耳が集音器になったみたいに、アパート近くの路地のひそひそ話の内容までわかるくらいだったから、鬱状態の時は被害妄想も亢進するに違いない。

　私の憂愁の原因は緑が少ないせいでもあった。長年、多摩丘陵の自然によって精神衛生を保ってきた身に、石造りの人工島は硬く、冷たく、重かった。建物の内側には箱庭的自然はあり、木や花を愛《め》でることもできるのだが、森と呼べるほどの自然と接したければ、リド島に行くか、ヴェネチアを出るしかない。時々、気分転換のために本島を脱出し、パドヴァやトレヴィーゾ、ウーディネ、ヴェローナ、ヴィチェンツァ、ラヴェンナ、バッサーノ・デル・グラッパなど近隣都市に出かけた。

　結局、何処に行っても、飲んだくれる以外にすることはなく、妻に「お酒を飲むのはせめて五時過ぎてからにして、週に一度は休肝日を設けた方がいい」とか、「もっと体を動かす趣味を持った方がいい」などといわれた。この自堕落ぶりは『好色一代男』の現代語訳をするうちに世之介に影響されたか、『往生際の悪い奴』で初老男の欲望を全開にしていたことに由来する。

「体を動かす趣味」といわれて、思い至ったのは、せっかくヴェネチアにいて、暇を持て余しているのだから、私が見つけたヴェネチアのニッチを映像に残しておくのも悪くないということだった。ロベルタの後輩にルーカという物知りの奇才がいて、定職につかず、ヴェネチア・ビエンナーレの韓国館でアルバイトをしている。ボディ・ペインティング・アーティストとして活躍しているルーカの彼女コリーネも、やはりアルバイトで暮らしている。この二人を飲みに誘い、短編映画を作るのに協力してくれないかと持ちかけ、仲間に引き摺《ず》り込んだ。

『ヴェネチアの死者』というタイトルのシナリオを書き、それを自ら英訳した。ふと目覚めると、私は海にかかる橋をゆっくりと走る列車に乗っている。終点はヴェネチアのサンタルチア駅。わけもわからぬままヴェネチアの路地を歩き回るうちに、犬を連れた男に「マエストロ・シマダ、もうこちらへいらしたんですか?」と声をかけられる。そこは死者たちが集い、転生の順番待ちをし、転生後の暮らしを楽しむ死都ヴェネチアである。私はここで十年前に死に別れた恋人アンナを見かけ、その消息を追いながら、死んだ母やお節介な死者たちと交流する。

ロベルタの小学生の娘のコリーネは転生した母親役、アンナ役は多くの学生映画で主演を務めたアマチュア女優が演じてくれた。また、ロケで無人島のポヴェリアにも渡った。プライベート・ボートがなければ行けないのだが、学部長の夫が休日に船頭を務めてくれることになった。ポヴェリア島は半世紀ほど前まで隔離病棟が置かれていた島だが、今は廃墟化し、管理人すらいない。しかし、気配だけは濃厚で、霊感の強い人なら、島のそこかしこで幽霊を見るだろう。

ヴェネチアに来る前に「死都東京」という短編を書いていて、独自に「あの世」のイメージを開発した。最も古くからあるパラレル・ワールドとしてのあの世には古代ギリシャのハーデス、『神曲』の地獄、煉獄、天国など、極めて具体的な細部を伴ったものもある。自然界には存在しないが、仮想空間、人工空間としては実在するところは、都市や電脳空間と同類のものと考えることができる。死者たちは、現実の都市や電脳空間と同じような構造、地理、多様性を持ち、この世に並行して存在するあの世に暮らしている。この世とあの世は夢や瞑想、幻覚、病などを媒介にして、往来が可能であり、相互に干渉し合っている。そんな仮説を立て、心臓発作で急死した男が七十二時間にわたり、あの世を探索し、懐かしい死者たちと親しく交わる記録を書いたのだった。

ヴェネチアは生きている人の人口よりも死者の人口の方が多いに違いない。以前、佐渡島《さどがしま》を訪れた折にも似たような感慨を抱いた。九百年も前から頻繁な人の往来があり、この街を通り過ぎていった者、ここで死んだ人も数えきれない。交通の要衝にある密集したコミュニティでは、ペストやコレラの大流行によって人口の半分が失われるようなこともあった。ペストの死者を運び出すためにボートを黒く塗ったのがゴンドラの由来という説もある。昼間は働く人と観光客で、本島の人口は三十五万人に膨れ上がるのだが、深夜になると五万人まで減り、限りなくゴーストタウンに似てくる。夜中の二時半頃に友人の家から自分のアパートに十五分かけて歩いて戻ったことがあるが、誰一人すれ違う者はなかったにもかかわらず、細い路地奥から低いうめき声が絶えなかったのが不気味だった。

冬はしばしば街が濃霧に紛れる。視界三メートルというような日は何もかもが曖昧になり、死者もタイムトラベラーも吸血鬼も容易に街に溶け込める。ある霧の日に漫然と海を眺めていたら、沖合いに小さな人影が横切ってゆくのが見えた。空目か、蜃気楼か、あるいはゴーストか、スマホのカメラを望遠にして確かめると、砂洲で潮干狩りをしているのだとわかった。

もし、死に場所を自由に選べるとしたら、ヴェネチアで死ぬわけにはいかないだろうか、と思った。私は漠然とこの古都に寄生する亡霊になりたくもあった。ロシアから亡命した詩人ヨシフ・ブロツキーは故郷ペテルブルグにそっくりの運河の都ヴェネチアをこよなく愛した。とりわけ対岸にジュデッカ島を望むザッテレの佇まいが気に入っていた。詩人の死後、その愛読者が彼の肖像レリーフを壁に飾った。ヴェネチアにはサンミケーレという墓地だけの島があり、そこにはストラヴィンスキーやディアギレフの墓もある。むろん、それだけでは私がヴェネチアで死にたいと願う理由の説明には足りないが、これだけはいえる。ヴェネチアは死者からの引き寄せが極めて強い土地である。

クリスマス休暇にはミロクもヴェネチアを訪ねてきて、数日間の一家団欒があった。フェニーチェ劇場の『椿姫』の古いプロダクションを奢ってやり、観劇がてら就職活動はどうするつもりなのか、訊ねてみた。一般企業への就職は微塵も考えておらず、卒業後一年の猶予期間が欲しいといった。その間にアメリカ国内の歌劇場などでインターンシップの実績を積み、その後はフリーランスでオペラ関係の仕事をする志を立てたようだった。アメリカでのインターンシップは外国人が潜り込むにはハードルが高いし、劇場への就職となると、その三倍くらいは狭き門になる。前途多難ではあるが、オペラへの情熱は人一倍持っていることは確かめられた。

ミロクはハイスクール時代の友人を訪ね、ストックホルムに寄った後、正月を両親不在の東京郊外の自宅で友人たちと過ごし、コネチカットに戻った。私たちは真冬のヴェネチアを二週間ほど満喫し、カーニヴァルが始まる直前に帰国した。滞在期間は半年だったが、その間に四年ほど老化が進んだような気がした。一つは深酒のせい、もう一つは死都の憂愁に毒されたせいだと思う。渡欧直前に『往生際の悪い奴』の連載を完結したが、自分より五つほど年長の中年鬱の主人公の心情を微細に掘り下げ、娘ほどの年齢の女子との恋に持てる余力と技術の全てを捧げる一部始終を描いた。それは五年後の未来の退廃的な自画像でもあった。

若返り作戦

帰国後は老け込んだ分を取り返すリハビリに励んだ。まずは酒量を減らすことに努めたものの、ワインが日本酒に、グラッパが泡盛に変わっただけだった。だが、腕立て伏せや腹筋運動、ラジオ体操を日課に組み込み、鈍った体に活を入れたら、その成果がすぐに目に見えるようになった。冬枯れの多摩丘陵でさえ、自然から遠ざかっていた者には優しかった。ニューヨークから戻った時には竹細工にはまっていたが、今回は奥多摩や丹沢の沢で拾ってきた石を配置し、砂利を敷き、屋上にミニ枯山水を作ることに一時かまけていた。もっとも、このにわか趣味は若返りには全くつながらなかった。

ヴェネチアに行く前からBS朝日放送の「新・にほん風景遺産」という番組のレギュラーを務めていたが、本格的に復帰し、火曜、水曜に大学で講義をし、木曜から週末にかけ、日本国内の何処かを旅していた。二泊か三泊の短期の旅だが、旅程が圧縮されており、名所名跡巡り、地元有識者との対面、名物料理の賞味、酒蔵訪問、そして夜の飲み会と、旅先の魅力を味わい尽くすことになっていた。天皇の巡幸か、弥次喜多道中を模倣したような地方行脚のお陰で、現在の日本の地方都市の実情がよくわかった。愛媛松山では温泉三昧に加え、ケンカ神輿《みこし》を見物、能登では焼き牡蠣を飽食、西表島《いりおもてじま》ではマングローブ林で巨大シジミとガザミ採りに熱中し、小豆島《しょうどしま》では農村歌舞伎見物と猪料理、醤油造りにフォーカスし、気仙《けせん》沼では震災後の町の復興とフカヒレ加工に寄り添い、唐津ではイカの踊り食い、日田ではうるかと天領水を堪能、福井では天空の城と越前ガニに注目、野沢温泉では火祭りに参加といった具合だった。

法政大学への勤続年数は十二年になった。受講者の多いリベラル・アーツの「文学」や「サブカルチャー論」のほかに、映画の実作を行うゼミや日本学の修士論文指導、大学院の文芸創作の講座などを通じ、多くの教え子を世に送り出してきた。サバティカル明けは学生の私への期待度が高まり、それを受けて私の教育熱も刺激されるのだろう、ゼミに面白い人材が集まる傾向が見られた。映像制作に本格的に取り組み始めたのはニューヨークから戻った二〇〇九年くらいからだが、それ以来、島田ゼミの伝統となり、毎年、ゼミ内に複数のチームができ、映画の競作を行うようになった。過去には三千枚ものセル画を描き、アニメを作った学生、オリジナル・スクリプトによる三十分の劇映画を制作した学生もいた。

毎夏、三浦海岸や河口湖にあった法政大学の保養施設でゼミ生の創作意欲を促す合宿を行ったものだが、こうした学生との密な付き合いによって、自分の精神年齢は若さを保っていられたようだ。この先はミロクよりも年少の学生を指導することになるが、彼らとの交流が終われば、老化は一気に進むものと思われた。

安倍晋三と極右グループによる悪政と反知性主義の蔓延にますます拍車がかかる中、自らの精神衛生を保つには、政治風刺小説でも書き、せめて自らの空想の中で虫けらどもをひねり潰すしかなかった。現実の政治はフィクションよりよほどナンセンスな、スラップスティックと化していた。当事者たちは至って大真面目という笑えない状況を逆手に取って、世襲であること以外取り柄のない無能な首相の意識に入り込み、彼が抱え込んだ交代人格が暴走する様子を描きつつ、その首相を巧みに操ろうとする二重人格のスパイの活躍を追いかける、そんな小説を構想してみた。『虚人の星』というタイトルで「群像」に連載し始めたのだが、毎月定期的におのが政治的不満をぶちまける擬似的復讐の儀式にはなった。

二〇一五年は安倍政権に対する抗議デモが拡大したことで記憶されるべきだが、その中心的役割を果たしたのが学生団体「SEALDs」だった。七〇年代安保闘争以来、実に四十年以上の長きにわたり、政治デモとはほとんど無縁だった日本社会に突如、新手の自発的不服従運動が湧き起こったことに一縷《いちる》の希望を見る思いだった。彼らの父親世代に当たる私は何らかの支援をしたいと思い、安保法制反対の国会前デモに出かけたところ、SEALDs関連本を出版した河出書房新社の編集者坂上《さかのうえ》陽子経由で急遽演説を依頼され、マイクを握ったのだった。

この後、『優しいサヨクの復活』、『筋金入りのヘタレになれ』といった新書を相次いで出版したり、法政大学にSEALDsの学生諸君と支援者を呼び、シンポジウムを開催したりして、援護に努めた。そんな中、SEALDsを批判し、安倍政権を礼賛する反動的学生グループまで現れたが、これは官邸が内閣官房機密費を使い、統一教会の学生信者たちを動員したブラックプロパガンダだったことが後に判明した。これほどまでに姑息《こそく》で、みっともない政権が、かつてあっただろうか？

憲政史上最低の宰相安倍晋三は史上最長の在任期間を記録した。あえて罪人期間と誤変換したくなるが、この八年間に、小学四年生は選挙権を持つ十八歳になっている。彼らは物心ついた頃から安倍の顔と空疎なコトバに接し、虚偽と隠蔽に満ちた独裁政治が公然と承認され、官僚、メディア、企業と、あらゆる領域の大人が事なかれ主義に徹し、自発的服従に甘んじる様を見てきた。あるいはあえて見て見ぬ振りをしてきた。彼らの政治的無関心は自我の崩壊を防ぐ防衛手段だったのかもしれない。しかし、こうした体質が内面化された若者にとって、自民党を支持するのはごく自然なことで、政権批判をするのは学校に放火するのと同じくらいの蛮勇が必要とされるのかもしれない。


大学卒業に伴い、ミロクは寮を引き払い、冬服や寝具など一式を友人のアパートに預かってもらい、サンタフェに向かった。ある年齢以上の日本人はサンタフェと聞くと、反射的に宮沢りえの裸体を連想するが、オペラ・フェスティバルでも有名で、ここのステージに立った歌手は後にメトロポリタン・オペラでも活躍するようになる。

ここのインターンシップはかなりの狭き門らしいが、美術専攻の学生が舞台監督の助手を務めることが多いらしく、音大出の日本人の演出志望は珍しがられ、採用されたらしい。フェスティバルの会期中、ずっとサンタフェにいるというので、私も妻と出かけてみることにした。

サンタフェの町自体はスペイン植民地風のテーマパークみたいなものだが、周辺には先住民プエブロの観光集落や原爆開発で知られるロスアラモスなどがあり、被爆国の人間として後者を素通りできまいと思った。

ロスアラモスは現在も先端科学の研究所が置かれ、機密漏洩への警戒のためか、町に入るのにパスポート・コントロールを通らなければならなかった。戦時中、ボーイスカウトのキャンプ場だったところに原爆開発を目的とした秘密研究所が作られ、オッペンハイマーら学者たちはそこに隔離されていた。なぜニューメキシコ州かといえば、敵国からの空爆を避けるために、海から離れ、内陸深くに引き籠る必要があったからだ。こぢんまりした中心街にはブラッドベリー科学博物館があり、広島、長崎に投下されたリトルボーイとファットマンのレプリカが展示されていた。博物館の基本的立場はホワイトハウスと同じで、原爆投下を「野蛮な行為」とは考えず、「戦争終結のためには不可避だった」としていた。七年前にメトロポリタン歌劇場で観たオペラ『ドクター・アトミック』でオッペンハイマーが苦悩に引き裂かれるシーンを思い出したが、博士をナイーブと捉える感覚の方がアメリカでは主流なのだろう。もっとも、唯一の被爆国の象徴だった昭和天皇も折々の為政者もアメリカに追従し、「やむを得なかった」としかいえないのである。

サンタフェ・オペラの周辺は巨大駐車場になっていて、早い時間からここに来て、BBQを楽しむグループもあった。ミロクの案内でバックステージ見学をしたが、スタッフとは和気藹々とやっているようで、こんな砂漠とオペラしかない町にも適応していることに安心した。これからミロクはフリーランスの演出助手、舞台監督補として、経験を積んでゆくことになるのだろう。別の世界に踏み出すのを祝福してやりたかったが、収入は不安定で、福利厚生もない業界に何処まで食い下がれるか、黙って見ているほかなかった。ミロクの従兄弟たちは大手メーカー、銀行、不動産業に就職し、ミロクと同い年の教え子たちも広告代理店、ＩＴ企業、商社に就職した。順調に出世の階梯《かいてい》を上れればいいが、社内の人間関係に苦しみ、適応障害になり、早々に転職したという話もよく耳にする。どんな職種であれ、やりたい仕事ができる者が最も恵まれている。

ミロクはサンタフェ・オペラのシーズン終了後、ニューヨークに飛び、大学卒業後一年のフリーランス修業を積むことになっていた。いわゆるワーキングホリディ、あるいはワーケーションというやつである。マンハッタンのアパートの家賃は唖然とするほど高額なので、ハーレムの遥か北、百九十八丁目のアパートを友人とルームシェアすることにしたが、それでも家賃は月額八百ドルほどになる。

生活費の半分は私が負担してやったが、残り半分はアルバイトで稼いでもらわなければならない。ハイスクール時代から、スポーツバーや売店のレジ打ち、楽器の練習部屋の管理、リサイタルマネージャーなどのアルバイトを重ねていたが、ニューヨークではラーメン屋の店員、ポピュラー音楽の殿堂ラジオ・シティ・ミュージック・ホールのチケットもぎり、ジャパン・ソサエティの雑用係などをやっていた。地下鉄運賃を節約するため、移動には自転車やスケートボードを駆って、アパートからミッドタウンまでの百五十ブロックもの距離を往復していた。

メトロポリタン・オペラの天井桟敷席にも通い、ワーグナーやヴェルディ、プッチーニの「定番」を押さえつつ、『ドクター・アトミック』に興奮し、早世したバリトン歌手ディミトリー・ホロストフスキーのリサイタル後、出待ちして2ショットを撮らせてもらったりして、オペラ・ファンの経験値を上げていた。二十七年前、父親もニューヨークに暮らし、メトロポリタン・オペラに通い、ドミンゴ、パヴァロッティ、ジェームス・モリス、ギネス・ジョーンズ、ジェシー・ノーマン、エディタ・グルベローヴァといった当代の名歌手たちの生声に接したが、よもや息子が同じ轍《わだち》をなぞるとは一ミリも思わなかった。

コロンビア大学のアンドラ教授は時々、ミロクを食事に誘ってくれていたようで、その報告をメールで書き送ってくれた。アンドラ家はハーレムのカソリック教会に毎日曜日に礼拝に行くのだが、ミア夫人は教会の合唱団の一員でもあり、歌心のあるミロクも誘ってくれた。仏教由来の名前を持つミロクが教会で地元のアフリカ系の信者たちと一緒に讃美歌を歌う光景を想像し、微笑を誘われた。

滅亡後の心得

『虚人の星』を完成させた後、私は文明滅亡後の生き方の具体例を書き残しておく必要を感じ、『カタストロフ・マニア』を「新潮」に連載した。これは当初、「黎明期の母」というタイトルだった。隕石衝突で地球環境がリセットされ、滅亡した大型爬虫類に代わって登場した哺乳類の祖先エオマイアがラテン語で黎明期の母を意味する。

　太陽のフレア爆発によるコロナ質量放出が起き、巨大な磁気嵐が地球を襲い、世界的に大停電が発生する。新薬の治験ボランティアを行っていた主人公「ミロク」が半ば騙される形で人工冬眠させられ、二週間ぶりに目覚めると、病院からも街からも人が消え、たった一人取り残されていた。大停電により、交通、放送、通信、流通、ガス、水道などあらゆるインフラが機能停止に陥っており、都心では逃げ遅れた少数の人々によるサバイバル生活が始まり、郊外では食料生産や発電を自らの手で行う自給自足の集団生活が営まれていた。この間に研究室で人工的に作られた「ボトルネック・ウイルス」が蔓延していた。これは人類に淘汰を促し、支配層だけを残して人口調節を図る国際的な陰謀が密かに進行しているとの疑いを抱くハッカーもいた。ミロクは天才高校生ハッカー菊千代、中年テロリストのモロボシらとともに、支配層向けシェルターへの潜入を試みる。復興や政治経済の立て直しはＡＩの手で進められ、支配層は淘汰が済むまで冬眠でやり過ごそうとしていた。

　カタストロフと淘汰、パンデミックとＡＩの専横、石器時代への回帰と産業革命の反復、政治、経済、学問の終焉、新旧人類間の闘争といったテーマを描いたのは、息子の世代への私からの贈与のつもりだった。日本に限らず、世界が近未来に直面するカタストロフには、地震、津波、台風、火山噴火、コロナ質量放出、隕石衝突、パンデミック、戦争、暴政などがあり、どれもかなりの高確率で起きる。その際に生き残りの心得を説いた手引き書があれば、死なずに済む人が増えるに違いない。主人公を息子と同名に設定したのは、ミロクに最適な生存戦略を取るよう仕向けるためだった。部屋の整理整頓すら苦手なミロクのサバイバル能力は控えめに見ても高いとはいえない。主人公もこれといった特技のない、引き籠りのゲーマーであるが、人類の生存競争に最終的に生き残るのは、案外ミロクのようなタイプであるという希望的主張をしたのは、屈折した親心だった。

この後、私は「文藝」に実に二十年ぶりの青春小説、『絶望キャラメル』を連載した。テレビの紀行番組で訪れた福井県大野市をモデルにし、地方都市に埋もれている天才を発掘し、野球、アイドル、微生物研究、小説の四つのジャンルで彼らの才能を開花させ、町の人的財産に仕立てるという「画期的町おこし」の一部始終を描いた。四人の高校生のメンターになるのは、親戚が住職を務める寺を継ぐために町にやってきた、新米の坊さんである。漱石の『坊っちゃん』は英語教師だが、こちらは文字通りの「坊さん」である。

さらに『人類最年長』を「文學界」に連載し、私より百歳年長の一八六一年生まれの男の百六十年に及ぶ来歴を一気に駆け抜け、市井に暮らす者の意識に投影された日本近代史を描いた。横浜の文明開化風俗、寄席の賑わい、露天商の暮らし、樋口一葉との付き合い、日露戦争従軍、関東大震災と朝鮮人虐殺、空襲、焼け跡闇市、戦後復興、東京オリンピックなどを、タイムマシンで見聞してきたように描き出すことを目指した。

これとちょうど対になるのが『君が異端だった頃』で、こちらは私がいかに小説家になったかの履歴を語る私小説である。なぜこの期に及んで、少年時代や作家駆け出しの頃を回想しようと思ったのか？　一つには自分の記憶に不安があったからである。ヒトの脳の容量は限られており、メモリーがいっぱいになると、途端に動作が鈍り、固有名詞が出てこず、「あれ、あれ」が増える。自分と同世代の人間でも若年性アルツハイマーを患う者もいて、他人事《ひとごと》ではない。私は自分の記憶力には自信があり、とりわけ「どうでもいいこと」をよく覚えているのが取り柄だったが、もしその特性が失われたら、私小説も回想録も書けなくなるし、歴史の証言もできなくなる。データをクラウドに保存するように、自分の脳や身体に刻まれた記憶をテクストにトランスファーしておけば、私の死後、記憶が独り歩きしてくれ、私にまつわる誤解を解いたり、新解釈を施してくれる可能性が広がる。

歴史に対する責任を果たすといえば大袈裟だが、公的であれ、私的であれ、どんな情報も三十年が経過したら、全て公開されるべきであるとも考えた。誉より恥の方が多い人生でも、それを秘密にしないことによって、私は誠実でいられる。カソリック信者のように、懺悔《ざんげ》をする筋合いはないが、フィクションライターの特権を濫用して、散々、嘘をついてきたので、その罪滅ぼしの意味で、本当のことを打ち明けてゆくべきとも思った。少なくとも、そうすることで、すぐバレる嘘を煩悩の数以上に繰り出した元首相よりも道義的でいられる。

ミロクは二〇一六年の秋に日本に戻ってきた。二〇〇八年秋、バラク・オバマが大統領に当選した年から、彼が二期目の任期を終え、ホワイトハウスの主人がドナルド・トランプに代わるまでのちょうど八年間をアメリカで過ごし、オペラの世界に深くコミットする決意とともに帰国した。サンタフェ・オペラで偶然、新国立劇場のスタッフと知り合い、そのコネクションを通じて、帰国後は新国立劇場のプロダクションに助手として加わることが許された。また、私と小栗氏の古いコネクションを通じ、兵庫県立芸術文化センターのオペラ・プロダクションにも参加した。専門知識や英語能力、スコアリーディング、体力など求められるものが多い割に、給料が安い業界で、フリーランスとして何処までやれるかは未知数ながら、本人のモチベーションが高いので、こちらからは何もいうことはなかった。

自宅のミロクの部屋は中学を卒業した当時のままで、本棚には相変わらず、こども百科とポプラ社の伝記シリーズ、漫画『三国志』全巻が並んでいた。ミロクは特に懐かしがることもなく、作りつけの高床ベッドに横たわり、漫画ではなく、スコアを読んでいた。

二十四年生き、そのうちの八年間、日本を留守にしていたので、今の日本は全く別の国に見えるのではないかと訊ねると、ミロクはこういった。

——今までも観光には来ていたので、そんなに違和感はなかったよ。

——日本はおまえにとっては観光地か？　ノスタルジーとかないのか？

——もともと近所に友達いないし、日本の学校と縁を切ってから、同級生との交流も途絶えた。

高校一年の夏まで同じクラス、同じクラブにいたミロクが姿を消した時、友人たちはどう反応しただろう？　最初のうちは寂しがったかもしれないが、二週間後にはシールを剝がすように記憶から抹消しただろう。ミロクも同じように過去を封印し、新たな人間関係構築に努め、環境に適応した人格を身につけようとしたのに違いない。

——日本語は錆び付かなかったか？

——自分の日本語がどんどんおかしくなっていくという自覚はあったよ。親父の本を読んで、取り戻そうとしたけど、親父の日本語も変だろ。

——格調高い日本語といってほしいね。どんな時に自分を日本人だと意識した？

——自分はどうあるべきかで悩んだことはあったけど、アメリカ人になろうと思ったことはないよ。アメリカにいる時はアジア人だと思っていた。

——差別は経験したか？

——大学にはフラタニティのクラブがあって、WASP連中がつるんでて、感じ悪かった。黒人のグループもあったけど、オレたちはどっちの仲間にもなれないし、中国人や韓国人のグループもあったけど、何処にも入る気はなかった。

——刑務所では孤立状態では生きていけないぞ。

——刑務所に行く気はないけど、もしそうなったら、チカーノの仲間に入れてもらう。

——イソップ童話のコウモリみたいに生きていけ。

——コウモリにもモグラにもなるよ。必要なら犬になるけど、突然、猫になったりする。

——おまえはオレより人懐こいから、他人の慈悲に縋《すが》れる余地がある。

——十六歳で放牧に出されたんだから、オレは大丈夫だよ。

父親は二十四歳の時にはすでに小説家としてデビューし、保守派の文豪に喧嘩を売っていた。ミロクは父親より長い放牧期間、養育期間を過ごしているのだから、これ以上の心配には及ぶまいとようやく思い至った。晴れて教育の義務から解放されたわけだが、まだ肩が軽くなった気がしない。息子より若い世代が暮らしているこの社会は、私たちが若かった昭和末期よりも確実に劣悪化しているからだ。

オペラのプロダクションが跳ね、家でくつろいでいるミロクを誘って、久しぶりに近隣の森に散歩に出た。こちらはややノスタルジーを引きずり、グラブを持参し、地元盆踊りの会場になる空き地でキャッチボールをした。その空き地はサッカーをし、自転車の練習をした場所である。幼少の頃はよく周辺の森にも連れ出し、キツツキが木に穴を開けるのを観察したり、パンフルートや竹の風鈴を作るために竹を切り出したりした。

自転車に乗れるようになってからは、二人でよく遠乗りもしたが、私が考え事をしながら走っていたせいで、後ろからついてきているはずのミロクを見失ったことがある。曲がる角を間違えたか、先走った道を引き返して行くと、通りがかりの女子大生に迷子になったと泣きついていた。置き去りにしたのは悪かったが、その時、私はミロクにこう諭したのを覚えている。

——家ではママが助けてくれるが、外では別の女の人に助けてもらうことになるので、女の人には敬意を払いなさい。

その家訓が刷り込まれていたら、男尊女卑の権威主義者にはなるまい。実際、アメリカでも女子に大いに助けられていたのは、当世のジェンダー意識を自然に身につけ、摩擦を避けてきたからに違いない。大学の教え子を見ていても、男子は押し並《な》べてフェミニストぶりを競っているし、人によっては男性ホルモンを忌避しているかに見えることもあるし、それを物足りないという女子もいる。ともすれば、三十年、四十年前の感覚と下半身のまま学生と接していたら、私も無傷では済まなかった。

指導する学生に向けた不用意な一言で、大学を去ることになった渡部直己は私の古い友人であり、近畿大学の同僚だったが、もし同じ大学にいて、彼の行状を庇《かば》っていたら、フェミニストやモラリストの顰蹙を大いに買うことになっていた。そのような不始末には至らなかったのは単に運がよかっただけだ。

不始末といえば、ミロクが中学三年の頃だったか、私の浮気がメールのやり取りから妻の知るところとなり、修羅場になったことがある。妻は金切り声で私の余罪まで追及し、どういう落とし前をつけるつもりかと迫った。いい訳の文言ならいくらでも繰り出すことはできたが、妻の怒りに油を注ぐ結果になるのを見越して、償いの意思があることだけを告げた。離婚や別居という事態には発展しないという予想はついていた。すでに家族はミロクの教育を最優先するという暗黙の了解ができていたからだ。

しばらくは夫婦間の会話は途絶え、妻は傷心を癒すために散財をし、私は執筆中の作品世界に逃げ込み、ほとぼりが冷めるのを待つことになりそうだった。そんな中でミロクが妻の目を盗んで、私に「お取り込み中、悪いんだけど、ちょっと相談がある」と切り出してきた。何事かと身構えたが、うっかりアダルトサイトにアクセスし、法外な請求が来てしまったが、どうしたらいいかということだった。父親も同じ経験をしていたので、慣れたもので、これは単純な詐欺で、請求されても支払う義務もないし、相手が法的手段に訴えてくることもないから、心配するな、と告げた。ミロクはほっとした表情で「ありがとう」といったが、礼をいいたかったのは父親の方だった。

わざわざ夫婦の修羅場の真っ只中を選んで、このような間の抜けた相談を持ちかけ、笑わせてくれたこと、母親の怒りを宥めつつ、父を頼ってくれたことでどれだけ私の気が楽になったか。しかも、「こんな男にだけはなっちゃダメ」と浮気性の夫を厳しく断罪する母親に同調するのではなく、「オレも父さんのＤＮＡを引いてるから」と庇ってくれたことを何かにつけ思い出し、独りほくそ笑む。

パンデミックとテロ

使い慣れた文字がある日、不意に無意味な記号に化けてしまうことがある。コトバの意味は永遠不滅のものではなく、実に移ろいやすいものである。コトバをパズルやレゴのように並べたり、重ねたり、置き換えたりしながら、イメージや想念を練り上げてゆくのが創作という営みなのだが、試行錯誤を重ねるほどに説明不可能な何かが残る。近頃は意味が逃げてゆくように感じることが増えてきた。もしかすると、コトバは元々、発生直前の状態、すなわち無意味に回帰してゆくようにできていて、遅まきながら、その本質に気づいたということなのかもしれない。

商売道具のコトバが摩耗したか、コトバを紡ぐ意識の方が壊れかけているのか、どちらにしても、自分の発語メカニズムを刷新する必要を感じていた。還暦を迎える前に執筆エンジンをオーバーホールしておけば、まだしばらくは走れる。創作術のプロフェッショナル・ヴァージョンである『小説作法XYZ』の執筆を通じ、小説を書くことの意味、方法、動機を洗い直しておこうと思った。

ちょうどそのタイミングで、二十世紀のスペイン風邪大流行から百年後、新型コロナウイルスのパンデミックが到来し、生産、消費活動が世界規模で停滞し、移動、旅行、会合、見世物、会食が極度に制限された。講演も旅行も全て中止になり、人前に出る機会はほとんどなくなった。誰もが巣籠りするしかなかった。昭和末期の天皇の長患いと崩御による「麻痺の時代」の記憶が蘇った。緊急事態宣言により、一時、戦時下さながらの世相になったが、為政者の無能ぶりも戦時下同様だった。

二〇二〇年は国内で研究休暇がもらえた。『小説作法XYZ』の完成に加え、新国立劇場で上演される新作オペラ『スーパーエンジェル』のリブレット執筆、そして、長年にわたる悪政と無法に対する復讐を小説で実行するべく、東京新聞の連載小説『パンとサーカス』の準備を進めていた。政治腐敗が底まで達し、戦争、天災、疫病が次から次に押し寄せる中、支配者は災厄の政治利用に余念がない。不都合な真実を隠蔽する報道規制を敷き、数字を操作して支持率を上げ、自らの保身、権益確保を最優先する。恨みのパワーは充分蓄積し、復讐の正当な理由もあるが、アメリカの間接統治に加担し、その利益を最優先する売国奴の地位が高く、その下働きをする奴隷が威張り、真の民主独立を志す者が「反社会的」と蔑まれる状況は変わらない。

選挙で政権が代わるたびに前大統領が逮捕され、人事が一新される韓国では、復讐は制度改革や権利獲得、さらには自己実現や名誉回復、そして、新しい時代を切り拓く再生の儀式にもなり得る。日本では実際の抵抗や復讐のハードルは高いかもしれないが、小説ならたった一人の反乱も容易だ。ちょうど還暦という厄年を迎え、自分を守り、支える神仏も結界もなくなる。そんな孤立無援に陥る時機にいくら防御を固めても、ただ停滞し、鬱屈するだけだ。いっそ大胆に逆張りして、攻撃的に振る舞った方が吉と出る。この見立てに裏付けはなかったが、自分の勘を信じてみたかった。四十二歳の本厄の際には「無限カノン」で果敢に勝負に出て、結果的に玉砕したが、後悔はしていない。なんだかんだ新しい時代の扉はこじ開けたのだから。

ちょうど、明仁天皇が譲位し、新天皇の即位と新元号「令和」の幕開けという出来事があり、昭和の終わりと「無限カノン」執筆当時のことを風元正や「新潮」編集長の矢野優と懐かしく回想するうちに、皇后雅子をヒロインに、二十年ぶりにこっそり「無限カノン」第四部を書くという「性懲りもない暴挙」をやってみたくなった。長年、適応障害に苦しみ、実質、軟禁状態にあられる皇后陛下に対する一市民からの贈与として、「夢見る皇后の生活と意見」を『枕草子』風に代弁してみた。皇后が暗号通信のダークネットを用いて、自由に意見を述べるという設定にし、最後には憲法を踏み躙《にじ》る政府の決定に対し、拒否権を行使する天皇の姿を描いた。『スノードロップ』というこのたおやかな小説はコロナ禍で書籍の流通が停滞した時期に出版された不幸があり、ほぼ黙殺されてしまったが、これを書いておいたお陰で、私の厄は前倒しで祓われた、と思うことにした。

二〇一七年に刊行した『カタストロフ・マニア』ではパンデミックと社会の冬眠状態を予言し、『パンとサーカス』では要人暗殺を予言した、と一部の読者から驚嘆の声が聞こえてきたが、小説家の先祖は占い師であり、予言者であるから、そういうことはしばしば起きる。下手に予言の的中率をアピールしようものなら、「テロを誘発した」とか、「暗殺を助長した」などと謗《そし》られかねなかった。

統一教会に家庭を破壊され、辛酸を舐めた男の復讐は、自民党と統一教会のズブズブの癒着関係を表沙汰にした。元自衛官の山上徹也は二十年もの長きにわたり、怨恨を募らせ、周到な計画の下、警備の薄い奈良の大和西大寺《やまとさいだいじ》駅前を選び、支持者を装い、遊説中の元首相の背後六メートルまで接近し、限りなく火縄銃に近い手製の銃を発射し、周囲の人間を一切傷つけず、ターゲットをほぼ即死に至らしめた。山上には協力者はおらず、単独でハンドメイド・テロを実行し、奇跡的に成功したのである。

殺された安倍元首相は顕彰すべき功績など一つもなく、無駄に最長在任記録を作っただけで、その間に民主主義と経済を破壊した。ＧＤＰや民間の所得、年金は下落し、失業率、貧困率、犯罪率、倒産、自己破産は増加、数々の疑惑に対し、国会で虚偽答弁を重ね、公文書を改竄、破棄し、公金を濫用し、バラマキ外交に終始し、ロシアとの領土交渉に失敗し、ポンコツ爆撃機の爆買い等、米政府のATMとして奉仕し、改憲と軍備増強を訴え、レイプ事件のもみ消しを図るなどの悪行を重ねに重ねた。この日本の凋落《ちょうらく》の元凶たる男の神格化を図ろうとし、岸田政権は国会での議論を省き、拙速に国葬を強行した。臭い物に蓋をするのに国葬を利用したものの、自民党議員の恥ずべき実態が世界に晒される結果となった。

無法国家を抑止する制度も組織もほとんど機能していない。政治の劣化が極まれば、社会もそれに合わせて荒廃する。世直しを希求しながら、現実にはそれがなされないという絶望が一層深まれば、テロに打って出ようとする者が現れてもおかしくない。安倍元首相の祖父岸信介の暗殺未遂は、アメリカに日本を売った売国右翼に対する愛国右翼による「懲らしめ」だったが、祖父を敬愛する孫が六十二年後に統一教会に深い恨みを抱く生活苦のネトウヨに暗殺されたのだった。祖父は悪辣だったが、頭はそこそこ切れた。孫は悪辣さは受け継いだが、頭が悪かったので、歴史に学ぶ気もなかった。だから、歴史は反復され、悪行の因果応報であるかのような結末を迎えたのだ。

かつて青山真治監督の映画『東京公園』で共演した三浦春馬も、密かに崇拝していた竹内結子も自ら命を絶ってしまった。新宿の酒場でよく顔を合わせていた坪内祐三も秋山祐徳太子も亡くなり、少し前には西部邁が多摩川で自殺を図っていた。そして、私が最も敬愛する文豪古井由吉もひっそりと、近所に散歩に出かけるようにこの世を去った。さらには瀬戸内寂聴が大往生を遂げ、西村賢太も青山真治も逝った。この世で一緒に楽しく過ごした人がこぞって身罷ってしまうと、急にこの世が色褪せ、つまらなくなり、彼らがいるあの世の方が俄然《がぜん》楽しそうに見えてくる。

物書きになってからいつの間にか四十年もの時間が経過していることに啞然とする。デビュー当時や二十代後半、ミロクが幼かった頃の記憶は先月のことのように鮮やかなので、長らく昏睡状態にあったか、うっかりタイムスリップしてしまった気分だ。実際には四十年後の未来に向かうのに四十年かけた鈍行のタイムトラベルだったので、いくら意識が若いまま保たれたとしても、体の方はすっかり衰えている。時間の経過は内臓や筋肉、皮膚に無残な痕跡を刻み、廃墟化が年々進んでいる。近年は痛風の発作も出るようになり、自分なりに因果応報、自業自得の痛みを嚙み締めている。

むろん、老いるのは自分だけではない。二十歳の頃はすれ違った人が振り向くほどの美貌を誇った人も四十年後にはもっぱら詐欺師にしか相手にされない。かつての担当編集者たちも続々と一線を退き、一緒に仕事をする相手は全員年下になった。早々に鬼籍に入った友人、知人も多く、おそらく私も迎えを待つ列に並ばされているだろうが、まだ行列の先頭は見えないので、もうしばらくは待たされる。若い頃は妻も自分も、「わりと儚《はかな》い人生なのではないか」と思ったこともあるが、近頃は私が九十九、妻は百歳まで生きてしまうことへの不安が現実味を増している。四十代までは死者から何かを学ぼうという気にはならなかったが、東日本大震災あたりから、どのように死を迎えるべきか、漫然と考える機会が増えた。

この先を生きる時間の方が長い者にとって、人生はうんざりするほど長かろうが、これまで生きてきた時間の方が長い者にとって、人生は思いのほか短い。「一炊の夢」というコトバに実感が伴ってくると、ため息や愚痴が増える。

まだ若かった頃、「風花」のカウンターでしきりに独り言でぼやく、繰り言居士をよく見かけた。「日本はあかん。もうしまいや」とか、「右も左も駄目だ」とか、「歴史が終われば、人生も終わる」などと呪文を唱え、脱力し、体をくねらせるのを、珍獣を見る目で眺めていた。年配の酔っ払いの屈折など理解しようとも思わないし、相手も理解を求めていなかっただろうが、彼らを見かけなくなって二十年、自分も彼らと同じくらいの年になると、長い時差を挟んで親近感を覚えたりしている。

また、「オレの話を聞け」と長広舌を振るう年配者に、若い頃の私は「あなたもたまには人の話を聞いてください」といい返したことがあったが、相手は聞こえないふりをした。そんな年寄りにはなりたくないと思いながら、還暦を過ぎたある日、忖度《そんたく》は一切しないポリシーの五十代の女性から「話が回りくどくなった」とか、「人の話のネタを奪って独演会を始める」と指摘された。私は「他の人の話がつまらないからだ」と逆ギレしたらしいが、酔っ払っていて覚えていない。

さらにこんなケース。頭脳明晰であることが自慢の人は日頃から優秀な後輩にこんな要望を出していた。

――オレがボケてきたと思ったら、指摘してくれ。

後輩はその責務を果たそうと、ある日、「最近、ボケの兆候が見られるので、気をつけてください」と正直に、丁寧に告知したところ、「そんなこといわれる筋合いはない。無礼だぞ」と髪が薄くなり、怒髪天を衝《つ》けないので、頭から湯気を出してご立腹あそばしたという。ボケたら指摘する係を引き受けるのは割に合わないかもしれないが、それを後輩に依頼するのは、自分の頭脳や知性に自信がある分、その衰えを誰よりも恐れるからに違いない。いざボケても自分では気づかないことを見越した保険にはなるのだが、結局のところ、嘘つきに嘘つきと指摘する、悪人を悪人と糾弾するのと同じ、堂々巡りに陥ってしまう。

エクソダス

どのように老いるか。それが問題だ。二十歳から四十歳になる二十年間は打たれ強さと引き出しの多さを獲得し、自らの成熟と息子の養育に捧げた期間だったが、四十歳から六十歳になる二十年間は熟練の技を獲得しつつも衰弱を自覚し、若い世代の台頭を促す期間だった。この後の二十年間はこれまで以上に加速をつけて過ぎ去ってゆくだろうが、僻《ひが》みっぽくならず、適度に恥をかきながら、俗っぽい仙人を目指そうと思う。

私は四十代半ば過ぎから、老い方の理想を古井由吉に見出そうとしてきた。彼自身が五十代の頃から老人小説を書き継いできたが、晩年に至って、生と死、夢と現実の間を自在に往来する境地、頭脳明晰を突き抜けた先に開ける仙人的な悟りに、すでに到達していた。

古井さんは最晩年こそ自分の脚で歩けなくなってはいたが、残された体力を全て創作に注ぎ込み、死の数日前まで筆を走らせていた。
未完の「遺稿」は次の一文で絶筆となっている。

自分が何処の何者であるかは、先祖たちに起こった厄災を我身内に負うことではないのか。

文豪の死後、ずっとこのコトバが気にかかり、解釈を補ったりしてみたのだが、自分という存在は先祖の身にふりかかった厄災をどう引き受けるかによって決まる、ということになるだろうか？　一歩間違えると、先祖の祟《たた》りを祓い清めなければ、地獄に堕ちると脅迫するカルト宗教の類と誤解されそうだが、自分とは唯一無二のものというよりは、過去の反映であり、踏襲であり、反復であるということだ。こちらの好き嫌いなどお構いなしに、誰かが自分を選び、乗り移っているのである。私たちが「意識」と呼んでいるものは、自分が生まれる遥か昔からあって、ある日、不意にそれを宿してしまった自分に気づくものなのだ。私たちが生きているあいだはその意識のユーザーになるが、死んだ後は誰かにそれを譲ることになる。思春期の頃に感じた自分への違和感は、自分に宿ったばかりの意識の使い勝手が悪かったことに由来する。老いてボケが進み、自分が誰だかわからなくなるのは、自分に宿った意識が離れたがっているからである。

後のことはおまえに任せた、と死にゆく人にいわれたら、その人の意識の何パーセントかを遺産や形見のように譲り受け、今まで負ってきた意識に追加するのである。このように意識の上書きがなされる経験は、直に出会った人経由のみならず、書物や映像、遺跡などを媒介に無数に繰り返される。その結果、私の意識は多層化され、深みを増してゆく。内なる彼奴も七変化する。

現世の営みもそこに生きる者の意識が織りなす事象であるから、過去や死者とのコラボレーションとなる。現世は遠い過去から見れば、来世である。今この瞬間も現世は過去世になり、来世を引き寄せている。だから、未来はそれほど大きくは変わりようがないともいえる。

古井さんが逝かれてから二年経過した頃、夫人から馬事公苑のご自宅を訪ねることを許された。書斎に通され、線香を捧げ、遺影に献杯をし、担当編集者だった風元、夫人とともに故人を偲ぶ時間を持った。その折に、普段、文豪がどのように日々を過ごしていたかの詳細を聞くことができた。文豪の一日は昼頃、起床し、朝食抜きで散歩に出かけることから始まる。小一時間ほどして戻り、最初の食事をしてから、短い午睡を取ると、小説の執筆に取り掛かる。あの高密度の散文詩といっていい小説のフレーズは、一日わずか二時間の集中によって紡ぎ出される。その後、二度目の散歩に出て、帰宅する頃には夕食の時間になっている。食後、文豪は二度目の仮眠を取り、残りの夜の時間はもっぱら読書に充てていた。文豪は二度の午睡を足すと、一日十時間ほど睡眠に費やし、残りの時間を執筆と散歩と読書、食事、飲酒、喫煙、身繕いに振り分けていた。発想の転換を図るにも、閃きを誘発するにも、午睡と散歩が効果的であることは私もよく知っている。

夜の読書の時間に文豪はどんな本を読んでいたのか訊ねると、夫人は十冊以上ある読書ノートを閲覧させてくれた。表紙には手書きのギリシャ文字が記されており、「オイディプス」と解読できた。ページを開くと、原典から書き写したフレーズとそのドイツ語訳が丁寧に書き込まれていた。ギリシャ語は学生時代に学んだことがあったらしいが、晩年に至って学習を再開し、辞書を引く手間を惜しまず、ドイツ語の注釈をつけていた。ギリシャ語の個々の単語に向けられた強烈な好奇心が伝わってきた。コトバは往々にして変化や劣化が激しく、人の寿命よりも短いことが多いが、一度古典にアーカイブされると、ほぼ不滅になる。文豪はヨーロッパの知の伝統の源と見做されるギリシャ語の森に分け入りながら、二千四百年のタイムラグを隔てても現代人と絶望や憤怒を共有できる言霊《ことだま》を我が身に取り込もうとしていたに違いない。

東アジアにおける文化の起源は漢語に保存されている。文豪は四十代半ば頃から自身の文章を練磨する必要を痛感し、漢詩の世界に没入したらしい。戸棚には四十年前につけていたノートも保管されていた。こちらは小説のゲラを裏返してホッチキスで綴じた手製ノートで、見たこともない古い漢字が書き出され、日本語の注釈が入っていた。『唐詩選』や『詩経』や『楚辞』を熱心に紐解き、古井さんは古《いにしえ》の大詩人たちが戦争、陰謀、刑罰の渦中から紡ぎ出したコトバに、直に触れていた。「表意文字は憑依文字である」という岡﨑乾二郎の駄洒落は漢字の本質を見事に突いているが、古井さんはまさに漢詩を解読しつつ、李白や陶淵明に憑依していた。

　古典を紐解くこと、それは自身のうちに古代人の意識を宿すことに等しく、またタイムマシンに乗り、唐詩人たちと一献傾け、喜怒哀楽を交感することと同じだ。

　夫人は、古井さんの読書ノート数冊を遺品として私に託してくれた。改めて、そのページをめくりながら、こう思った。古井さんは何もいわなかったが、小説家が目指すべき境地をこっそり示唆してくれたのだ、と。


　前半三十年を『君が異端だった頃』、後半三十年を『時々、慈父になる。』という、それぞれ五百枚ほどの原稿に、おのが六十年分の生活史を圧縮してみると、もっと別の生き方を選べたなという後悔半分、これでいいのだという自己肯定半分で、微妙なところだが、人より多くの発見や悟りに恵まれたとは思う。明日、反知性の輩に刺されたり、衝動的な自殺に走ったりして、死ぬことになるかもしれないが、私自身が自暴自棄になってテロや暗殺や性犯罪に走る可能性は四パーセント程度と見積もっている。

　この先、世界がもう少しマシになる気配は微塵もない。ロシアン・スタディ出身の自分としては、ツァーリ幻想にハマったサイコパス、プーチンによるウクライナ侵攻には絶望したが、各国の独裁者たちの勘違いによって世界はさらなる混迷を極めることだけは確かだ。白人優位時代のアメリカへの復古を夢見るトランプやその後継者たち、台湾併合、アジア太平洋の覇権確立のみならず、アフリカ、ヨーロッパをも版図に組み込もうという野望に取り憑《つ》かれた習近平といった、現代のナポレオンたちの失脚と、次世代の覇者の登場を確認してから死にたい気もする。すでに漱石や中上健次、チェーホフやドストエフスキーよりも長く生きた。古井さんの年齢まで生きるとしたら、まだ二十年、寂聴さんの年までなら三十七年ある。ギネスブック入りを目指すなら、あと六十年生きなければならないが、長寿よりはタイムトラベルや転生を求める。その技術は創作を通じて、すでに会得している。残りの人生は心折れる現実から逃れるために、物理法則や三次元的常識を超越したマルチバース仕様の意識を開拓することに捧げる。体の組成の七割が水であるように、私の心の組成の七割がフィクションライターであるから、自分が向かうあの世は自分でデザインする。

初出一覧

第一部　「すばる」二〇二一年九月号
第二部　「すばる」二〇二一年一二月号
第三部　「すばる」二〇二二年六月号
第四部　「すばる」二〇二三年一一月号

本書はフィクションです。
単行本化にあたり、加筆・修正を行いました。

島田雅彦（しまだ・まさひこ）

一九六一年、東京都生まれ。東京外国語大学ロシア語学科卒業。在学中の八三年に『優しいサヨクのための嬉遊曲』でデビュー。八四年『夢遊王国のための音楽』で野間文芸新人賞、九二年『彼岸先生』で泉鏡花文学賞、二〇〇六年『退廃姉妹』で伊藤整文学賞、〇八年『カオスの娘』で芸術選奨文部科学大臣賞、一六年『虚人の星』で毎日出版文化賞、二〇年『君が異端だった頃』で読売文学賞〔小説賞〕を受賞。主な著書に『徒然王子』『悪貨』『英雄はそこにいる』『傾国子女』『ニッチを探して』『暗黒寓話集』『カタストロフ・マニア』『人類最年長』『スノードロップ』『スーパーエンジェル』『パンとサーカス』など多数。現在、法政大学国際文化学部教授。

装幀　水戸部功

時《とき》々《どき》、慈《じ》父《ふ》になる。

二〇二三年　五　月三〇日　第　一　刷発行

著　者　島《しま》田《だ》雅《まさ》彦《ひこ》

発行者　樋口尚也

発行所　株式会社集英社
東京都千代田区一ツ橋二―五―一〇
〒一〇一―八〇五〇
電話〇三（三二三〇）六一〇〇［編集部］
〇三（三二三〇）六〇八〇［読者係］
〇三（三二三〇）六三九三［販売部］書店専用

印刷所　大日本印刷株式会社

製本所　加藤製本株式会社

ISBN978-4-08-771834-8 C0093

定価はカバーに表示してあります。